5

ようこそ実力至上主義の教室へ 2年生編

Welcome to the Classroom of the Second-year

衣笠彰梧×トモセシュンサク

最初に視界に飛び込んできたのは、思いがけないカラフルな色。
「これは……」
「いらっしゃいませ～。メイド喫茶Ｍａｉｍａｉでーす！」
一斉に３人の女子が、それぞれ特徴的な衣装に身を包みオレたちを出迎える。

「なんで……なんで……なんで……なんで……！」
オレの傍まで近づいてきた櫛田が、
胸倉を掴み上げ強烈に睨みつけてくる。

激高する櫛田に対して、
こちらはあくまで
事務的に話を進めていく。

「試験中にも触れたことだが……

私も高校3年生の時、同じ試験を受けた」

「そうみたいですね」

どこを見つめているのか、
茶柱は夕焼けに染まる外を、ただただ真っ直ぐ見つめる。

「もしおまえが許すのなら……私の告解を聞いてもらえないか」

5
ようこそ実力至上主義の教室へ2年生編
Welcome to the Classroom of the Second-year

ようこそ
実力至上主義の教室へ
2年生編5

衣笠彰梧

MF文庫J

ようこそ実力至上主義の教室へ2年生編 5

Welcome to the Classroom of the Second-year

contents

口絵・本文イラスト:トモセシュンサク

○茶柱佐枝《ちゃばしらさえ》の独白

私は教師になってから、いや、教師になる前から誰にも話せない悩みがある。

それは、ある悪夢を繰り返し見続けていることだ。

けして忘れることの出来ない、あの日の出来事が夢の中で繰り返されること。

手を替え品を替えやってくる悪夢は見るたびに形を変化させ、自分の視点、誰かの視点、時に言葉遣いや過程が異なることもある。

しかし共通して同じこともある。


それは何度繰り返しても『結末』が同じであるということ。


……あの時、私たちBクラスに恐れるモノは何もなかった。

その勢いは他のクラスを圧倒し、手を伸ばせばAクラスに届くところまで来ていた。

もちろん平坦《へいたん》な道のりだったわけじゃない。

3年に昇級するまでの間、去っていったクラスメイトは6人にまで膨れ上がっていた。

それでも3年になってからは誰一人欠けることなく、クラスポイントを積み重ねた。

これ以上誰も欠けることなく、Aクラスで卒業できると信じていた。

あの日、あの時までは――。
最後の逆転チャンスである卒業試験を間近に控えた3学期の終盤。
固い表情をして現れた担任から告げられた、新たな特別試験。
当初、私たちはその特別試験に対し何一つ恐れを抱いていなかった。
ルールは単純明快で、難なくクリア出来ると信じて疑わず、その先を見据えていた。
だがそんな楽観ムードも、あの課題が出題されるまで。

場面が切り替わり、私はクラスの中で叫んでいる。
親友だった知恵《ちえ》が怒りの表情で詰め寄り、私の胸倉を掴《つか》み上《あ》げる。
阿鼻叫喚《あびきょうかん》。
1つにまとまっていたクラスは、一瞬で崩壊してしまった。

もういいんだ。

そう呟《つぶや》いた彼の諦《あきら》めと、悟った顔。
だが私は決断できなかった。

覚悟など持てるはずもなかった。
3年間の苦楽を共にしてきた彼の存在は、けして小さくなどなかった。
かけがえのないクラスメイト、かけがえのない親友。

かけがえのない――――異性として、大切な人。

ちょっとお調子者なところもあるが、真面目で優しく、誰よりも頼りになった。
そんな彼の、今まで見せたことのない顔。
どこか恥ずかしそうに、夕暮れの空の下私に手を差し伸べたあの時。
私はこぼれそうになる涙を堪《こら》えながら、一言こういった。

『よろしく、お願いします……』と。

そんな私たち2人の関係は、始まりを迎えたと同時に終わりを迎えることになる。

○波乱の足音

　夏休みが明け今日から2年生2学期が始まる。3年間の学校生活と大きく見れば、間もなく折り返しを迎えるということでもある。ネクタイを結び袖《そで》に腕を通す。鏡を見ながら髪を整え、身なりに問題がないことを確認すると寮の玄関へと向かう。途中、大きなあくびをする須藤《すどう》と一緒になったオレは挨拶を交わしつつ足並みを揃《そろ》え、外へ。

「鈴音《すずね》に2学期早々筆記試験が行われる可能性もあるって脅かされてよ、徹夜だぜ徹夜」

「夏休みの最終日も勉強してたのか」

「ありがてーことに、この先までびっしりとこなすべきカリキュラムは作ってもらってるからな。まあ俺としても高得点とってOAAの学力をB以上に持っていきてえし」

　学力B以上とは大きく出たな。だが大言壮語《たいげんそうご》とも言えないか。

　夏休みの間もみっちり勉強をしていたのなら、更なる学力向上があったとしても不思議はない。文武両道という言葉が随分《ずいぶん》と似合う男になってきた。

　遅刻欠席、居眠りといった細かな生活上の問題点も激減している。

　状況次第でカッと熱くなる部分は残しているが、それもまた須藤の特徴だろう。

「変なこと聞くけどよ、寛治《かんじ》のヤツってもう篠原《しのはら》とはキスとか、したと思うか？」

「え？」

「あいつに彼女が出来たのはめでたいことだけどよ、色々先を越されると悔しいっつーかさ。なんか最近そのことでモヤモヤしてるんだよな」

「直接聞けばいいんじゃないか？　池《いけ》なら教えてくれる気がするが」

「……聞けっかよ。まだ手も繋《つな》いでないって言うならまだしも、それ以上進んでるなんて聞かされた日には……久々に俺の右拳《こぶし》が唸《うな》るかも知れねぇ」

なるほど、それはちょっとした問題だな。拳が唸ると大変なことになりそうだ。

「池の性格なら嬉《うれ》しいことがあったら所かまわず言いそうな気もする。それを聞かないってことはそこまで進展してないんじゃないか？」

「確かに。けど恋愛に限っては別だったりしてな。経験ねえからわかんねーけど。ちなみに綾小路《あやのこうじ》って、彼女とかいたことあるのか？　……どんな感じなんだよそこんとこ」

池の話から思わぬ形でオレの話に変わってしまう。

どうなんだよ、という須藤の熱い（信じているぞ）の視線を感じずにはいられない。

「嘘《うそ》を言っても仕方ないから報告するが、この間初めての彼女が出来た」

「……マジ？　マジな話？」

誤魔化《ごまか》しても、間もなく恵《けい》から広がっていくだろうことを踏まえれば得策じゃない。

素直に答えると須藤は頭を抱えるようにしてため息をつく。

その直後、ハッと慌ててオレの両肩を掴《つか》んできた。

「まままままま、まさか!?」

「安心しろ。おまえの考えてる人物じゃないから」

「本当だな⁉　す、鈴音《すずね》じゃないって信じていいんだよな？」

「ああ。違う」

「そ、そうか。まあそれならいいや……一瞬心臓が止まるかと思ったぜ……」

汗が噴き出してきたのか、額に左の手の平をあてて、乱雑に拭う。

そして手の平についた汗を見せてきて、自分の焦りをアピールしてきた。

「じゃあ誰なんだよ」

「それは――――」

「あ！　見つけた！」

須藤《すどう》が落ち着きを取り戻したところで、後ろから駆けて来る足音。その足音はオレたちの歩く速度に追い付くと、やや怒ったような顔でオレを見上げてきた。

「一緒に登校しようと思ってたのに、部屋にいないとか聞いてない！」

そんな風に、ちょっとだけ頬《ほお》を膨らませ不満を漏《も》らす恵《けい》。

「いや、一緒に行くという話も聞いてない」

「それは……その、ギリギリまで緊張して迷ったっていうか……」

と、いきなり不可思議なやり取りを始めたオレたちを須藤が怪訝《けげん》そうに見る。

「んだよ急に割り込むなって軽井沢《かるいざわ》。今男同士大切な話してたんだから邪魔すんなよ」

どうやらオレたちの会話の内容の違和感みたいなものに、気付いていないらしい。

単にここに現れたことに対して、納得がいっていないようだった。

思えば、この2人ってほとんど絡むこともないしな。

仲良くも悪くも……いや、どちらかと言えば悪いだけの関係だしな。

「恵はオレたちのこと、今日話すつもりなのか？」

「え？　う、うーん。ちょっとタイミングは見てる……。登校するなり宣言するのもなんか違うしさ……意外と発表するのって難しいよね。聞いて〜、ってのも違うしさ」

「洋介《ようすけ》の時は宣言が早かったみたいだけどな」

「そ、それはそれでしょ。全然状況が違うんだから」

「おいおい何の話……だ……よ……。……え？」

鈍さを見せていた須藤だったが、オレが下の名前で呼んでいること、そして話の内容に理解が追い付いたのか、足を止めて唖然《あぜん》とした顔を見せる。

「な……え？　お、おい、どういうことだよ綾小路《あやのこうじ》？」

それでも、この組み合わせには繋《つな》がりを持つことが出来ないのか、まだ確証を得られずにいるようだった。ある意味で最初に知るクラスメイトとして良い存在かも知れない。

「付き合ってるんだ、オレたち」

ニヤッと恵が笑ってから、オレの腕を肘《ひじ》でツンツンと3回ほどついてきた。

オレから言ってもらえたことが嬉《うれ》しかったのかも知れない。

「は……はああああああ!?　う、うっそだろ!?」

度肝を抜かれたのか、大声を出して想像よりも大げさに声を張り上げる。

周囲に偶然クラスメイトはいなかったが、何事かと生徒たちが顔を向けてきた。

「うるさすぎ」

「わ、悪い。けど、いや、え⁉　な、なんで軽井沢《かるいざわ》なんだよ？」

「なにそれ、あたしじゃ何か問題あるってこと？」

「そういうことじゃ……ないっつーこともねーけど、てか……えぇ……？」

ちょっと引いたような困惑した動きを見せ、納得がいかない様子で首を捻《ひね》る。

「なんだ、堀北《ほりきた》と付き合っててほしかったのか？」

「んなの絶対認めねぇ！　……いや、そういうことじゃなくてよ……ちょっと」

グイっと肩を掴《つか》むと、耳元に唇を近づけてきて小声で囁《ささや》く。

「言葉は悪いけどよ……軽井沢ってその、平田《ひらた》と付き合ってたし、それ以前に中学時代もどんな派手な恋愛してたかわかんねーわけじゃん？　おまえ、それで不満っつーか嫌な気持ちにならねえの？　初めての彼女でそれって、ハードル高すぎね？」

クラスメイトが抱く軽井沢恵《けい》のイメージは、まあそういう感じだろうしな。

事実オレも過去を知るまではそういう女子だと認識していた。

「なにコソコソ話してんの」

「な、なんでもねえよ」

睨《にら》まれてすごすごと離れる須藤《すどう》。流石《さすが》に悪口に近いことを言ってる以上申し訳ない気持ちにでもなったんだろう。

「綾小路《あやのこうじ》と軽井沢が付き合ってる……？　ダメだ、何度考えても理解が追い付かねえ。眠気も飛んだし、2学期早々ヤベエことになってきたな……」

ポツリと一言、須藤がそう言ったのをオレは確かに聞き届けた。

1

学校に着いたオレたち。ここまでくると寮から通学してきた3年生とも時々すれ違い、船の上にいた頃と変わらない視線を向けられるが、須藤がそれに気付く気配はない。

夏休みの期間中も外に出れば同じような光景を見続けてきたが、本当の意味で慣れることはこの先もないだろう。見られる、という行為はそれだけ強い圧迫感や閉塞感《へいそくかん》のようなものを与えてくる。これればかりは視線の存在そのものを抹消しない限り続くことだ。

恵は足早に女子グループを形成し夏休み中の話題に華を咲かせ、須藤も仲の良い池《いけ》や本堂《ほんどう》たちと雑談を始めた。オレも綾小路グループと軽く話をしつつチャイムを待つ。

やがてやってきた茶柱《ちゃばしら》が、1学期と変わらぬ様子で口を開いた。

「この2学期は、おまえたちにとって幾《いく》つか大きなイベントが控えている。まずは去年も行われた体育祭だ。10月に行われる学生たちの身体能力を試す試験になるだろう。去年と異なるルールもあるが、必要とされる能力に大きな違いはない」

今まさに茶柱《ちゃばしら》が口にした身体能力が強く求められる、つまり勉強だけを得意とする生徒にとっては悩みの種になるかも知れない戦いが間もなく始まるということだ。当然のことながら、近しい友人の啓誠《けいせい》や愛里《あいり》のような運動を苦手とする生徒たちは険しい顔つきでこの話に耳を傾けている。1年生の時とは異なるルールというのも気になるところだ。

「そして11月には高度育成高等学校としては初の試みとなる文化祭の開催が決定した。詳細は体育祭同様改めて告知するが、これも9月から並行して時間を取っていく」

9月は主に体育祭に向けた準備。1週間当たりの体育の授業が数時間増える形になる。そして文化祭に向けた話し合いなどが週に1時間設けられる。10月の体育祭終了を境に本格的な準備を始め、11月の本番を迎えるという流れらしい。

あとは、特別試験と関連してくるかは不明だが修学旅行も控えている。

「更にこのイベントの合間には、もちろん中間テストや期末テストも行われる」

ともかく忙しい2学期であることは疑いようがない。

「体育祭についてはまた後日詳しい説明をするとして、まずは文化祭について話をする」

順番的には体育祭が先だが、茶柱は先に文化祭に関する詳細を話し始めた。

「文化祭は大勢の来賓《らいひん》を迎え入れてのものになる。そして、おまえたちは文化祭において全学年全クラスと売上の総額で勝負をしてもらうことになる。出し物は幾《いく》つでも申請可能だが、予算は限られている。詳しくはタブレットに目を通してもらおう」

文化祭概要

・2年生には各クラスに文化祭の準備のみで使用できるプライベートポイントが生徒1人に対し5000ポイント与えられ、その範囲内で自由に活用することが認められる（1年生は5500ポイント、3年生は4500ポイントの初期費用）

・生徒会奉仕などの社会貢献《こうけん》、部活動での活躍による貢献などで追加資金が与えられる（詳細は確定後改めてクラス毎に発表する）

・初期費用と追加資金は最終売上に反映されないため、未使用の場合は没収となる

・1位から4位のクラスにはクラスポイント100が与えられる
　5位から8位のクラスにはクラスポイント50が与えられる
　9位から12位のクラスのクラスポイントに変動はなし

報酬《ほうしゅう》に関しては比較的多くのクラスが入手可能で、下位によるペナルティは無し。8位までに入賞すれば成果有りといったところか。ルールに関しても分かりやすく混乱することはなさそうだ。体育祭の詳細よりも先に発表されたことも話を聞けば単純明快。ルール

説明を受けておかないと準備を始めることが出来ないからだろう。体育祭の方は、本番に向けて身体能力を向上させることである程度対策が立てられる。

「な、なんか王道の文化祭って感じ」

拍子抜けしたわけではないだろうが、篠原《しのはら》がそう言いたくなる気持ちも分かる。

クラスポイントを失うリスクも退学になるリスクも見えてこない。裏があるのではないかと勘繰りたくなるのは、この学校の仕組みに深く染まってきた証拠だろう。

「また敷地内において、どの場所を確保するかも重要になってくるだろう。たとえば来賓《らいひん》が絶対に通る正門付近に出店を希望する場合、場所代を学校に支払うことになる」

タブレットに新たな情報が送られてきたためオレを含め生徒たちが目を通す。

『敷地内出店可能リスト』のタイトルと共に敷地内の地図、そして出店可能な位置に場所と数字を組み合わせた名前が記載されている。今茶柱《ちゃばしら》が言った正門に一番近い場所は『正門1』と書かれてあり、場所代が1万ポイントと書かれてある。正門から遠く来賓が足を運びにくい位置だと無料の場所もあるようだ。追加資金を考慮しない予算は20万ほど。そう考えると1万ポイントはけして安いとは言えない。

しかし多くの集客が見込めそうな一等地であることは疑いようがない。

「出店場所を巡っては他クラス他学年と希望が被《かぶ》ることも十分考えられるが、1箇所につき1クラスしかその場所は利用できない。希望が被った場合には競りを行うことになるため、より高い金額をつけて学校に希望を出したクラスが権利を得る仕組みだ」

つまり一等地確保のために無理やり高額なポイントを使ってしまうと、今度は出し物に割ける予算が大幅に削られてしまう。限られた予算で効率よく戦う方法を、これから約2カ月の期間を使って考えていくというわけだ。

「どのクラスがどのような出し物をするか、どこに出店するかは、文化祭当日まで公開されない。学校側が漏《も》らすことはないが、生徒の耳を塞《ふさ》ぐことは出来ないことに注意しろ。情報が漏れれば容赦《ようしゃ》なく対策を打たれると思った方が良いだろう」

理想的な出し物を思いついても他クラスに真似《まね》、対策される恐れがあるわけだ。

「必要なものも随時出てくるだろう。敷地内で手に入らないものがあれば、申請して許可が出れば外部から取り寄せることも出来る。規約内でなら予算をどう使おうとも自由だ」

その辺も含め詳しく調べていく必要がありそうだな。

「以上が文化祭の説明とそのルールだ。具体的な準備、設置期間は体育祭が終わった後からスタートするが、今日から話し合いをして催し物を何にするか、どのような予算配分にするかは各自の時間を用いて行っていくように」

文化祭に割く時間が多ければ多いほど、精度は上げることが出来そうだ。

2

放課後になると、部活動に行く生徒を除き多くのクラスメイトが教室に残っていた。

もちろん、11月に行われる文化祭に向けた第一回目の話し合いだ。

中には中学時代に文化祭を経験している生徒も一定数いることだろう。

オレは特に情報を持ち合わせていないので、いつも通り聞き手に回る。

「まずは、簡単に思いつく限りで催し物の一覧を出していこうか」

教室のモニターを使用する許可を取っている洋介《ようすけ》が、タブレットで文字を打ち込む。

「文化祭と言えば、やっぱり食べ物だったりお化け屋敷だったり、そういうのがオーソドックスなものではあるよね」

食事関係、お化け屋敷、迷路、カフェ、ライブ、劇などなど。分かりやすいものが1つずつ追加され列挙されていく。

「開催時間は午前10時から午後3時まで。飲食に関しては来賓《らいひん》の大人たちも利用してくれることが見込めるわね。けれど、その分競争率も上がるかも知れない……」

「あとは予算との兼ね合いだね。一度作ってしまえば以降はコストが抑えられるお化け屋敷や迷路のようなものに比べると、どうしても高くなってしまうだろうし」

音楽機材などの一部はレンタル費を払うことで貸し出してもらえるようだが、数に限りもあるため早い者勝ち。かつ収益をあげられるほどの腕を持った生徒が何人いるのか、という問題もある。

「僕たちのクラスは39人。つまり今見えている予算は195000ポイント。正直、十分とは言えない金額だ。食べ物を作るといっても簡単には決められないね」

「1つ提案なのだけれど、いいかしら」

「意見は大歓迎だよ堀北《ほりきた》さん」

「平田《ひらた》くんの言うように文化祭に割ける予算は限られている。けれど机上《きじょう》で幾《いく》ら議論しても分からないことは多いわ。仮に屋台でたこ焼きを焼くとしても、どんな材料を使うのか、腕前、様々なものが必要になって来る。それなら、まずはクラスで案を持ち寄って、プライベートポイントを使ってでも繰り返しテストをしていくべきなんじゃないかしら」

その提案には、多くの生徒が賛同して頷《うなず》く。

確かに料理や出し物、何をするにしても実際に試してみるのは大切なことだ。

もちろん自腹を切るリスクはあるが、それが後々クラスポイントとして返ってくるのなら必要な先行投資と割り切ることも簡単だ。

「けど……あ、今の案を悪く言うつもりはないんだけど、自腹を切ることになると消極的になって何もしない人もいるんじゃない？」

任せっきりにして文化祭に力を入れない生徒も出るのではと危惧する松下《まつした》。

「それはそれでいいわ。適当に発案されて時間を無駄にしたくないもの。けれど、頑張って貢献《こうけん》しようとしている人を無下には出来ない。これだと思う催し物を考えたら積極的にプレゼンを行う。採用が決まれば立案者に報酬《ほうしゅう》を支払うというのはどうかしら？」

「うん、良いアイデアだね。頑張った人が報われ、還元されるのは悪い話じゃないよ」

「具体的な報酬は後で詰めるけれど、たとえば文化祭でクラスポイントを100得たなら、クラス全体でひと月に得るプライベートポイントは39万になる。これを立案者で割って報《ほう》酬《しゅう》として渡す。こういう形でなら不満もでないはずよ」

仮に5つ催し物をすることになったとして、一人7800ポイント。立案者や協力者の数が多くなってしまい割っても得しない場合は、2カ月か3カ月分の合計金額で割ってもいいだろう。これなら文化祭に積極的な生徒は得をするし、手を抜いた生徒も後々は恩恵に与《あず》かれる。何よりクラスポイントが増えるのなら反対するはずもない。

「あとはアイデアを盗まれないように、情報は徹底的に伏せること。学校、寮、ケヤキモールを問わず発言には十分気を付けることを心がけて」

徹底した秘密の保持。この先2カ月にも及ぶ準備期間の上で非常に大切なことだ。

その後も話し合いは続き、まずは堀北《ほりきた》か洋介《ようすけ》に対して催し物のプレゼンを行う。

そして本採用の可能性が生まれれば話を先に進めるという流れで決着がついた。

3

それから2週間ほど、オレたちの学校生活はいつも通りに進んでいた。

文化祭と体育祭の準備を並行で進めつつ、学業に精を出す日々。所謂《いわゆる》、普通の学校と変わらない毎日を繰り返していたともいえる貴重な時間だ。意外なことにオレと恵《けい》との関係は須藤《すどう》から広がることもなく、新しく知る者が現れた気配はない。

そして9月も半ばの3週目の水曜日の放課後。クラス後方に席を位置するオレは、最前列中央に座っていた堀北に接触する珍しい人物の影を視界に捉《とら》えていた。

「あのさ堀北さん。良かったらこの後ちょっと時間もらえないかな？」

ちょっとだけ遠慮がちに声をかけたのは佐藤《さとう》。堀北と絡むことのない女子の1人だ。

「1時間後に生徒会に行く用事があるので、それに被《かぶ》らないなら構わないわ。何かしら」

怪訝《けげん》な表情こそ見せないが、佐藤に声をかけられた経験もあまりないのだろう。不思議そうに聞き返すと、佐藤はやや小声になりつつもこう続ける。

「文化祭の出し物について、私たちなりに色々と考えたっていうか……言ってたでしょ？思いついたことがあったら言って欲しいって」

「ええ。プレゼンは大歓迎だけれど……」

「それそれ、プレゼンさせてよ。私この文化祭、ガチで勝てる出し物を思いついたんだ」

自信を覗《のぞ》かせる佐藤だが、堀北は簡単に感心した様子を見せることはない。

それもそのはず、この10日余り堀北に案を持ってくる生徒は少なくなかったからだ。

採用されれば見返りもあるため、男子も女子も繰り返し堀北に提案をしている。

王道なものから奇抜なものまで様々だが、共通しているのは適当に出し物の名前を言うだけでは堀北は相手にもしないこと。立案者への報酬が明言されたその日、早速と言わんばかりに本堂《ほんどう》が唐揚げが美味《うま》いから売ろう、と提案を持ち掛けた。しかし堀北は企画書を作って来いと一蹴《いっしゅう》。案として受け入れる姿勢すら見せなかった。翌日、めげずに本堂は唐揚げを作る企画書を提出したものの、そこに書かれていたのはネットから拾ってきたと思われる唐揚げのレシピと、いくらで売るか、如何《いか》に美味《おい》しいかについての熱弁だけ。

その低レベルな企画書を見て、堀北《ほりきた》は改めて企画書の重要性を説いた。仮に唐揚げ屋を出店するのなら原価は幾《いく》らなのか、出店場所はどこなのか、人材がどれくらい必要なのか、定価が幾らで購入客数は何人を想定しているのか、その根拠は何か。きちんとまとめてきた人間の案だけを聞くと言い放ったのだ。

それ以降、堀北に対し安易に提案を持ち掛ける人間はグッと減るかに思われたが、意外にも日増しに作り込んだ企画書を持ち込む生徒は増えていた。

そして幾つかの案が実際に堀北の採用検討リストに載せられることにはなった。

だが、どの企画書も決定打に欠けるため、未《いま》だ本採用には至っていない。

「それじゃあ、企画書を貰《もら》おうかしら」

「あ、うん。もちろん用意はしてるんだけど……ここじゃちょっと。出来ればこの後時間もらえないかな？」

「そう？　まぁいいわ、どこに行けばいいの？」

「えっとね、30分後に特別棟の空き教室。先生には許可を貰ってるから」

「空き教室？」

不思議そうに聞き返した堀北に、よろしくねと言って佐藤《さとう》は背を向けると、様子を見ていたオレと目が合い、すぐに近づいてきた。

「ねえ綾小路《あやのこうじ》くん。綾小路くんもこの後時間あるかな？」

「オレ？　特にこの後予定はない」

「さっきの話聞いてたよね？　30分後に堀北さんと一緒に来てくれないかな」

「どうしてオレもなんだ？」

「それは今は秘密。来てくれたら分かるから」

先程の堀北に対する態度と同様に、佐藤の顔からは自信が溢《あふ》れていた。

「それじゃ待ってるからね！」

携帯で時間を確認した佐藤は、急ぎ教室を出ていく。

「何なのかしら彼女。随分《ずいぶん》と自信があるみたいだったけれど」

「余程の出し物を考えたってことか？」

「だとしても、わざわざ呼び出すことかしら」

その真意はオレにも分からないが、ともかく30分後には分かることだ。

オレと堀北は教室の中、互いに適当に時間を潰《つぶ》してから特別棟に向かうことにした。

4

どうせ同じ場所に向かうので、堀北と特別棟へと共に足を運ぶ。

佐藤に指定された教室の前まで到着すると、何故《なぜ》かそこには前園《まえぞの》の姿があった。

「あ、私見張り役。放課後特別棟に来る人はいないと思うけど、念のためってヤツだね」

「見張り？　……思ったよりもずっと手が込んでいるのね」

どの学年どのクラスが、どんな出し物をするのかは当日まで隠しておきたい、それは大前提ではあるが警備まで立てていることに堀北《ほりきた》は驚いたようだった。

それはオレも同じだ。教師に申し出て特別棟の一室を借り受けただけでなく、第三者の介入を防ぐために見張りまで立てているとは。しかも窓から教室の中が見えないよう簡易的ではあるが目張りまでされている。

「それじゃ、早速中を見せてもらうわね」

「あ、ちょっと待って。ここからは実践形式になってるから、堀北さんも綾小路《あやのこうじ》くんもお客さんとして体験してみてね」

「そういうこと。いいわ、下手な企画書を見るよりこの方が分かりやすいもの」

ここまで手の込んだ流れを見れば、堀北も否応《いやおう》なしに期待を高めていることだろう。

実際に採用することになるかは別問題として、文化祭で勝つために本気の努力をしていることはこの時点でも明らかだからな。堀北にしてみれば嬉《うれ》しいことだろう。

オレと堀北は周囲に人がいないかを改めて確認した後、ゆっくりとその扉を開いた。

最初に視界に飛び込んできたのは、思いがけないカラフルな色。

無機質で変哲もない教室とは思えないほど、明るく飾り付けられた装飾品たちだった。

「これは……」

「いらっしゃいませ〜。メイド喫茶Ｍａｉｍａｉでーす！」

一斉に３人の女子が、それぞれ特徴的な衣装に身を包みオレたちを出迎える。

オレたちをここに呼び出した佐藤《さとう》と隣の松下《まつした》がメイド服。

恥ずかしそうに視線を泳がせているみーちゃんがチャイナ服に身を包んでいた。

ちなみに通常、教室ではモニターがはめ込まれているが、普段使用される頻度の少ない特別棟は未《いま》だホワイトボードが設置されたままのようだ。そしてそのホワイトボードを利用するように、ペンで可愛《かわい》く店名が記載されていた。

席に案内され手作りのメニュー表を手渡される。

「ご注文は何に致しますか？　ご主人様」

「ちょっと待って。注文の前に聞いてもいいかしら」

「え？　なに？」

「これ、用意するだけでも結構な時間とお金がかかったんじゃない？」

確かに即日用意できるのかと聞かれると難しそうなレベルに見える。飾り付けは頑張れるとしても、衣装はどうしたのだろうか。

「松下さんどれくらいかかったっけ？」

「準備期間は約４日。かかった費用は意外とリーズナブルだと思うよ。全部で１万３２００プライベートポイント。ここにいる３人と前園《まえぞの》さんの４人で企画して割り勘しているから、一人当たり３３００ポイント。内訳はレンタル衣装３着と、雑貨屋で折り紙やペンの装飾関係を買ったくらい。食器類は私たちの私物だから費用はなし」

なるほど、食器類に統一感が欠けている理由はそれか。もちろん、あくまで企画を通す段階のためその部分がマイナス要素になることはない。むしろ最小限の費用に抑えつつよく準備したと改めて感心するほどだ。

「インパクトとしては完璧だったわ。これまで見てきたどの出し物よりも。でも——」

掴《つか》みは申し分ないとべた褒めする堀北《ほりきた》だったが、それで出し物を決定するほど安直な人間ではない。

「肝心の全体予算は出しているのかしら？　具体的なプロセスが見たいわね」

鋭い指摘に、佐藤《さとう》は慌てることなく視線をみーちゃんへと向ける。

「えっと、出来る限り企画書にまとめてみました」

クリアファイルを鞄《かばん》から取り出し、みーちゃんはそれを堀北へと差し出す。みーちゃんが書いたものだろうか、綺麗《きれい》な文字で3枚にわたり詳細が書いてあった。衣装はレンタルと言っていたが、3社からそれぞれ見積もりを取り1着ずつ借りたこと。値段とクオリティ、品揃《しなぞろ》えをそれぞれ比較したもの。当日使用する食器類を安く済ませた場合と高く済ませた場合の差額費用。目安となる人の数、それによる客収容数の違いなど。

「これまで見たどの企画書より頭一つ抜けて完成度が高いわね。流石《さすが》だわ」

素直に褒めると、佐藤と松下《まつした》がみーちゃんの脇を突《つつ》くように褒められているよと教える。

当人は変わらず恥ずかしそうにしつつも、軽く会釈《えしやく》するように頭を下げた。

ここまで満点とも言える佐藤たちからの企画案。

しかし――――。

「確かに面白い出し物ね。珍しいジャンルとは言えないのかも知れないけれど、しっかりと作り込めば可能性はあると感じたわ。ただデメリットもある。衣装レンタル代が1着4000ポイント。それが企画書通りなら10着で4万ポイント。後は飲料や軽食の用意にかかる費用の概算が5万ポイント。これだけでも全部で9万……。教室内の装飾品が5000ポイントで、そしてここに場所代もかかるとなると……。けして安くはない出し物ね」

人手には賃金が必要ないので無理なく確保できるとしても、現予算の半分近くを1つの催し物に使ってしまうことになる。

「そ、そうだけど……でも、その分単価をあげられると思うの！」

佐藤たちが作ったメニュー表、たとえば紅茶なら一杯800ポイント。ケヤキモール内のカフェで飲むよりも高い金額に設定されている。もちろん今後の調整次第で大きく下方修正することも考えられるが、それでも売れる見込みがあると判断しているようだ。

3枚に分けられた企画書を読み返す堀北の姿は真剣そのもの。

ただ、周囲にいる佐藤たちの格好がメルヘンというか現実感がなく変な違和感だ。

やがて結論を出したのか、堀北は顔を上げる。

「改めて確認するけれど、この出し物……誰にも見られてないわね？」

「もちろん抜かりなく」

自信を覗《のぞ》かせ、松下《まつした》が頷《うなず》く。それに続いて佐藤《さとう》とみーちゃんも。

「――いいわ。このメイド喫茶が通るように善処してみる。あなたたちは徹底したコスト削減を含めて、更にこの企画書を精査してもらえるかしら？」

「ホント!? やった！」

3人は喜びそれぞれタッチを交わす。

「喜ぶのは早いわ。あくまでも前向きに検討する段階だということを忘れないで」

そう言ったものの、堀北《ほりきた》から善処すると言質《げんち》を引き出せたのは大きな収穫だろう。

2人で廊下に出ると、見張っていた前園《まえぞの》も嬉《うれ》しそうに手を振ってきた。

教室の中の騒ぎは、前園の耳にも届いていただろうからな。

「それにしても随分《ずいぶん》と買っているんだな。まさか善処するとまで言うとは」

「勝算が無いと思えば安易に認めたりしないわ。事実、いくつか持ち込まれた案の大半はその場で却下、良くて保留にしかしていなかったもの。それだけ、彼女たちの考えた案には力があったということよ」

メイド喫茶、という出し物はそれほど珍しいものではないだろう。

だがウチのクラスの強みを如何《いかん》なく発揮し、来賓者《らいひん》たちの心を打つ可能性を見出《みいだ》したからこそ堀北も協力を惜しまない気になったようだ。

「仮にどこか別のクラスが同じメイド喫茶を採用してきても、勝てるってことか」

「ええ。あなたはそう思わなかった？」

「いや、確かにな」

下手な食べ物に関する店を出しても、幾《いく》つかのライバルと戦うことになる。一方でメイド喫茶が1つか2つ被《かぶ》っても実力でねじ伏せることが出来るかも知れない。サンプル衣装を着てみせた3人も然《さ》ることながら、まだまだ強力な人材がクラスの中に眠っている。

「ということで。彼女たちの企画を確実にするため、あなたにも協力してもらうわよ」

「協力？　まさか、オレにもコスプレをしろとか？」

「何をバカなことを言ってるの。やるからには全力を出す。となれば最高の人材を用意する必要があるでしょう？　そういうのは男子のあなたがやるべきだと思うの」

「いや……まあ、言ってる意味は分からなくもないが……他に適任がいると思うぞ」

「そうね。この手のことなら池《いけ》くんや本堂《ほんどう》くんたちの方が目利きは上かも知れない。でも彼らにこのことを話せば情報漏洩《ろうえい》に繋《つな》がる恐れがあるわ。口は軽そうだもの」

「……それは否定できないな」

漏《も》らすつもりはなくてもうっかりをやってしまいかねない生徒たちだ。

「内情を知る人間は無暗《むやみ》に増やしたくない。わかるわよね？」

「なるほど、な」

佐藤に呼ばれてしまったのが運の尽き、こうなる定めだったのかもな。

「だから、まず人選はあなたに任せる。もちろん、引き受けてもらう人には今回の件を話して構わないけれど、秘密の厳守は忘れないで。もしもの時は企画が立ち消えになるわ」

それだけ情報を守ることは重要だということだ。

「そうね……そういう意味でも情報の共有者は最低限に留《とど》めたい。あなたに全て任せていい？　後日正式な予算を決めるから、人の手配から全ての費用、管理をお願いするわ」

「まてまて。一気に飛躍してきたな。オレにだけ任せるつもりか？」

「この文化祭の出し物は1つとは決められてない。男女、人材のバランスから考えても複数の出店は絶対よ。低予算で売上を上げる方法を考えるのもかなり苦労しそうだし、私としてはそっちの方に集中したいの」

集中させてやりたい気持ちはやまやまだが、どうしてオレがという気持ちはある。

「正式なオファー、引き受けてくれるということでいいわね？」

引き受ける素振りなど全く見せた覚えはないが、有無を言わせず決定されてしまう。

「参ったな……」

オレに理想のメイド喫茶運営など可能なのだろうか。とてもじゃないが自信はない。

佐藤《さとう》に松下《まつした》、みーちゃんは確定として……あと何人をウェイトレスにするか。

まだ先の話とはいえ、近いうちに取りまとめておく必要がありそうだ。

「私はこのまま生徒会室に向かうから、またね」

「あ、ああ……」

帰り道、頭を抱えたくなる案件を受け持ったオレは、特別棟を抜けようとしたところで茶柱《ちゃばしら》を見つける。場所が場所だけに、偶然通りかかったわけではなさそうだ。

「佐藤たちに会いに行っていたのか？　出し物のことは聞いている。何をするつもりなのかもな。悪くないアイデアだ」

「そうでしょうね。佐藤たちにしてみればまずは申請が通る出し物かどうかを確認してからでないと準備にも移れないでしょうから」

あそこまで本格的に用意しておいて、許可が下りるか分からないは笑えない。

「個人的に様子が気になったので見に行こうと思ってな。様子はどうだった？」

「堀北《ほりきた》も前向きでしたよ。勝算があると踏んだんでしょうね。今詳細を詰めてます」

「そうか。それならわざわざ見に行くまでもなさそうだな」

「こっちは巻き込まれた形で、ちょっと厄介なことになりましたけどね」

「と言うと？」

「堀北の指示でその出し物の監督をオレがすることになったんですよ」

「綾小路《あやのこうじ》が？　それはまた……」

憐《あわ》れむような目、可哀《かわい》そうな目を向けてくると茶柱はどこか可笑《おか》しそうに笑った。

「いいことだ。堀北もなかなか面白い提案をする」

「この手の分野は池《いけ》や博士《はかせ》といった人間の方が何倍も向いていると思いますけどね」

メイド喫茶と言われても、そのバックグラウンドは何ひとつ見えてこない。

「オタクカルチャーの理解に関しては、確かにそうかも知れない。しかし文化祭で重要なのは売上だ。出し物のクオリティをあげることは出来てもあの２人は緻密《ちみつ》な利益、計算を

得意としないだろう。だからこそおまえが監督する意味がある。必要ならその２人に意見を聞けば解決する問題だ」

簡単に言ってくれる。意見を吸収するためには、こちらも最低限の知識を身につけなければならない。無知のままアドバイスだけを聞き入れても正解に辿《たど》り着《つ》ける保証はなく、逆に間違っていることを指摘することも困難だ。

「勉強以外にも学ぶ機会が出来たと思って腹をくくるんだな。メイド喫茶の店長さん」

「……そうですね」

帰ろうとするオレだったが、その背中を茶柱《ちゃばしら》が呼び止める。

「綾小路《あやのこうじ》。今度……少しだけ時間を貰《もら》えないか」

「今度？　いつです？」

「それは近々メッセージを送る。それでもいいだろうか」

「まあ、別に構いませんよ。予定があれば空けることにします」

断ることも出来たが、茶柱からの真剣な眼差《まなざ》しを受けオレは承諾することにした。

○2人の教師、運命の特別試験

メイド喫茶の店長？を任されることになった翌朝。

教室に入ってきた茶柱《ちゃばしら》の固い表情を見て、多くの生徒たちはすぐ異変に気付く。

ただ、今回はいつもと違い真っ先に『特別試験』の文字が頭に浮かびはしなかっただろう。その最たる理由は、次の試験が体育祭だと思い込んでいたからではないだろうか。更にその後には文化祭も控えている。

「10月の体育祭の前に、おまえたちには新たな特別試験に挑んでもらう」

生徒たちにちょっとした動揺が走る。去年のこの時期は、既に体育祭に向けて動き出していて他の特別試験はなかったが、今年は違うということだ。

「折角《せっかく》キツイ無人島試験を乗り越えたってのに、もう次の特別試験かよ……」

こちらも恒例となりつつあるが、誰よりも先に口を開いた池《いけ》の不満が漏《も》れ聞こえる。

退学と背中合わせだった無人島試験を乗り越え、晴れて篠原《しのはら》さつきと恋人関係になれた池にとってみれば、前途多難の文字が浮かんでいることだろう。

どれだけ仲を深めて距離を縮めても、特別試験次第では突然の退学も起こり得る。

ＯＡＡによる総合力が低い生徒は特に、その危機感を抱いていることは間違いない。

「へっ、こっちとしては望むところだぜ。体育祭で無双する前に、軽く特別試験を乗り越えてやろうじゃねえか」

運動神経に絶対の自信を持つ須藤《すどう》が拳《こぶし》と拳を合わせる。

「調子に乗らない」

「……おう」

即座に堀北《ほりきた》が忠告したことで、少しだけしょんぼりして須藤は黙り込んだ。

何とも良い主従関係……いや、友人関係を育んでいると言えるだろう。

「素直に認めてしまえば、例年であればこの時期に特別試験が行われるケースは少ない。事実、1年生や3年生たちに特別試験が実施されることはないからな」

「つまり私たち2年生だけが体育祭の前に特別試験をするってこと？」

椅子に背中を預けていた佐藤《さとう》が、前のめりになりながらそう問いかける。

茶柱は一切否定することなく頷《うなず》いた。

「おまえたち2年生が優秀だからこそ学校側も、相応の評価をしているということだ」

「えええ？　評価してるから特別試験って……おかしくない？」

「確かに特別試験には、おまえたちが警戒するリスクがつきまとう。クラスポイントやプライベートポイントを失ったり、時には退学の処分を受ける生徒も出てくる。しかし裏を返せば、より充実した学校生活を送るための機会を多く得たとも言えるだろう。何より大切と考えているＡクラスへの昇格も、特別試験の実施回数は多ければ多いほどチャンスに恵まれるということだ」

確かに、大きくクラスポイントを得ようと思った時、普段の日常生活で稼ぐのは極めて困難だ。どちらかと言えば特別試験の実施されていない期間は如何《いか》にクラスポイントを下げないか、という意味合いが大きい。無人島試験であれ何であれ、特別試験が実施されて初めて上のクラスに上がるためのチャンスが訪れる。

「幸福と不幸は表裏一体。リスクがあるからこそメリットがあるわけですね？」

冷静に受け止めた堀北《ほりきた》が、茶柱《ちゃばしら》に近い位置から聞く。

「そういうことだ」

「何も恐れることはないわ。私たちは今、確実にAクラスに迫っている。横並びになったBクラス以下の三つ巴《みどもえ》を抜け出すチャンスが、早くもやってきたということよ」

一度でも機会が多い方がいい。それは上を目指す上では全員の共通認識でもある。

「確かにそうだよね……。不満言ってたって特別試験がなくなるわけじゃないしね」

堀北の言葉に、佐藤《さとう》以下クラスメイトたちも納得した表情を見せる。

まだまだ未完成とは言え、支柱になりうる堀北の成長はクラスメイトに確実にプラスの効果をもたらしているようだ。内心では茶柱も喜んでいると思うが、表情には一切出していない。元々甘い顔を見せない茶柱だが、今回はいつにも増してという感じだ。

「おまえたちには今回『満場一致特別試験』と呼ばれるものに挑んでもらう」

モニターが点灯し、恒例となりつつある映像と共に説明が始まる。

「今回の特別試験は非常にシンプル。それ故に、随時気になったことがあれば質問を受け付ける。特別試験の実施は明日、内容は名前からも察することが出来ると思うが、複数の選択肢の中から、満場一致になるまでクラス内で投票を繰り返し行ってもらうものだ」

「明日？　……随分《ずいぶん》と急ですね」

ろくな準備期間も用意されていない。もちろん対等な勝負のため有利不利があるわけじゃないが、落ち着きかけたクラスが再びざわつき始める。

「先程も言ったが、この特別試験はシンプルだ。事前に時間をかけて打ち合わせるような必要もなく明日決行することへの問題はないと学校側は考えている」

満場一致になるまでクラス内で投票を繰り返す。

それだけを聞く限りでは、確かに複雑な内容は見えてこない。

「つまり、今回は別のクラスと戦うわけではないということですね？」

何よりも重要だと、洋介《ようすけ》がその点についての回答を即座に求める。

「そうだ。このクラスの中だけで完結する特別試験となっているため、ライバルのクラスと競い合うことはない。当日、試験が始まると学校側からおまえたちに５つの『課題』を出題させてもらう。なお課題の中身は全クラスが共通しているため差別化はない」

課題の内容が異なればクラス毎に難易度が変化するため、当然と言えば当然か。

「早速だが、理解を深めるため例題を出す」


例題・クラスポイントを５失うがクラスメイト全員が１万プライベートポイントを得る

選択肢　賛成　反対

モニターに表示された課題。その内容は告知通り分かりやすく単純なものだった。

「んん？　なにこれ？　えっと……クラスポイントが5減っちゃうけど、代わりに1万プライベートポイントを貰《もら》える……。これが課題？　これって得なの？　損なの？」

色々と思わぬ疑問が浮かび上がって来るのも無理はない。

例題とは言え、もっと選択を悩まされるようなものだとばかり思っていたからだ。

声に出した篠原《しのはら》が指を折りながら、頭の中で損得計算しようとする。

クラスポイントは1ポイントにつきプライベートポイントを100得る。

つまり5クラスポイントの価値は500プライベートポイント。

一瞬で考えるなら、圧倒的に後者のプライベートポイントの方が高価だと言える。

ただし、クラスポイント自体は継続して価値を持つ。

一ヶ月だと5クラスポイントで500プライベートポイントに過ぎないが、1年の長いスパンで計算すれば、たった5クラスポイントでも6000プライベートポイントの価値を持つことになる。卒業までの残り期間を考えるとプライベートポイントを受け取れる機会は2年生10月から3年生3月までの残り18回。つまりクラスポイントの価値は9000プライベートポイントと考えることが出来る。

即座に1万プライベートポイントを得るか、卒業まで刻んで合計９０００プライベートポイントを得るか。前者の方がプライベートポイントだけを見れば僅《わず》かに得だ。

が、事はそう単純じゃない。

仮にここでクラスポイントを5失ったことが終盤まで響き、その差でAクラスを逃してしまったとしたら、それは最悪の選択をした、そんな風に過去を振り返ることになる。

もちろん、５ポイントが勝敗を分ける確率はそれほど高くはないだろう。となれば、プライベートポイントを1万得ておく方が得なケースも十分に考えられる。

どちらの視点で考えたとしても、結局メリットとデメリットがあるということだ。

「この課題に対し、完全な匿名《とくめい》で39名が提示された選択肢から選び投票する。百聞《ひゃくぶん》は一見《いっけん》に如《し》かずだ、実際にやってみてもらおう。色々と疑問を感じた生徒も多いだろうが、まずは一度話し合いの時間を設けずにやってみてもらいたい。タブレットから賛成か反対に票を投じるように」

茶柱《ちゃばしら》が操作することで、オレを含めクラス内の生徒のタブレットの画面が切り替わる。

タブレットには課題の内容が表示され、賛成か反対かを押すことが出来るようになっていた。これまでにない変わった特別試験だ。ひとまず真面目に考えてみる。

クラスポイントに直接の影響を与えないプライベートポイント。賛成を押せばクラスメイト全員が1万ポイントを得られるというのは単純にメリットだ。しかし賛成をしてしまうとクラスポイントをたった5、されど5ポイントを失う。

この場合、人間の本質的にどう考えるかを思考する必要がある。

プライベートポイント1万が得か、クラスポイント5を失わない方が得か、ではなくその逆。どちらを選択した時に後悔しないで済むか、というもの。

オレは少なくなるであろう『賛成』を押して結果がどうなるかを見てみることにした。

1回目で満場一致になってしまうのは得策じゃないと判断したからだ。

程なくして集計が終わったのか、茶柱《ちゃばしら》が手元のタブレットから顔をあげる。

「よし、全員の投票が終わったため、早速結果を表示させたいと思う」

その合図とともに、モニターに結果が表示される。

第1回投票結果　賛成3票　反対36票

反対意見の方が多くなるであろうことは分かっていたが、想像よりも大差だ。

「あ、あのさ？　5クラスポイントでチマチマ貰《もら》うよりも1万プライベートポイントの方が多く貰えるよな？　俺計算間違った？　なんで反対多いわけ？」

賛成に投じたと思われる池《いけ》が、クラスメイトを見渡しながら不思議そうに聞く。

「確かにプライベートポイントの大小だけで言えば、1万ポイントを貰った方が得ね。けれど、クラスポイントはAクラスを目指す上で必要不可欠なもの。差額が1000ポイントでしかないのなら、わざわざ貴重なクラスポイントを減らす必要はないわ」

ここで反対に投じたと思われる堀北《ほりきた》が、何故《なぜ》反対に投じたかを理論的に説明する。

「万が一、５クラスポイントの差が勝敗を分けたら、悔《く》やんでも悔やみきれないよね」

オレが考えたように、当然多くの生徒も『万が一』というリスクを心配する。また、別の3クラスも同じ課題に挑むことを忘れてはいけないだろう。もし3クラスがクラスポイントを選び反対で満場一致にさせたなら、このクラスだけが1歩後退することにもなる。もちろん、得た1万プライベートポイントを生かせるのなら話も違ってくるが。

「各々思うことはあるだろうが話を聞いてもらおう。反対36票と圧倒的な差ではあるが満場一致ではないためこれはやり直しとなる。本番では、次の投票までのインターバルは固定の10分間。その間は今のように自由に会話し、時には席を立ち、意見を交換し合うことが認められているが今回は現時点で省略とする。再び投票を開始するように」

この試験は満場一致にさせることが目的。

満場一致にならなかった場合は無効となり、10分のインターバルが強制的に挟まる。

仮に意見がすぐにまとまったとしてもそれだけの時間をロスするということだ。

この特別試験の仕組み上、恐らく時間制限が設けられていると見て間違いない。

下手に不一致が続くとタイムアップ、という可能性も出てくるな……。

となると2回目の投票、取るべき行動は深く考えるまでもなく反対に投じること。

反対に投じれば満場一致に持っていくことが出来る。

だからこそ、2回目の投票でもあえて『賛成』に投じてみることにした。

そうすることで、クラスメイトがよりこの特別試験への理解を深めると思ったからだ。

第2回投票結果　賛成2票　反対37票

「お、おいおい今の話を聞いてもまだ賛成に入れたヤツがいるのかよ」

「ごめんなさい、それは私よ須藤《すどう》くん。あえて満場一致になることを避けてみたの。どうやら私と同じような考えを持った人が他にもいたようだけれど……ね」

こちらを向きはしなかったが、もしかするとオレのことを指していたのかも知れない。

「2回目の投票結果だ。ほぼ反対に固まったが、まだ賛成が2票残った。この場合更にインターバルを設け10分後に投票を再開する。このように投票とインターバルを繰り返し最終的に賛成39票、あるいは反対39票の満場一致を導き出すことが試験となる。無論、この選択で選ばれたものは全て実際に可決される。この場合であれば賛成が39票になればおまえたち全員が1万プライベートポイントを貰《もら》えるが、クラスポイントが5失われる。逆に反対が39票になればこの課題は無効となり、一切の効力を発揮しない」

つまり誰もポイントを得ることも失うこともなく、この課題が終わるということだ。

「満場一致にはなっていないが、時間短縮のため次の例題に移る」


例題・クラスの1人に100万プライベートポイントを与える

（賛成が満場一致になった場合、ポイントを与える生徒の特定、及び投票を行う）

賛成　反対

「例題に思うことはあるだろうが、本番では1回目の投票前の私語は禁じている。つまりまずは純粋に課題に向き合い投票をする必要がある」

課題の内容を読んでどう思ったかを話し合うのは2回目の投票前からということか。

第1回投票結果　賛成39票　反対0票

当然と言えば当然の結果が表示される。39人のうち1人しかプライベートポイントを得られないとしても、後者を選ぶ理由はほぼ無いに等しい。自分が貰えなくて悔しいとしても、反対で満場一致を目指すことは困難だろう。

「本番でこのような特定の個人を選定する課題が出題された場合、まずは賛成と反対の票を満場一致にさせるための作業は1つ目の例題と同じだ。反対になればその時点で課題は終了だが、もし賛成による満場一致だった場合には課題は終わらず一歩先へ進む。インターバルを挟み『誰』を推薦《すいせん》するかで話し合ってもらう。タブレット上には自分を除く全クラスメイトの名前が表示される仕組みだ」

タブレットの画面が強制的に切り替わり、確かに自分以外の名前が並べられた。

ただしあいうえお順でもなく、不規則に男子も女子も関係なく入り乱れた配列だ。

「匿名性《とくめい》を徹底するため、生徒の名前の位置は投票のたびに入れ替わる。これは賛成や反対といった選択肢も同様にランダムで入れ替わる。隣の生徒を盗み見して、指の位置からどれに投票したかを推測することを阻止するためだ」

他人の投票先が絶対に看破できないことを伝えつつ、更にルール説明を続ける。

「話し合いに目途がついて来れば各自好きなタイミングで投票を行う。1人推薦《すいせん》したい生徒を選びタップするだけだ。インターバルの最中であれば、繰り返し推薦する生徒の変更も認められる。10分終了時点で過半数……このクラスの場合20票を集めていた生徒が特定の生徒として認められる。仮に、池《いけ》が大勢の推薦によって選ばれたとしよう」

「え、俺っすか⁉　やったぜ」

「当人である池に投票権は一時的になくなりそれ以外の38人で投票を行う」

過半数を超えた生徒は当然満場一致にも近い。それが推薦の仕組みでもあるんだろう。

一歩進んだ課題の新たな投票が始まり、オレたちは投票を行う。

例題・池寛治《かんじ》に100万プライベートポイントを与える

賛成　反対

第2回投票結果　賛成0票　反対38票

「ええええっ!?　ちょ、なんで誰も賛成に入れてくれてないんだよ！」

「いや、おまえに１００万なんてやらねーだろ普通」

クラスの全員が思っているであろうことを須藤《すどう》が代弁してくれた。

「池を対象にしたこの投票で反対による満場一致となった場合『池にポイントは与えない』ことが可決されるが、それは池が課題の対象リストから除外されてしまうだけで１００万ポイントの行方は宙に浮いている。なので残った38人から再び生徒を選定し課題を続けていく。ただし、時間切れまでに付与する対象を定められず満場一致を成せなかった場合、試験は失敗。その上１００万ポイントは誰にも与えられることはないので注意するように」

「え！　俺が貰《もら》える可能性は今ので0になったってことっスか!?」

「そういうことだ。賛成が１人でも残っていればリストから除外されなかったがな。また立候補者を募ることも出来る。インターバル中に立候補した場合先着で特定の生徒として受け付けるものとする。ただし立候補は課題１つにつき１人一度までしか認められない」

「では、もし10分間で特定の生徒への推薦票が過半数集まらなかった場合や立候補者が出ない場合はどうなりますか？　そういったケースも考えられると思います」

「その場合、クラス内からランダムで選出され投票することになる」

時間も課題も待ってくれず、強制的に誰かで投票が開始されるようだ。

「個人を選択するとなると時間を浪費することになるかも知れないわね」

その通りだ。クラスの人数分選択肢が増えるようなものだからな。

かと言ってランダムに選出された生徒にすんなり決まるとも思えない。

「皆、気を引き締めておこう。この特別試験思ったよりも難しいものになるかも……」

話し合えば必ず解決する課題ばかりとは限らない。

絶対に譲歩出来ないような選択を迫られる可能性は十分にある。

いや、そうでなければ特別試験としての意味を成さない。

「最後にもう1つだけ例題を出そう。今度は実戦形式でやってもらう」

例題・ケヤキモール内に施設を増設することが決定した。次の内どれを希望するか
（4クラスの投票結果を元に最多票の施設が採用される）

飲食店　雑貨店　娯楽施設　医療施設
これまでの例題とは異なり、賛成反対ではなく4択から選ぶという方式に変わる。

賛成か反対の投票だけと思っていたが、どうやらそういうわけではないらしい。

ここで選んだ選択肢は実際に実行されるということのようだが、仮にこれが例題ではな

かったとしたら、本当にその施設が作られるということなのだろうか。

「課題が賛成などで可決されると、その内容が実際に承認される。しかし全体に影響を及ぼす課題に限り特殊な方法を取る。こういった形の課題が出題された場合には、満場一致となった選択肢を自クラスの選んだ１票として決定するに過ぎない。このクラスが飲食店で満場一致になったとしても、残りの３クラスが娯楽施設で満場一致だった場合は、３票を得た娯楽施設が追加されることで決定となる」

茶柱《ちゃばしら》の言っている意味は、恐らく全員にも分かっただろう。課題は即実行力を持ったものと、あくまでクラスの一票として提示するものの二通りに分かれるということ。どちらにせよ慎重に議論しながら満場一致に導いていくことが求められるようだ。

１回目の投票前は私語が禁止されているため、直感で選択肢を選ぶ。

第１回投票結果　飲食店20票　雑貨店４票　娯楽施設15票　医療施設０票

「満場一致とはならなかったため10分間のインターバルを行う」

ここで初めてインターバルの時間が訪れる。

教壇後ろのモニターで10分のカウントダウンが始まった。時間切れになり強制的に次の投票時間が来るまでこの状況が続く。

生徒たちは自由に席を立ち、大声で話そうと特定の誰かと小声で話そうと、好きなように意見をまとめていくことが許される。オレは周囲を観察しながら経過を待つ。特に誰かが指示を出すこともなく好き勝手に雑談するだけの時間が10分経過した。

「インターバル終了直前には席に戻り、投票の準備を行ってもらう。投票に与えられる時間は最大60秒。もし全員が速やかに投票を終えた場合には、制限時間を待たずして結果発表へと移る」

強制的な10分間のインターバルと違って、投票時間は工夫次第で短くできるようだ。

「また60秒以内に投票を完了しなかった生徒には容赦《ようしゃ》なく時間超過のペナルティを与えていく。個人が持つ持ち時間は試験中を通して90秒。5つの課題をクリアする前に合計90秒の時間超過をさせてしまった生徒は持ち時間が0になり退学だ」

これは絶対に投票させるための学校側としての縛り。もし投票したくないとヘソを曲げるような生徒が現れたとしても、やがて強制的に退学処分となる仕組み。

毎回投票のたびに遅延行為を行ったとしても、58秒か59秒で投票を終えなければ貴重な持ち時間を失っていくため、わざわざそんなことをする生徒が現れることはないだろう。

そして行われる2回目の投票、その結果。

第2回投票結果　飲食店23票　雑貨店2票　娯楽施設14票　医療施設0票
意見がまとまる話が出ていたわけでもないため、1回目と同じような結果に終わった。

露骨な課題でもない限り、1回目の投票で満場一致に持っていくことは簡単じゃない。

そして意見を統一してから、特定選択肢に39票を集めることもそう難しくはない。

しかしそれらは全て想定内の課題であればの話だ。

内容次第では、相当話し合いが求められるものも出てくるだろう。

「ここで例題は終了とするが話の流れは理解できたはずだ。この特別試験をクリアするための条件は5時間以内に5つの課題を満場一致にさせること。もし5時間の中で全ての課題を終わらせることが出来なかった場合は、非常に重いペナルティが待ち構えている。クラスポイントマイナス３００の処置だ」

「さ、さんびゃく!?」

つまりクリアすることは絶対条件の特別試験ということだな。

「ただし時間内に終わらせることが出来れば、クラスポイントを50貰《もら》うことが出来る」

アンバランスのようにも見える報酬《ほうしゅう》とペナルティだが、試験の難易度で見れば妥当か。

「慌てる必要はないよ。今回誰と戦うわけでもなく、僕らは意見を統一するだけでいいんだからね。時間が許す限り、インターバルを挟んで何度でも投票をやり直せるんだ」

「大体この特別試験の概要が見えてきただろう。ルールをまとめたものを表示する。保存が必要と思った者は自分で画面をキャプチャーして残しておくように」

満場一致特別試験概要

ルール説明

・学校側が出題する課題に対し、クラスメイト全員で用意された選択肢に投票する
(出題される課題は全部で5問・選択肢は最大4つ)
・いずれかの選択先が満場一致にならない限り、同じ課題が繰り返される
・課題の途中で時間切れとなった場合、その課題の進行具合は問わず一切承認されない
・満場一致でクリアとなった課題は特別試験の成否にかかわらず実際に承認される
・出題される全課題をクリアするとクラスポイントが50得られる
・5時間以内に全課題をクリアできなかった場合はクラスポイントを300失う

特別試験の流れ

①課題が出題され1回目の投票(60秒以内)を行う
②満場一致であれば次の課題へ進み①へ。不一致であれば③に進む
③10分間のインターバル(この間は教室内に限り自由に移動、話し合いが出来る)
④60秒の投票タイム(話し合いが出来ず、投票することしか出来ない)
(60秒以内に投票が終わらなかった生徒は累積ペナルティを受ける)

（累積ペナルティが90秒を超過してしまった場合、その段階で退学処分を受ける）
⑤投票結果が発表され、満場一致の場合は次の課題へ進み①へ
　満場一致に至らなかった場合は③へ戻る

これを繰り返し、５問の課題を終了させた時点で特別試験はクリア。万が一失敗すればペナルティ。ここで３００ものクラスポイントを失うことは、Ａクラスへの切符を失うということにもなり兼ねない。これは大げさな話じゃないだろう。

３クラスがクリアしてくれれば、それだけで全クラスと３５０ポイントも開いてしまう。

話し合いは何度も行えるが、やはりネックとなるのは誰がどちらに投票したかを知ることが出来ない完全な匿名《とくめい》投票だという点ではないだろうか。

賛成に投じながらも、反対に投じたと言い張ることも出来てしまう。

「どのような課題が出題されるかは我々教師も与《あず》かり知らないところだ。楽観視する者もいるだろうが、けして油断するなと忠告しておく。また今回の試験、他の生徒に対し特定の選択肢に投票先を縛ったりするような契約等を行うことは固く禁ずる。またそれ以外にも金銭のやり取りをして相手の選択を縛るなども論外だ。これは他クラスだけでなく自クラスにも同等の効力を持つモノとする」

強制的に選択肢を縛ることは許されないということか。

ある程度結束して票を固めることは許されても、保証を裏付けられない。

　仮に契約で絶対に選択肢1にしか投票しない、というようなものを結ばれてしまうと、選択肢1以外にしか入れない契約をした者が1名存在するだけで、試験として成り立たなくなってしまう恐れがあるからな。

　それだけで他クラスに対して凶悪な攻撃が可能になってしまう。

「徹底したルールの監視を学校側は行う。もしクラス外の第三者が関係したことで、一方的な選択肢を選び続けられるなどのことが判明した場合は関係者一同、容赦《ようしゃ》なく退学になる可能性もある。覚悟しておくように。また、もし不正を持ち掛けられた者がいれば、直ちに学校に申し出ることで解決のために尽力することを約束する」

　クリア前提の特別試験で時間切れになれば、間違いなく学校は調査を行うということ。話を持ち出しただけでも、恐らくは強烈なペナルティを食らうため、たとえ龍園《りゅうえん》と言えども露骨な動きを見せることはしないだろう。

　特別試験開始まで、下手に他クラスの生徒と絡むような行動も慎《つつし》んだ方がよさそうだ。

「なお、今回の特別試験では一時的に『プロテクトポイント』の効力が無効となる。本試験を行う上で1人守られている生徒がいるだけで、公平性のある特別試験を行うことが不可能になるからだ。プロテクトポイントを持つ者が何らかの形で退学処分を受けた場合、所持しているプロテクトポイントで退学処分を取り消すことは出来ないものとする。ただし、個人あるいはクラス全体で2000万プライベートポイントを支払う場合のみ退学を免れることが出来る」

このクラスに、今現在それだけのプライベートポイントはない。

つまり退学処分を受けた生徒は確実に退学になってしまうということだ。

退学を一度無効にできるプロテクトポイントも、時には制約を受けるということか。

別のクラスとの対抗での特別試験なら、プロテクトポイントの一時無効は不満を産む恐れがある。しかし今回に限ってはあくまでもクラス内での問題。

そういう意味では、この特殊ルールが適用されるのも無理ないことか。

不平不満が出ても仕方がないことだが、高円寺《こうえんじ》は気にした様子もない。

「なお、特別試験中は携帯など通信機器の類《たぐい》は全て回収する。この試験は外部と連絡を取ることで、不文律《ふぶんりつ》を生む可能性があるためだ。万が一隠し持っていることが判明した場合には――もはや詳細を語るまでもないだろう」

これも、他の守るべきルールと同様に退学が絡んでくるということだ。

1

昼休みの時間になると、洋介《ようすけ》はすぐに席を立って壇上へと向かった。

「お昼の前にいいかな。僕は一度皆の意見を聞いておきたいと思うんだ。どうかな？」

そうクラスメイトに問いかけると、続くように櫛田《くしだ》が手を挙げて答える。

「あの、今回の特別試験って選択肢が分かれて揉《も》めることがあるってことだよね？」

「もちろんそうなるわね。揉《も》めることなくまとまるのなら、わざわざ特別試験の形式を取る必要はないでしょうから」

「それなら、選択肢がまとまらないもしもの時に備えて明確なリーダーを決めておいた方が良いんじゃないかな？　最終的にそのリーダーが決めた選択肢に従えば問題なく特別試験をクリア出来ると思うの」

「そうだね。櫛田《くしだ》さんの意見に僕も賛成だよ。だけどリーダーの責任は重大になるね」

選択肢が多く意見が分かれれば、それだけ選ばれなかった選択肢を支持する生徒からは批判が噴出する。上手《うま》く取りまとめられるリーダーでなければならないだろう。

「もし良ければなんだけど……堀北《ほりきた》さんにお願いできないかな？」

「私に？」

「うん。これまで何度もリーダーを務めてるし、何より不公平が出ないように上手く皆をまとめてくれると思ったから。もちろん平田《ひらた》くんの言うように責任は重大だし、堀北さんが良いよってことなら……なんだけど」

「……そうね。他のクラスも同じような戦略を用意してくる可能性はあるでしょうし、意見が分かれた時に必要になってくる措置《そち》と言えそうだわ。いざというとき私の指示に従うのに抵抗がある人は今教えて貰《もら》えるかしら」

責任重大と聞いて、自ら立候補したり否定的な発言をする生徒はそう出てこない。すんなりと櫛田の提案は可決され、万が一の時は堀北がリーダーとして導くことで一致する。

それからしばらくは色々な意見を交わし合っていたが、特別大きな要素が決まることはなかった。やや遅くなって昼食の時間に突入する。

「お昼行こうよ。ゆきむーもみやっちもいいよね？」

振り返りながら確認を取る波瑠加《はるか》に、いつもの男子２人も同意して立ち上がる。

綾小路《あやのこうじ》グループのメンバー。オレを含めて５人の小さなグループ。

そんな５人が集まり始めたタイミングで、１人の生徒が小走りに近づいて来た。

オレが視線を合わせると同時に、その生徒は声を出す。

「清隆《きよたか》。お昼ご飯、行こうよ」

間を置かず、されど緊張した様子で視線を向けながら、そう言ってオレに声をかけた。

恵《けい》がオレの前に向かってきたことを注視していた者も、会話の内容を意図して聞こうとした者もいない。だが、高円寺《こうえんじ》を除く全36人が一斉にオレたちを見た。

「悪い皆、今日は恵と食べることにする」

周りが何が起こっているのかを理解する前に、オレは椅子を引いて立ち上がる。

「……あたしカフェがいいな。いい？」

「ちょ……え……？　ま、待ってよ。なんで急に割り込んできてるわけ？　軽井沢《かるいざわ》さん」

「割り込むって、別に決まり事じゃないでしょ？　今清隆が断ってたの聞いてた？」

「き、聞いてたけど……どういうこと？　なんか約束してたってこと？　……え、恵？」

少し遅れて、オレたちが下の名前で呼び合っていることを理解し始める波瑠加。

いや、それでもほとんど理解できていなかったかも知れない。

「悪いけど彼女のあたしが最優先だし。ねー？」

「――は？」

「か、の……じょ……？」

波瑠加《はるか》と愛里《あいり》は、反応こそ全く違えど同時にそう呟《つぶや》く。

「そういうわけなんで、これからは清隆《きよたか》、そっちのグループの集まりに参加する機会も減るかも知れないけどよろしくね」

ほら行こう、と恵《けい》がオレの腕を引っ張るようにして教室を出る。

その顔が真っ赤になり始めていたことからも、かなり恥ずかしい感情を抱いていることがわかる。こっちも、まさかこんな形で打ち明けると思わなかったしな……。

波瑠加も愛里も、それ以外の生徒たちも唖然《あぜん》としたままオレたちを追いかけることも出来なかったようだ。

2

思い切った恵の行動によって、これまで知るものが少数だったオレたちの関係は一気にクラス中に知れ渡ることとなった。恐らく今日中に学年全体に波及していくことだろう。

まあ、オレと恵の関係に興味を持つ生徒がどれくらいいるのかは懐疑的《かいぎてき》だが。

夏休み中にカップル成立となった池《いけ》と篠原《しのはら》ペアも、話題性という意味では思ったよりも騒がれていない。というより想定されていた組み合わせだった。

男子の一部には虚勢を張ったり素直に妬《ねた》む友人もいたようだが、結果的に大勢に祝福されたことに違いはなく、緩《ゆる》やかにだが恋人としての関係を育んでいる。

一緒に帰ったり、デートしたり、そんな２人を見かける頻度は増えていた。

そして最初は新鮮だった光景もいつしか当たり前のものになっていく。

それはオレと恵に関しても同じだと思うが、池篠原ペアよりは長い間周囲を騒がせることになるかも知れない。果たしてどれだけの生徒が、オレたちの関係を予想できていたかは定かじゃないからだ。

ともかくクラス中に関係が知れ渡った初めての放課後がやって来る。

午後の授業からずっと分かってはいたことだが、ある少女は昼以来一度もオレに視線を向けて来ることはなかった。

「ねえきよぽん、良かったら一緒に帰らない？」

そんな少女……愛里の良き理解者であり親友である波瑠加が近づいてきて声をかける。

放課後は恵から共に帰ることを提案されると思っていたが、視線をやると女子に囲まれ未《いま》だ質問攻めを受けているようだった。

「いいのか？」

波瑠加のことだ、てっきり愛里を助けたり見守るくらいのことをすると思ったが。

愛里《あいり》は黙々と静かに帰り支度をしている。

「分かってるけど、今のあの子に何を言ってもダメだし。まあ？　きよぽんが私と二人きりで帰れない事情があるって言うなら話は別だけどさ」

そう言って、波瑠加《はるか》は一瞬だけ表情を硬くした。

「分かった」

付き合いがオープンになった今、綾小路《あやのこうじ》グループで集まる機会は必然的に減る。

それなら思う存分話を聞いてやった方が良いだろう。

それから2人で荷物を持って後方の出口から玄関口へと向かう。

途中波瑠加は一言も口を利くことなく淡々と歩いて行く。

時々盗み見た横顔は、怒っているような、悲しんでいるような、そんな顔だった。

靴を履いて学校を出たところで、ようやくこちらへと視線を向けて来る。

「遠回しに聞いても仕方ないからストレートに聞くけど……軽井沢《かるいざわ》さんと付き合い始めたって話は本当なの？　今でもまだ信じられないんだけど」

「見ていた通り、本当のことだ」

そう告げると波瑠加は唇を尖《とが》らせ、そしてすぐに頷《うなず》いた。

「……よね？　でもなんか、色々衝撃すぎて。ほら、別にきよぽんが誰と付き合うのも自由なんだけど、まさかよりにもよってあの軽井沢さんだとは思わないじゃない？」

他所《よそ》から見た軽井沢恵《けい》の評価は、けして高くない。人気者である洋介《ようすけ》と早々に付き合い、自己都合で振った身勝手な女、という印象が大半だろうからな。

「前にプールで言ってたことって、このことだったわけね。ちょっとした精神的ショックを受けるってヤツ。あのね、全然ちょっとじゃないからね？　あの子、教室では必死に堪《こら》えてたけど昼休みなんてずっと泣いてたんだから」

「そうか」

「そうか、じゃないって。……しかも付き合い始めたのって春休みからってマジのマジ？」

「黙ってて悪かったとは思ってる。ただ、色々と事情もあるんだ」

「事情、ね。まぁ軽井沢さんって噂《うわさ》も色々あるし、それは分からなくもないけど……」

入学から当面の間は洋介と付き合っていたことや、本人も過去を捏造《ねつぞう》しているだろうからそのような認識になるのは仕方がない。

「これって本当のことなんだよね？　ジョークとかそんなんじゃなくてさ」

「そうなるな」

「はー……そっか。そういうこと、ね。なんかもう私も混乱しちゃってて……。いやね、きよぽんが誰かと付き合ってるっていうか、愛里じゃない誰かを好きなのかなってのは想像の中にはあったんだけど……いやいや、軽井沢さんは当てられないわ」

自分の予想が全て外れたと、頭を抱えるように嘆く。

「ゆきむーやみやっちともちょっと話したけど、私と同じような感じだった。直接聞いてはないけど、愛里の衝撃は私たち以上だったと思う」

だろうな。オレにもそのことは容易に想像がつく。

「てかどういう経緯？　接点が多いようには全く思えなかったし」

オレが恵《けい》を、恵がオレを好きになるタイミングが分からないのも無理はない。

「去年の船上試験で恵と同じグループになった。そこから少しずつ話す機会が増えていって、洋介《ようすけ》と恵が別れることになったのをキッカケに関係が動き出した」

今年の2月、2人の関係が終わった事実は一部生徒の耳にも届いている。

「じゃ、割と昔から接点はあったってこと？　普段は話してるように見えなかったけど」

「携帯でやり取りすることが大半だったからな」

「根掘り葉掘り聞いちゃうけど、どっちから告白したわけ？」

愛里《あいり》の保護者かつ代弁者でもある以上、詳しく知っておきたいようだ。

「オレだ」

「……そ。せめて軽井沢《かるいざわ》さんからだったら、まだチャンスもあるかなって思ったけど、まさかのきよぽんからかぁ……参った」

ぴしゃっと額を叩《たた》いて、降参したように両手を挙げる。

「ちょっとタイム。色々情報量多すぎて何が何だか分かんなくなりそう。悪いんだけど、コンビニ寄ってもいい？」

ちょうどコンビニに差し掛かったところで、波瑠加《はるか》からそう提案される。

「ああ、オレは外で待ってる」

軽く謝り、波瑠加は駆け足気味にコンビニの中に消えていった。

その間何度かポケットの中で震えていた携帯を取り出す。

『この後、ケヤキモールで待ってるね。根掘り葉掘り聞かれて大変だった～！』

そんな恋人からの誘いのメッセージが残されていた。

『分かった。着く前に連絡する』

そう返して既読がついたのを確認したところで携帯をポケットに戻す。１分ほどの短時間で波瑠加が戻ってくると、その手にはコロッケが握られている。

「今日の昼さ、愛里と話し込んじゃって昼ごはん全然食べられなくってさ」

「迷惑かけてるな」

「別に迷惑とかじゃないけどさ……」

「こんなタイミングで誘うのもちょっとどうかなとは思うんだが、実は波瑠加と、出来れば愛里に協力してもらいたいことがある」

「協力？」

「まだオープンにされてる情報じゃないが、文化祭での出し物が１つ決定した」

「え、そうなの？」

「情報を漏洩《ろうえい》させないために、オレと堀北《ほりきた》と、それから企画者だけしか知らない話だ。文化祭の出し物でメイド喫茶をやることになった」

「め……メイド喫茶？　なんか、へえ……。びっくりはしないけどちょっと意外。堀北さ

んがメイド喫茶の出し物を認めるイメージないよね」

「アイツの場合は全ての出し物に対してフラットだろうからな。偏見もなく純粋にメイド喫茶で勝負できると踏んだからこそ許可したんだろう」

「なるほどね。で、それを私に聞かせた理由は？」

「実はこの企画を知ってしまった経緯で、色々とオレが面倒を見ることになった」

そう言うと、波瑠加《はるか》は理解したように頷《うなず》く。

「状況がそうだったとしても、それをきよぽんに託《たく》す堀北《ほりきた》さんも流石《さすが》だね」

「それで、その店員として波瑠加と、それから愛里《あいり》にお願いできないかと思ってる」

驚かれることもなく、波瑠加は何とも言えない顔でそれを聞く。

ま、この話し方からも何となく察することは出来ていたってことだろう。

「これがもし軽井沢《かるいざわ》さんとの一件がなかったら、迷いはしたけどこの場で私は承諾したかも知れない。大勢の前でコスプレみたいな格好するのは嫌だけど、大切なグループの仲間に頼まれたら断れなかったと思うし。でも……タイミングは悪いよね」

親友の失恋が分かった当日、確かにオレがこのことを願い出るのは何様となるだろう。

「ただ、きよぽんを責められないってのも問題だよね。さっきも似たようなこと言ったけど誰と付き合うのも自由だし、言えない事情ってのがあるのも分からなくはないし。愛里がきよぽんを好きになったのも自由で、それを拒否するのも自由……」

理屈としては納得していても、それを感情が受け入れないといったところか。

「約束は出来ない。でも、少し落ち着いたら愛里《あいり》に話をしてみる」

「いいのか？」

「あの子も、遅かれ早かれ現実は受け止めなきゃいけないし。それに、きよぽんがどう思ってるかは分かんないけど、軽井沢《かるいざわ》さん相手なら諦《あきら》めなくてもいいかも知れないし。だってきよぽんが一途《いちず》だったとしても、振られる可能性はあるわけでしょ？」

「まあ、そうだな。愛想をつかされる可能性は大いにあると思う」

「そんな時が来たら、また愛里にもチャンスが回って来るってことじゃない。あの子は今全然目立ってない原石だし……きよぽんの気持ちだって変わるかも」

確かに愛里があの手の衣装に身を包み全力を出せば、あの3人にも負けない実力を発揮する。いや、身体的な特徴まで含めれば無双するかも知れない。

更に来賓《らいひん》客とは無関係だが、愛里の姿に学校関係者も驚くだろう。

そうなれば噂《うわさ》はたちまち学校を巡り、それが来賓者の耳に届くことも考えられる。

「いや、それはそうだが、今回の件で流石《さすが》に愛里も考えが変わるんじゃないか？」

意中の相手に恋人がいるとなれば、次の恋を探すのは自然な流れだ。

当たり前のことを口にしたつもりだったが、今日一番怒ったような顔を見せる。

「あのね、愛里の気持ち軽く見過ぎてない？　曲がりなりにもずっとあの子を見てるからよく分かる。こんなことで好きな相手が変わるほどきよぽんに対する気持ちは軽くない」

心外だと強く否定される。

「軽井沢さんとのデートとかも増えると思うけど、グループの集まりにはちゃんと顔を出してよね。こんなことで疎遠になってくの嫌だからさ」

「そうだな。分かった。オレにとっても今のグループはこの学校生活の一部になってる」

今回のようなケースで失うのはデメリットだと考えているからな。

「うし、ちょっとスッキリした。私学校に戻るね」

軽くコロッケを食べ終えた後、ゴミを鞄《かばん》に片付けながらそう言う。

深くは語らないが、愛里に会いに行くためであることは明白だった。

「また明日ね」

「ああ、また明日」

駆け足気味に戻っていく波瑠加《はるか》の背中を途中まで見送り、オレもまた寮ではなくケヤキモールに向けて進路を変えた。

3

まだ動揺冷めやらぬ放課後。

オレは恵《けい》と共にケヤキモールから寮へと雑談をしながら戻ってきた。

すると寮のロビーでは堀北《ほりきた》がソファーに座《す》って、誰かを待っている様子だった。

その誰かという点は、直ぐに判明する。１階に止まっていたエレベーターの昇降ボタンを押し、オレと恵《けい》が乗ると堀北《ほりきた》も乗り込んで来た。

「綾小路《あやのこうじ》くん、少し話があるのだけれどいいかしら」

オレの部屋がある4階でエレベーターが止まる。

「それじゃ、また後でね清隆《きよたか》」

嫉妬《しっと》しやすい恵だが、状況の把握能力はけして低くない。

そもそも堀北がそういった異性の対象ではないことを分かっている上に、特別試験と聞けば邪魔しない方が良いと考える前に判断できる。

「ああ。また後で連絡する」

こんな風に恋人になって過ごす展開になると、1年前のオレなら信じなかっただろう。

オレが降りると堀北もそれに合わせて降りてきた。振り返ると、閉まり始めたエレベーターから恵が笑顔でオレに手を振っていた。程なく閉まり上の階へと上がっていく。

「彼女とはいつから付き合っているの？」

「さあ、いつからだろうな」

「噂《うわさ》では春休みらしいけど、本当はもっと早い段階で関係が進んでいたんじゃない？」

何か含みのある目でオレに対し、そんな言葉を向けてきた。

「どうだろうな」

堀北の言葉の奥に根拠があるのかないのか、その点には興味もないし触れる気もない。

「そんなことより、話があるんだって？」

「……ええ。特別試験に関して、あなたに聞いてもらいたいことがあるの。いい？」

「ああ、構わない」

「え？　……そう」

「なんだその反応は」

「あなたなら、断ってきてもおかしくない話だと覚悟していたから。先日もメイド喫茶を任されて不服そうにしていたでしょう？」

どうやら相談についてすんなりと受け入れたことに驚いているらしい。

「ここじゃなんだし、部屋に入ってくれ」

廊下の立ち話では誰に話を聞かれるか分かったものじゃない。

４０１号室、自室の鍵を開けて室内へ。

「別に協力を頼みたいわけでもないんだろ？」

「それは……どうかしら。とりあえず話を聞いてくれるのなら進めさせてもらうわ」

下手に刺激すると断られると思ったのか、堀北は流して話を始めた。

「今回の特別試験、確実にクリアするのなら試験前に半強制力を持たせておくことも視野に入れて考えていた。けれどその準備をしようにも、課題の中身が分からない限り意思の統一を計るのは無茶《むちゃ》よね？」

「状況次第では、どうしても選択肢を使い分けることになるだろうな」

仮に賛成か反対の２択だけだったとしても、課題の前に賛成だけ、あるいは反対だけと決めて妄信的に投票することは無謀以外の何物でもない。

「堀北《ほりきた》なりに手段は考えたんだろ？　この特別試験をどうやれば乗り切れるか」

「堅実に特別試験をクリアするにはやはり最終決定権を誰かが持つことが最短だと考える。選択肢が幾《いく》つあったとしても、どんな風に票が割れたとしても、予《あらかじ》め決めておいたリーダーのジャッジ、意向に沿うと約束してもらうことよ」

昼間、櫛田《くしだ》から提案されたことだ。

個人がその選択肢に不満を持つ持たないは考慮しないという戦略。

確かにその取り決めが成立するのなら、これほど楽なことはないだろう。

「それで本当にまとまるならいいんだがな」

「そうね……。課題によっては納得のいかない生徒は必ず出てくるでしょうし……。これが龍園《りゅうえん》くんのような独裁クラスだったなら話は早かったかも知れないわね」

強制力という意味では、願い出るオレたちと違って龍園は容赦《ようしゃ》なく発揮することができるだろう。だが、現実問題として上手《うま》くいくかは別問題だ。

「投票がすべて匿名《とくめい》ということは、龍園に不満を抱いている生徒が反対の意見に投票することも出来る。単なる命令でクリアできる保証はない」

「彼のやり方に不満を持っている生徒なら、反発しかねないわね。けれどそれをしたところで得なんて何もないのも事実よ。結局、票が割れたまま時間切れになってしまえば、クラス全体がダメージを負うのよ？　最終的には放っておいてもまとまるでしょうね」

「言いたいことは分かるが、それを言い出すならそもそも矛盾する。誰もが特別試験の失敗を望んじゃいない。だから票は必ずまとまる。その大前提が成立するのなら最初から戦略なんて必要ないんじゃないか？」

「それは――――」

「クラスが不利になるような時間切れを望む生徒はいない。だが放っておいても５つの課題をクリアできるとは思わない方が良い。学校側が特別試験と銘打《めいう》つ意味も薄くなる」

「……あなたの言う通りだわ」

「今おまえに出来ることは柔軟な対応が出来るように頭を作っておくことだ。たとえば賛成38人、反対１人の課題に直面した時、おまえならどうする」

「もちろん反対の１人を賛成に持っていくよう努力するわ」

「そうだな。なら、その反対１人が絶対に譲らなかったとしたら？」

「それは……」

「必ずしも賛成の38人が勝つとは限らない。反対を説得しているうちに、賛成だった38人の中から意見を変える生徒がでてくることだってある」

「１人の考えがクラスの大勢に取って不利益になるとしても？」

「全ては内容次第、だな」

絶対に折れることが出来ない課題、そんなものが用意されていても驚かない。

「なんだか、ちょっと落ち着かないわね」

「迷いなくあなたが私にアドバイスを送ってくれるからよ。軽井沢《かるいざわ》さんと付き合ったことが関係している……とは思えないけれど、どういうつもり?」

「アドバイスって言う程のものでもない。おまえも頭の片隅じゃ、そういった展開があることも考え始めていたはずだ」

「そうね……。じゃあ、あなたに声をかけた一番の目的を言うわ。明日の特別試験に向けて提案があるの。他の人に頼むことも出来るけれど、理解してくれる人に頼みたいから」

「なにがだ」

「1回目の選択肢で必ず別々の投票をして欲しい、とか?」

「私の考えを先回りしないでもらえるかしら」

苛立《いらだ》つ気配が見えてオレは一度堀北《ほりきた》から距離を取る。

「万が一他の誰かから提案がなければ、オレからもしようと思ってたことだったからな。まさか一緒の考えだとは思わなかった」

「……そうなの?」

どうやら今の適当な言い訳で少し納得したのか、堀北の怒りが発散するのが分かった。最低限それくらいはやっておくべき案だったのは事実なので似たようなものだろう。その場の勢いで偏《かたよ》りが発生した結果、思わぬ選択をしてしまうリスクを避けた方が良い。

「99%賛成、あるいは反対をするような課題内容だったとしても、あるいはどちらにもメリットデメリットがある選択肢で迷った場合にも、偶然による一致は少し怖いものね」

「ああ。適当な投票の結果、票が偏って可決されてしまうと取り返しがつかなくなる。ただ、一度は必ずインターバルを利用する、という戦略も良いことばかりじゃない。それは頭の片隅に入れておいた方が良い。勢いでなら満場一致していたことも、いざ話し合ったことで票が割れて結論が出なくなるリスクもある。それは計算にいれておくことだ」

「そうね。確かにそうね」

議論するということは深い闇に手を突っ込むことでもある。

その結果思わぬ闇を引きずり出してしまうと、膨大な時間を消費しかねない。

「今回の特別試験でのルール上、どれだけ話し合いを重ねても誰がどちらに投票したかを確実に判断する方法は無い。言質《げんち》を取ったとしても、１００％真実とは限らない」

「嘘《うそ》をつくこともあるということ？」

「場合によってはな。今のクラスはまだ一丸になっているとは言い難《がた》いからだ」

そう言えば、堀北の頭の中にも幾人《いくにん》かの人物が浮かび上がることだろう。

「櫛田《くしだ》さんや高円寺《こうえんじ》くんの存在のことね」

「前者に関しては嘘を平気でつくだろうし、後者に関しては天邪鬼《あまのじゃく》な性格が顔を覗《のぞ》かせればあえてクラスメイトと違う方に投票する可能性もある。そんなところだな」

「……ねえ、どうして私に細かく話をしてくれたの？　やっぱり変よ。こんな風に注意喚起してくれるなんて今までにそうあったことじゃないわ」

オレの変化を、堀北も当然肌で感じ取って来る。

「今の堀北《ほりきた》ならオレの言うことを素直に聞けるし、理解できる柔軟性を持っていると判断したからだ」

「褒められている……ということでいいのかしら？」

「一応な」

「そう……なんだか落ち着かな――」

目の前で、携帯が短く一度だけバイブレーションする音が聞こえてきた。

「ちょっとごめんなさい」

そう言って話を中断すると、堀北は携帯を取り出して画面を見つめ操作を始めた。

「メッセージを返させて。彼女、下手したらずっと既読をつけない可能性があるから」

もちろん止める気は全くないが、彼女、とは誰のことだろうか。

少しだけ気になったが、オレは堀北が2分ほどの時間をかけて長文を作っているのを静かに待つことにした。やがてメッセージを送り終えたのか、携帯をポケットに仕舞《しま》う。

「とにかく私の伝えたいことは伝えられた。明日の特別試験よろしくね」

長居するつもりは無いと、堀北はすぐに部屋を後にした。

4

夕方の午後6時前。間もなく陽《ひ》が暮れて夜がやって来る時間。

特別試験の説明こそあったが、何気ない一日だったはずの今日。

やけに情報量が多く大変な一日だった気もする。

このまま一日の終わりに向けて行動できるなら楽なのだが、そうもいかない。

急遽《きゅうきょ》伝えられた満場一致特別試験が、明日行われるからだ。

「やあ」

自室に戻ったオレが待っていると、最初に姿を見せたのは洋介《ようすけ》だった。

「入ってくれ」

思えば、こうして洋介を自分の部屋に招き入れるのは初めてじゃないだろうか。

「やっほ」

程なくして今度は恵《けい》がオレの部屋を訪ねて来る。

「なんか、こういう感じで集まるのって新鮮って言うか珍しいよね？」

「そうかも知れないな」

2人には集まってもらった理由は話していない。洋介の方は察しているかも知れないが。

「明日の特別試験、その対策を打っておこうと思ったんだ」

「対策？　単に満場一致にするだけの試験でしょ？」

「確かに概要を聞いただけだと、それほど難しい試験とは思えないよね。これまでに行われてきた特別試験の方がよっぽど難しいルールだったし」

少し考えるような仕草を見せた洋介が恵に説明しながら続ける。

「だけど、多分この特別試験も過去の難しい試験同様、一筋縄ではいかないと思う。もしルール通りに考えるなら、ただ単に満場一致にするだけでクラスポイントが増える試験になるからね。クラスの意思を統一することそのものはそれほど難しくない」

「あたしもそう思ってる」

「つまり、簡単じゃないということは意見の分かれる課題が出される可能性が高いということじゃないかな」

洋介《ようすけ》の考える通りだ。クラスの生徒たち個々の考え方は違えど、クラスのためになるのならある程度融通を利かせて票を揃《そろ》えるくらいのことはやってのける。

入学したての1年生なら話も違うかも知れないが、オレたち2年生は既に仲間としての絆《きずな》も随分《ずいぶん》と深まっているからだ。しかも一度で満場一致にできずともペナルティはなく、話し合うための時間も繰り返し設けることが出来る。

そういったカバーの利く試験だけに、恵《けい》のように緩《ゆる》く見えてしまうのも無理はないが。

「でもさ、満場一致にするのが難しい課題ってどんな課題？」

「完全に読み切ることは出来ないけれど……そうだね……」

どんな課題ならクラスメイトたちが困るか。それは洋介にもすぐに思いつくことではないようだった。オレはひとつの分かりやすい課題を口にしてみる。

「これから卒業まで、米かパンのどちらかしか食べられなくなる。選択せよ」

「え、何その選択肢～」

「米とパンと聞けばちょっと笑ってしまうような話だが、これは難しい選択だぞ」

「あたしだったら絶対パン。卒業までパン類が食べられない生活とか絶対無理だし」

「僕ならご飯かな……パンは週に1回くらいでいいから」

「オレもどちらかと言えば米だな。と、まぁこの３人でも意見はそれぞれだろ？　これがクラス全体で投票を取るとなったら簡単にはいかない。米派が30人いたら従えるか？」

「無理無理。だって卒業まで禁止でしょ？　パンに投票し続ける」

下手に多数派に流されて折れると、後々苦しむことになる生徒も出てくるため恵のように抵抗をする生徒も出てくるだろう。

「もっと現実的な比較対象で言えば今後の特別試験は全て『学力』だけか『身体能力』だけかで求めて行く。なんて課題が出たとしたら？」

それを聞いて、洋介と恵が顔を見合わせる。

「須藤《すどう》のような運動神経が良い生徒にしてみれば、絶対に身体能力を選ぶし、運動の苦手な啓誠《けいせい》にしてみれば、何が何でも学力の満場一致に持っていく必要が出てくる」

もちろん、今勉強に力を注いでいる須藤なら折れることも出来るが、やはり身体能力で評価された方が自身の評価も高くなるし、勉強が全くできない生徒なら須藤のように妥協することも出来ないだろう。

「課題が満場一致で成立したら強制力を持つんだよね？　つまり、場合によっては選択肢を選ばずにペナルティの３００クラスポイントを失う覚悟を持つ必要もあるってことになるのかな？」

「どうかな……。難しい選択肢は当然出てくるだろうが、３００クラスポイントを失うことはAクラスへの切符を手放すことにもなり兼ねない。まずはクリア最優先だろう」

「なんか、難しい特別試験かもって思えてきた……」

「だからこそ、僕らをここに呼んだのかな？」

「ああ。まさに次の特別試験はクラスメイトの団結力が強く求められる。一度や二度の満場不一致はいいが、長丁場になれば揉《も》めだすことだってあるはずだ。その時、クラスの中心人物である洋介《ようすけ》と恵《けい》には、上手《うま》く立ち回って票をどちらかに寄せてもらう必要がある」

「そうだね。だけど、それなら堀北《ほりきた》さんもこの話に混ぜた方がいいんじゃないかな？　今回の試験でも堀北さんはクラスのリーダー的役割を担っているからね」

洋介の指摘は当然のことだ。オレ主導ではなく、堀北が2人を率いてクラスをコントロールするのがベスト。しかし、まだ今の段階ではオレという支えを抜くことは出来ない。

「今回は陰から堀北のサポートをしてもらう。あくまでここでのことは内密にだ」

「なんで？　まあ、あたしとしては堀北さんの指示に従うのは何かヤだけどさ」

「恵も洋介も、下手な生徒より場の空気を読む力は持ってる。だが、今以上に臨機応変に対応できる力を2人に身に着けてもらいたい。堀北が何を考え、どうしたいかを肌で感じ取って合わせられればクラスはグッと強くなる」

「そんなの清隆《きよたか》がやればいいじゃない。それで解決でしょ」

「常にオレが動けるとは限らない。不測の事態にも備えておくべきだ」

「不測の事態って？」

「急病や、予期せぬ退学ってことも考えられるだろ？」

「それは……まあ……退学はアレだけど、確かに急病ってことはあるかも知れないか」

いつでも、いつまでもオレがフォローできるわけじゃない。

そんな状況を想定して動けないようでは、クラスの飛躍は望めない。

「とにかく理解したよ。僕たちは堀北さんを上手くフォローして特別試験を円滑に進められるようにすればいいんだね」

「それから一応幾《いく》つかの指示と合図を決めておく、恵と洋介以外に分からない方法でだ」

インターバルでは自由な話し合いが行える上に移動も出来るため、耳打ちをする行為自体は問題ない。だが、意思疎通を図っていると知られずに指示を飛ばすことも、状況次第では必要になって来る。私語が禁止の場面でも、咳払《せきばら》いをすることや机を軽く叩《たた》く音などでサインを交換し合うことは可能になる。

一通り複数のパターンを２人に覚えて貰《もら》った後、オレは洋介を見る。

「最後に洋介に１つ忠告をしておく。５つの課題が順調に終わるようなら必要ないことなんだが、もしも残り時間が２時間を切っても特別試験のクリアが見えないことがあったら強引な手段に出るかも知れない」

その時洋介が暴走しないように今の内から覚悟を作るよう伝えておくことにした。

5

色々と慌ただしかった特別試験の前日も、終わりを迎えそうな午後10時過ぎ。

ベッドの中に入って携帯を見ていたオレの下に1本の電話が入った。

電話番号こそ登録していないものの、11桁の番号には見覚えがある。

「もしもし」

『夜分遅くに申し訳ないね、今少しだけいいかな?』

「大丈夫です。ご無沙汰しております坂柳《さかやなぎ》理事長」

そう、この電話番号の持ち主はこの高度育成高等学校の理事を務めている人物だ。

『君にも色々と不安な思いをさせたと思うけど、もう大丈夫だよ』

「お元気そうで何よりです」

『君も大変だっただろう。でも、あの非常に不利な戦いの中で、何事もなくこの学校に留《とど》まり続けられていることには驚きを隠せないよ』

「たまたまです。もし彼が本気であれば今頃オレはここにいなかったでしょう」

彼、というのが坂柳理事長の代わりを務めていた月城《つきしろ》のことだというのは名前を出さずともわかることだ。

『終わってみれば、僕も彼の行動には幾《いく》つか疑問点があってね……。と、今日はその話はよそう。今後、僕の方でも君に対するフォローはしっかりやっていこうと思っていてね、そのことを取り急ぎ伝えておこうと思ったんだ』

　そう言って坂柳理事長は話を続ける。

『異例の文化祭、政府関係者とその家族が招待されているらしいことは耳に届いてるね？　働きかけをしてしまった以上、止めることは僕にも出来なかった』

　関係者に通達してしまっていたのなら、それを撤回するのが難しいのは当然だ。

「理事長が謝ることじゃありません。生徒たちも楽しみにしていると思いますよ」

　多少特別試験じみた内容にはなっているが、学生らしく楽しめる範疇《はんちゅう》だ。

　オレにとって、単なる文化祭で終わるかどうかは別の話だが。

『そのことに関して……実はまだ告知されていないことなんだけれど、君にだけは先に教えておこうと思う』

「なんでしょうか」

『文化祭と同様に、その前段階として行われる10月の体育祭。まず、ここで一部の来賓《らいひん》を迎え入れることが急遽《きゅうきょ》決定したんだ』

「体育祭に来賓ですか」

　それは思ってもみなかった話だ。

『元を辿《たど》れば体育祭というものは生徒たちの親御さんが観に来るものだからね。そういう意味では来賓を迎えるというスタンスそのものは異質じゃないんだけれど……』

「なるほど」

確かにテレビなどを見ていても、運動会や体育祭と呼ばれる行事ではカメラを構えた家族やお弁当を作って来る家族の姿が映し出されているイメージがある。

『前代未聞のことだけに、いきなり文化祭で来賓《らいひん》客を自由にさせるのもセキュリティー上不安が残るということでね』

本格的に大勢の来賓を迎え入れるための下準備、テストといったところか。

『人選は全て上の人たちが決めることになっていて、もしかしたら先生が……君の父上が関与している可能性を否定しきれない状態だ。そこで君に危険が迫ることを考慮し、僕としては監視役を数人君の傍《そば》に置きたいと思っている』

「お気持ちは嬉《うれ》しいですが、オレはこの学校の生徒の1人にすぎません。そのような特別待遇は望みませんよ」

『なら、君は先生の送り込んだ人間に遭遇した時どう対処するつもりだい？』

「難しい問題なのは承知しています」

当たり前のことだが、実力行使で乗り切ることなど出来はしないだろう。人目のないところで狙ってくれるならこちらとしてもやりやすいが、周囲に友人や知人がいる状態で学校関係者として姿を見せ、オレについてくるよう指示を出されれば断る術《すべ》はない。

あなたたちは偽者であの男の刺客ですよね？　などと問うことも出来ないからだ。

『君がそういう人間であることは、もう理解しているつもりだ。だけど、もしここで君が何らかの形で退学ということになれば……きっと僕は悔《く》いると思う。やれることをやらず防げなかった後悔は避けたいと考えている』

「仮に坂柳《さかやなぎ》理事長の指示に従うとしても、監視役を置けば不自然になります」

『だから、君には体育祭の欠席をお願いしたい』

「欠席……ですか」

それはオレの頭の中の想定にはなかったことだ。

『体育祭や文化祭、そういった当日でしか行えない試験に関しては、もちろん避けられない病欠が存在することは理解していると思う』

「ええ。クラスが不利にはなるものの退学などの強制措置《そち》はありませんよね」

体調管理は自己責任だが、それでも避けられない不調というものは存在する。

もっと規模の小さい特別試験などであれば、学年ごとに全生徒が揃《そろ》うまで待つなどの緊急措置も取れるだろうが、全校生徒が絡む体育祭となればそうもいかない。

『君にはメディカルチェックを受けたという前提での病欠で、寮に籠《こも》っていてもらう。それなら僕の信頼を置ける監視役を堂々と寮の外に配置できるからね』

病欠で寮での安静を命じられたとなれば、仕方がないとクラスメイトも納得する。

監視の人間が寮周辺をうろついていても他の生徒には警備の１人にしか映らない。

「確かに、それならあの男の手から逃れることは出来るかも知れませんね」

『もちろん別のリスクはある。君も言ったように、在籍するクラスの子たちは、生徒が欠けた状態で挑むことになるから不利になるのは避けられない』

嘘《うそ》の病欠を通す、というだけでも坂柳《さかやなぎ》理事長の手厚いフォローを感じられる。けして贔《ひい》屓《き》して優遇するわけでもなく、最低限の処置で済ませたい考えなのもありがたい。

ありがたい話だが、これを耳にした瞬間は断ることを前提に考えていた。

しかしオレの中で新しい考えも同時に生まれていた。

「少し検討するお時間を頂けませんか」

『もちろん強制出来ることじゃないから、最終的な判断は君に任せる。だけど――――』

「分かっています。オレも、今は病欠を受け入れる選択肢を真剣に考えていますので」

『うん。返事は体育祭の１週間前にはお願いするよ。こちらも準備があるからね』

人材の手配などを思えば、それくらいの期間は最低でも必要だろう。

通話を終えた後、オレは自分抜きで行われるかも知れない体育祭について考える。

無論、当日は他のクラスや学年からも病欠が出ることは十分考えられる。むしろ全校生徒が毎回揃《そろ》って試験を行うのは容易じゃない。

「いや、まずは目の前の特別試験に集中すべき、だな」

今回の特別試験――――今までのどの特別試験よりも苦しいかも知れないな。

今までの試験は、どんな形であれ対策を打つことが出来るものばかりだった。

だが、今回の特別試験では『確実』な戦略など一切存在しない。

クラスメイトを信じ、そして一丸となることが求められている。

体育祭に文化祭。去年にはなかった心配事は新しく出てきているが、すべて明日の特別試験を乗り切るところからだな。

6

「どうぞ櫛田《くしだ》先輩」

数時間前。学校を終えた櫛田は1年生の寮、八神拓也《やがみたくや》の自室を訪れていた。

閉め切られたカーテンの隙間《すきま》から夕陽《ゆうひ》が微《かす》かに差し込んできている。テーブルに置かれた、淹《い》れたての紅茶の湯気を見つめながら、櫛田は手を伸ばそうとはしなかった。

「毒や薬なんてものは入っていませんよ？」

「そんなことはどうでもいいから、さっさと話を進めてくれる？」

苛立《いらだ》ちを隠そうともせず、険しい顔つきで櫛田は携帯電話を取り出した。

「失礼しました。では遠慮なく聞かせていただきましょうか」

再生ボタンを押し、２年生に発表された満場一致特別試験の概要を説明する茶柱《ちゃばしら》の声が説明の途中からだが聞こえて来る。

そして例題を含む授業中の全てを無言で聞き終え、八神は携帯を櫛田へと戻した。

「櫛田先輩は堀北鈴音《ほりきたすずね》と綾小路清隆《あやのこうじきよたか》を潰《つぶ》したい。そういうことでしたよね？」

今更答えるまでもないと、櫛田は無言を貫く。

「事前に先輩から説明は受けていましたが、やはり非常にシンプルな特別試験です。複数の選択肢から、繰り返し投票を行い満場一致になるように調整していく。課題は全部で5つ、そして持ち時間は5時間。これを聞いてどう思いましたか？」

「……簡単、よね」

「そうですね。特別試験と銘打《めいう》つ割に非常に簡単だと思われます。しかし時間切れの処罰だけは厳しい。これは学校側がクリア前提で作っているからに違いありません。時間切れが近づけば必然的に満場一致へと近づく配慮。気に入らない選択肢であろうとなかろうと誰しも重いペナルティは避けたいですから」

櫛田《くしだ》の前で湯気を立て続ける紅茶に手を伸ばし、カップを手に取る八神《やがみ》。

「さて本題です。もう2年生も中盤になります。しかしあの2人を退学にさせたいと思いつつも、ここまではその絶好の機会を得られずにいた」

「私としてはあんたの責任も少しはあると思ってるけど、今はいいや」

ここで八神に突っかかったところで得られるものはないと、櫛田は堪《こら》える。

「堀北《ほりきた》先輩には伝えていただけましたか？」

「あぁ……リーダーを務めてってヤツ？　一応ね。ま、私が言わなくてもあの出しゃばりは勝手にやってたと思うけどね」

「曖昧《あいまい》なままにしておくのは良くありません。しっかりと言質《げんち》を取った上で堀北先輩にその役目を任せられたことは、櫛田先輩にとって重要なことですよ」

「それが何？　次の特別試験で堀北を退学にさせられるとでも？」

そう聞き返すと、八神はフッと笑ってからカップに口をつけた。

「その通りです。聞き漏《きも》らしや解釈の違いがないか、念のため録音を聞かせていただきましたがこれでハッキリしました。次の特別試験……その可能性は十分にあります」

「……なんであんたにそんなこと分かるわけ？　退学にする条件は個人の投票時間にペナルティの累積時間を溜《た》めさせていくだけ。堀北がそんなミスをすると思う？　堀北だけじゃない、誰だってそんなミスはしない」

「もちろん、累積ペナルティで退学になる愚《おろ》か者はまずいないでしょう。しかし僕の読みではそれ以外にも退学の方法は存在すると思っています」

「はあ？」

「堀北先輩を退学にする、あるいは状況次第で綾小路《あやのこうじ》先輩。潰《つぶ》したい方を潰せるといった可能性もあるかも知れません。その時は迷わず両方狙えるように話を誘導すべきですね」

八神はこの特別試験で出されると思われる課題、その例題を口にする。

「──それ、本当に？」

「もちろん一語一句同じではないと思います。しかし。今僕が口にしたような内容の課題が出題される可能性は十分あると考えます」

八神はこの特別試験の存在を月城《つきしろ》から聞かされていないが、教師の説明を聞いてどのような課題が出されるかの目星をつけた。

「今僕が言ったような課題が出題された時、櫛田《くしだ》先輩が取る方法はひとつ」

そしてどうすれば、その課題で堀北《ほりきた》や綾小路《あやのこうじ》を追い詰められるかを説明する。

「どうです？　これなら退学の文字も見えてくるのでは？　もちろんクラス全体には泣いてもらうことになりますが、あなたにとってそれは些細《ささい》なことですよね？」

「私に……やれると思ってる？」

「櫛田先輩ならその実力があると見ていますが、僕の見立ては間違っていますか？」

「随分《ずいぶん》と買ってくれるじゃない」

「先輩が使える人間かどうかは、初対面の時に試させてもらいましたからね」

「……それどういう意味？」

「『僕です。分かりませんか？』。そう声をかけたこと覚えていますか？」

「あの時は焦ったしね。それが？」

「それが？　普通は疑問を抱きますよね。僕と櫛田先輩は一度だって顔を合わせたこともない赤の他人同士なんですから。なのに即座に話を合わせ、アドリブであの場を乗り切ってみせた。それで先輩が十分有能な人間だと分かったんですよ」

「けど、私があの場であんた誰って言ってたら？　単純に忘れてただけかも」

「そうはならないでしょう。どこで会ったか分からない以上、もしかしたら同じ中学に在籍していたのかも知れない。となれば過去を知られている可能性がある。僕の口から『あの事件のことで知ってました』なんて万が一にも漏《も》れ出たら大変ですよ」

そういった可能性を否定するため、櫛田は即座に話を合わせにいった。

「もし同じ中学ではなく、たとえば塾などの習い事。あるいは近所に住んでいた後輩だと後で分かったなら、それはそれで過去を知っている者であるリスクは大幅に下がります。勘違いだったで笑って済ませればいいんですから。まずは中学が同じ出身であるかを確かめることを最優先にしたんですよね？　そして少しでも過去に関する話題を出すようなら話を逸《そ》らすことも容易《たやす》くなりますし」

４分の１ほど紅茶を飲んだところで、テーブルにカップを置く。

「あんた何者なの。なんで同じ中学でもないのに私の過去を知ってるわけ……」

「警戒する気持ちは分かりますが、僕のことは特殊な立ち位置にいるゲストだと思ってください。ただ、そう。目的は綾小路先輩と遊ぶことなんです」

「は？　あいつと遊ぶこと？」

「ええまあ、彼は僕のことなど全く知らないと思いますが。今、綾小路先輩に気付かれることなく色々と試すのが僕のブームなんですよ」

「初対面の時、私が動揺したりあんたの思った回答をしていなかったら？」

その時八神《やがみ》が何と答えたのか、櫛田はそのことが気になった。

「それはそれで面白いと思っていましたよ。きっと綾小路先輩もその違和感に気付いて僕に疑いの目を向けていた。多分、もっと早い段階であいさつ出来ていただろうなぁ」

「……もしかして、あんたは綾小路と同じ中学だったってこと？」

「さてどうでしょう。それは櫛田《くしだ》先輩にとって些細《ささい》なことです。今は特別試験に目を向けましょうか」

「分かってる。もしあんたの狙い通りの課題が出たら……その時は仕掛けてみる」

「仕掛けてみる……ですか。それでは弱いですね」

「……弱い？　何が弱いって言うのよ」

八神《やがみ》は立ち上がり身を近づけると、反射的に逃げようとする櫛田の肩を掴《つか》まえる。

「ちょっと、何すんの!?」

そこから逃れようとするが、華奢《きやしや》に見ていた八神の力は想像以上に強く動けない。

「よく聞いてください。櫛田先輩は自分が思っている以上に窮地《きゆうち》に立たされています。あなたを取り巻く綾小路《あやのこうじ》先輩や堀北《ほりきた》先輩だけでなく、僕や天沢《あまさわ》さんの存在など懸念材料と思われる人物が日々の安全と生活を脅《おびや》かし続けている……そうですよね？」

「それは……そうだけど……」

正面から目を見つめてくる八神に対し、櫛田は怯むことなく睨《にら》みつける。

「当たり前のことですが、この学校では仲間であるクラスメイトを蹴落とすことは簡単ではありません。私生活の中で退学に追い込むのは相当に苦労します。今回のような特別試験で退学にする機会があったとしたら、紛《まぎ》れもない千載一遇《せんざいいちぐう》のチャンスなんです」

「それは分かってる。だけど深追いすれば私まで危険に晒《さら》される」

「ですから、それを覚悟しておく必要があるんです。排除するか排除されるか——」

2つに1つの戦いをしろ、という強いプレッシャーを受ける。

「もちろん決断するのは櫛田先輩です。僕がここで『学級崩壊の過去をバラされたくなければ絶対に堀北先輩か綾小路先輩のどちらかを退学にさせなさい』などと言えば、それは試験のルールに抵触する脅迫《きようはく》以外の何物でもありませんからね」

「それが脅しだって言うのよ……」

「失礼しました。本当に脅すつもりはありません。ただ櫛田先輩の覚悟が足りていないことは事実だと思います。どんな犠牲《ぎせい》を払っても排除する。それくらいのことをしなければ退学に追い込むことなんて出来ませんよ。いつまでもね」

肩から手を離すと、八神は再び自分の座っていた位置に戻り腰を下ろす。

「もう一度聞かせてください。先輩はあの2人を退学にさせたい。そうですね?」

再び目を見てきた八神に、櫛田は強い怒りと不満を混ぜた感情をぶつける。

そんなことは確認されるまでもないこと。

この1年半、毎日呪うように願い続けてきたことだからだ。

「……そう。私は堀北を、綾小路を退学にさせたい。絶対に退学にさせてやる……!」

「伝わってきました、やっと櫛田先輩の信念が本物であることが確認できましたよ」

櫛田は決心する。これ以上傷口を広げないためにも、早急に堀北と綾小路を退学にさせて、好き放題話している目の前の八神も必ず退学にさせなければならない、と。

○暗雲

ジリリリリ。

耳元で、十年来の付き合いになる目覚まし時計が鳴った。

私は無言で素早く手を伸ばすと、構わず乱暴にボタンを押してベルを止める。

勢い余ったせいでミニテーブルから転げ落ち、リン！　と最後に一鳴き。幾度《いくど》となく私に鍛《きた》えられているため、この程度のことで壊れるほど軟弱な相棒ではない。

「……もう6時か……」

結局2時間程しか眠れないまま朝を迎えてしまった。何のために着替えたのか分からないようなパジャマを脱ぎ捨て、下着姿のまま洗面台へ重い足取りで向かう。そのついでに目覚まし時計を拾い上げるとセロハンテープでくっつけていたツメの折れたカバーが外れ電池が1本床に落ちていることが分かった。

「少し乱暴にし過ぎたようだ。明日は気を付けるから許してくれ」

その後、鏡の前に足を運ぶ。

「酷《ひど》い顔を、しているな……」

とてもじゃないが、今の状態では生徒たちの前に顔を見せることは出来ない。ここ数日特に浅い眠りだったこともあって、今日は一層目の下のクマが目立って見えた。

念入りに顔を洗ってから、いつもはほとんど手に取らない化粧品を並べたてる。自分が不調……いや、不安定な状態であることを生徒たちに知られるわけにはいかないからだ。

化粧水の瓶《びん》を手に取ったところで、ふと鏡の中の自分と目が合う。

「無様だな」

何となしに自分の頬《ほお》に触れる。

指先から伝わって来る弾力も触感も、学生時代とは比べ物にならないだろう。

「老けたな、私も」

たかが10年余り、されど10年余り。

それだけの月日が流れていたことを、否応《いやおう》なしに思い知らされる。

「そんなことは、些末《さまつ》な問題か……」

今になって時間の流れを把握したわけでもない。最初から分かっていたことだ。

止めていた動きを再開し、蓋《ふた》を開けて黙々と化粧を始める。

いつかやって来る。

そんなことは、教師になると決めた時から理解していたこと。

分かっていたはず、なのに私は準備など本当は出来ていなかったのだ。

「落ち着け。これは私の戦いじゃない。あの時とは状況も異なる。今のクラスなら何事もなくクリアしてしまうに違いない。そう、そのはずだ。緊張するだけ無駄なことだ」

速まっていく鼓動を感じ、これは他人《ひと》ごとなのだと自分に言い聞かせようとする。

そんな浅はかな考えは通じず、更に鼓動は高鳴り速まっていく。

この調子では特別試験終了まで身が持たない。先が思いやられるぞ。

「覚悟を決めろ……」

両方の手の平を鏡に押しつけ、そこに映った自分を睨《にら》み私はそう呟《つぶや》いた。

1

教師の朝は意外と忙しい。この学校では寮生活のため敷地内にある職場、つまり学校までは近いが、やることは山のようにある。授業の準備、連絡の有無の確認、時にはプールの水質を調べたり。しかし勤務の開始時間はホームルーム開始と同じなため、実質サービス残業のようなものだ。朝の個別準備が終わると、今度は朝礼を兼ねて教師たちでのミーティング。

特に特別試験が実施される日は、その慌ただしさは2倍にも3倍にもなる。

生徒たちの人生、その一部に影響を与えるだけに学校側のミスは絶対に許されない。

「今回の特別試験において、我々教師が最大限気を付けることはクラスへの介入です。自クラスの生徒を守りたいがために思わず手助けしてしまう、そのような事態は絶対に避けるようにしてください」

4クラスの担任を集め、今回の特別試験を監査する碇《いかり》先生が厳しい顔つきで警告する。

「あの、今更なんですけどちょっといいですかぁ？」

「なんでしょうか星之宮《ほしのみや》先生」

「確か前回……11年前に実施されたこの試験は、担当クラスと被《かぶ》らないようシャッフルする措置《そち》が取られていましたよね？　なのに今回はそのまま担任の先生が自分のクラスを見守るのはどうしてなんですか？　公平性を考えるなら、変えるべきだと思いますけど」

警告を出す以上、担任教師の介入を止めたい意思は学校側から感じられる。

しかし、確かにそれならば他クラスを任せる方が確実だ。

わざわざ危険を冒《おか》してまでライバルクラスを助ける教師も、そうはいないはず。

「公平性が保たれると信じているからではないのですか？」

話を聞いていた坂上《さかがみ》先生が、冷静にそう分析する。

「そうなんですかぁ？」

「……それが決定だから、という理由以外に申し上げられません」

「上が決めたこと、ですか」

全ての特別試験、私たち一介の教師が決められることなど何もない。もっと上の坂柳《さかやなぎ》理事長やこの学校の運営経営に関与している者たちの手で決められる。

私たちは、それに従ってルールを守り遂行《すいこう》するだけ。

しかし腑《ふ》に落ちないようで、知恵《ちえ》は不満を隠そうともしない。

それを見かねた碇先生が、声量を絞って口を開いた。

「これは私個人の勝手な想像ですが、この特別試験は生徒たちが隠す心の内側を見てしまう可能性がある。それは情報の塊《かたまり》です。他クラスの先生方に流れることで、今度は次の特別試験に影響を及ぼすと考えられたんじゃないでしょうか」

「それって、結局私たち教師が信じてもらえてないってことじゃない」

「仕方ないでしょう。今回の特別試験、担任の先生3人は過去に同じものを経験されているようですし……。昨年行われたクラス内投票でもそれぞれの担当クラスを受け持たれたのもその辺が関係しているのでは？」

「やっぱりそういうこと」

最初から分かっていたとでも言うように、知恵《ちえ》は改めて納得したようだった。

「星之宮《ほしのみや》先生……話を進めてもいいですか？」

「はいはーい。納得したので、どうぞ進めてくださーい」

明らかに不機嫌なままだったが、碇《いかり》先生は諦《あきら》めたように説明を再開する。

「もしアドバイスになると監視役が判断した場合は戒告。繰り返された場合には減給もあります。また皆さまにおいては心配していませんが、生徒たちが決めるべき選択肢を意図的に誘導するような悪質な介入をしたと判断した場合には、最悪降格処分もあることを忘れないように」

満場一致特別試験は選択肢が全て。教師が特定の選択肢に肩入れし導く行為をすれば特別試験そのものの本質を問われるのは当然のことだ。

もちろん他クラスの教師にも、私にもそんな意思はない。

いつもと変わらず、生徒たちに感情移入し過ぎず、ただ粛々《しゅくしゅく》と物事を進めるだけ。

それがこの苦い思い出の詰まった特別試験だとしても、変わらないこと。

「以上となります。それでは本日の特別試験どうぞよろしくお願いいたします」

それから私はいつも通りを心がけ午前中の授業を乗り切った。

いや、いつも通りと思っているのは私だけで、実際は違っていたのかも知れない。

時間の感覚がなく、気が付けば昼食の時間を迎えていた。

職員室の机の上には、食べかけの食事。

3分の1ほどを喉に入れたところで、箸が全く動かなくなってしまった。

こんなところを見られるわけにはいかないと、残った弁当を袋に入れて片付ける。

そしてやって来る午後の授業、その開始を告げる音。

床を見つめながら職員室を出ると、後ろからかけてくる足音に声をかけられた。

「いよいよだね、佐枝《さえ》ちゃん」

「……知恵か」

「朝からそうだったけど、昨日は特別試験のことを考えてて眠れなかったのかな？」

わかりきった安い挑発を、私は聞き流す。

いや、答え返すことが出来なかったといった方が正しいだろう。

「今のクラスと私とは何の関係もない。生徒があっさりクリアするもしないも、どうでもいいことだ」

「ふぅん？　そんな風に割り切れてるようには見えないけどね」

「ま、いいけどさ。佐枝《さえ》ちゃんにはAクラスを目指す資格なんてないってことは忘れないでよね」

去っていく私の背中に、知恵《ちえ》は恨みの籠《こも》った声を隠すこともなく送った。

私は俯《うつむ》く顔をあげることを最後まで出来ずにいた。

2

9月17日。昼休み明け。夏休みが明けて3週間と経《た》たず、次の特別試験がやってきた。

試験開始5分程前に教室に戻って来ると、既に教室内には大人が1人待機していた。

教室の後ろから、静かに生徒たちの様子を見守っている。

少し驚いたのは自分の席ではなく、この試験中に限り定められた席に座るように指示がされていること。より徹底したルール厳守のためだろうか。面白いことに、オレは1年生の時に座っていた窓際の一番後ろの席だ。それ以外の生徒は……特に去年今年の配置と関係なくランダムな様子。たまたま似通った席になっただけらしい。既に席についていた堀北《ほりきた》を見ると、今の席とほとんど変わらない最前列のままのようで1つ横の席だった。

オレの右隣には佐藤《さとう》、前方の席には鬼塚《おにづか》が着席した。生徒たちが続々と揃《そろ》い始める。

これからオレたちが挑む試練は『満場一致特別試験』。

学校から出される5つの課題を複数の選択肢から選び、満場一致になるまでを繰り返すという、それ以上でもそれ以下でもないシンプルなもの。

特筆すべき点の少ない今回の特別試験だが、事前に可能な対策もまた少ない。

課題の内容を問わず、1回目の投票時はコミュニケーションを取ることが出来ないため、予期せぬ満場一致を避けるための投票先の分散の約束。投票時の時間制限への注意。どの選択肢にするかで揉《も》め、分散してしまった時、誰に従うかを予《あらかじ》め決めておく、など。どのクラスも、そのくらいしか手を打っておくことが出来ない。

そのためクラス内には重苦しい空気のようなものはほぼ存在しないと言っていい。

この試験は、究極を言えば『選択肢を決めて投票ボタンを押すだけ』という参加者全員が容易に達成可能な内容になっていることも、緩《ゆる》く捉《とら》えられてしまっている要因だ。

無論特別試験ということもあって、多少の緊張感はあるが……。

タブレットには、覗《のぞ》き見《み》を防止するためのフィルムがしっかりと貼られていた。

隣の席から覗き込んだとしても、画面を盗み見ることは出来ないだろう。

投票中は席を立てないため、視覚によって他者の投票先を絞り込むことは不可能だ。

もし何らかの方法やアクシデントで第三者の投票結果を見られたとしても、それを言葉にして信じてもらえるかはまた別の話。そもそも盗み見を禁じられている以上、誰がどちらに投票したと騒ぎ立てること自体不可能だ。

正面からこの特別試験に立ち向かうしかない。

また机に置かれてあるタブレットの電源は落とされているようで、勝手に主電源を入れることすら禁止されていた。

「なあなあ。1、2時間くらいでクリアしたらケヤキモール行こうぜ」

「そりゃ行きたいけど、確か寮で自習でしょ。だから夕方でもいい？」

すっかり仲良しカップルとなった池《いけ》と篠原《しのはら》の2人が、放課後のことについて話し合う。

簡単にクリアできてしまう特別試験……か。しかし条件次第では難関に変わる可能性を孕《はら》んでいることを、今現在どれだけの生徒が理解しているかは疑問が残る。

ネックとなってくるのは、投票が匿名《とくめい》であること。誰がどの選択肢に投票したかは、試験中はもちろん永久に知ることが出来ない点だ。

完全匿名。この要素が、この特別試験にどれだけ大きな影響を与えるかが全てだな。

ともかく特別試験の制限時間は午後1時から午後6時までの5時間と非常に長丁場。

単純に考えるなら1問につき1時間かけることが許される。

池の言うように1時間、2時間で特別試験が終了しても何ら不思議はない。

そして制限時間内にクリアすれば、あっさりとクラスポイントが50貰《もら》えてしまう。

一方で万が一、5時間以内にクリアできなかった場合にはクラスポイントが300マイナスされてしまうため、5問全てを満場一致にさせることは絶対条件だ。試験内容から顧《かえり》みれば少なめの報酬《ほうしゅう》も重いペナルティも納得のいくものと言える。オレは半数ほど席についている教室、その隅の自分の席に腰を下ろす。教壇側には、今回の特別試験の進行役の茶柱《ちゃばしら》と、監視役の教師は教室の後方に陣取っている。

「事前に伝えていた通りだが、全ての通信機器を回収する」

持ち込める荷物の制限、タブレットの覗《のぞ》き見《み》防止に前後からの監視。必要以上に徹底しているな。それだけ誰がどちらに投票したかを知られることを防ごうと考えている証拠だ。厳しいようだが、その措置《そち》は正しいと言える。生徒の純粋な気持ちを複数の選択肢に反映するには、匿名性《とくめい》を100%にしなければならない。

もし盗み見たりできる隙《すき》があれば、同調圧力に屈してしまう確率が上がる。皆がα《アルファ》という選択に入れているのだから本当はβ《ベータ》に入れたいのにαに入れる。そういったことを避けたいからだ。

この特別試験の意味する『生徒個人の意思』を重要視している。

ただ、オレたち生徒にしてみれば同調圧力だろうとなんだろうと、全員が満場一致になることを望んでいるため、この措置は生徒にとってプラスにはならないわけだが。

ともかく不正の入り込む余地は無い。

どんな課題であったとしても、満場一致にすることが求められる。

「ほら愛里《あいり》。ちゃんと言うって決めたんでしょ？」

ん？　窓の外に向けていた視線を教室内に戻すと波瑠加《はるか》に背中を押される愛里がいた。

「あ、あの清隆《きよたか》くん……！　よ……良かったら放課後……時間、貰《もら》えない、かな？」

うんうんと頷《うなず》きながら、波瑠加が返答の仕方は分かってるよね？　と目で訴えている。

「その……文化祭のことで、ちょっと話があって」

「そういうことか。オレも直接話さないといけないと思っていたし、構わない」

「あ、ありがとう！　そ、それじゃあ、またあとでっ」

逃げるように離れた愛里は、遠い席に着席して背中を向ける。

「何とかあの子も落ち着いた。傷心が癒《い》えたわけじゃないけど前を向こうとしてる」

オレの前ではそのことに触れようともせず、必死に目を合わせていた。

「だけどあの子が本当に引き受けるかどうかはこれから。きよぽんの頑張り次第よ」

「出来る限り頑張って交渉してみる」

「うん。それじゃまた放課後ね」

本当に面倒見がいいというか、最近はずっと一緒にいるなあの2人は。

開始2分前になると、担任である茶柱が説明を始める。

「さて――――そろそろ時間だ。これより特別試験に移っていくが、今日は長丁場のためトイレ休憩の時間を最大4回設ける。基本的には満場一致を得て次の課題に挑む前にだけ休憩可能としている。よって、満場一致になっていない途中の段階では休憩は取れないということだ。また休憩は1回につき最大10分だが、試験時間はカウントされ続ける。不要と判断した場合には休憩をスキップすることも重要だろう」

全員、既に告知されていた通りトイレは済ませているためしばらく問題はないだろう。

腹痛など予期せぬ体調不良を抱えた生徒もクラスにはいないようだ。

さあいよいよ特別試験が始まるか。

そう思ったが、茶柱《ちゃばしら》は生徒たちの方を見ながら、進行を始めようとしない。

心ここにあらずといった様子で、ただぼーっとしている。

最初は気にしていなかった生徒たちも、少しずつ顔を見合わせ始めた時、教室の後方に立つ教師もまた、異変に気付いたようだった。

「茶柱先生。お時間です」

「あ、ああ。すまない。それでは、これより満場一致特別試験を開始する。ここからはルールに則《のっと》り進行するため、インターバル以外で席を立つことや、禁止されたタイミングでの雑談などは容赦《ようしゃ》なく注意を取っていく。心してかかれ」

モニターが切り替わり、カウントダウンが26秒から始まる。

僅《わず》かに開始の合図が遅れたためのズレだろうが、生徒たちに支障はないだろう。

やがてカウントが0になると、文字が切り替わり最初の課題が表示された。

課題①・3学期に行われる学年末試験でどのクラスと対決するかを選択せよ
（クラス階級の変動があった場合でも、今回の選択が優先される）
※（　）内の数字は対戦時に勝利することで得られる追加クラスポイント

選択肢　Aクラス（100）　Bクラス（50）　Dクラス（0）

「これは2年生最後の3学期、その学年末に行われる特別試験に向けた対戦相手を決めるための選択肢となっている。補足してある通り、現時点でAクラスを満場一致で選択した場合、仮に現Aクラスが学年末までにBクラスに転落していたとしても、対戦相手はこの選択肢時点のAクラスと追加クラスポイントとなる。また希望する選択肢の組み合わせが全クラス不一致だった場合には学校側がランダムに決定することになるだろう」

分かりやすく言えば坂柳《さかやなぎ》、一之瀬《いちのせ》、龍園《りゅうえん》の誰と戦うか、という選択肢で、ここで選んだ対戦相手が変更されることは無いということ。

「自分たちがどのクラスと戦えば勝てるのか、それを見極めることが重要だ。もちろん、必ずしも希望するクラスと戦えるわけではないが……な」

堀北《ほりきた》たちが坂柳のAクラスを指名したとして、同時に一之瀬も坂柳のクラスを指名していた場合は、坂柳のクラスが堀北のクラスを選択しているか一之瀬のクラスを選択しているかに委《ゆだ》ねられるということか。そして坂柳のクラスがそのどちらでもなく龍園のクラスを指名していた場合は、龍園のクラスの選択を確認することになる。ここでも龍園のクラスが坂柳のクラスを避けていたのなら、結果的に全てが噛《か》みあわずランダムな組み合わせになるということだ。普通なら戦力が低い下位クラスを選びたいところだろう。

しかし、選択肢を見ればわかるが上位クラスに対しての扱いが少々異なるようだ。

上位クラスを倒すことが出来れば、その分クラスポイントが上乗せされて報酬《ほうしゅう》として支払われるということ。下位クラスと戦っても追加報酬は得られない仕組み。

通常ならAクラスとの戦いは避けたいところだが、こういったメリットも存在するのなら十分検討の余地は生まれるだろう。

「では第1回の投票に移る。制限時間は60秒だ」

この60秒を過ぎてしまうとペナルティタイムに入ってしまう。

もちろん、そのようなトラブルに1回目からならないよう、堀北《ほりきた》が事前に決めて通達していた通り、クラスメイトたちは思い思いに好きな選択肢へと投票を行う。

オレは最初の投票は必ず1番目の選択肢を選ぶよう堀北と話し合いを付けているので、迷わず1番のAクラスを選択する。堀北は2番目のBクラスだ。

この時点で絶対に満場一致になることはないが、それ以外の37票は純粋にどのクラスと対決したいと思っているかを知ることが出来る。

「全員の投票が終了したため、これより投票結果を発表する」

第1回投票結果　Aクラス5票　Bクラス21票　Dクラス13票

一番下位クラスであるDクラスではなく、一之瀬《いちのせ》の属するBクラスに票が集中した。

「満場一致とならなかったため、これよりインターバルを設ける」

ここからは10分間、自由に席を立って生徒に接触したり、会話をしたりすることが許される。多少声を張ろうが、特定の生徒にだけ耳打ちをしようが構わない。

「1つ目の課題から時間を無駄にしないよう、まずは私から提案をさせてもらうわ」

挙手し、茶柱《ちゃばしら》の前に座っている堀北は立ち上がってから振り返る。

この特別試験でもリーダーを務めることになった以上、率先して行動を見せる。

「票がばらけているように、それぞれ思うことはあるはず。疑問に思ったことは幾《いく》らでも質問してもらって構わないし、クラス全体で遠慮なく意見を言うようにして」

そう言って一呼吸おいて、堀北は自らの希望する選択肢を述べ始める。

「私は学年末に戦う相手として理想的なのは、Bクラス。つまり一之瀬さんだと考えた。理由は3つ。1つは坂柳《さかやなぎ》さんや龍園《りゅうえん》くんと違って、一之瀬さんはフェアな戦い、つまり純粋なポテンシャルでのぶつかり合いになる可能性が高いからよ。変則的な特別試験になったとしても、裏をかかれるような心配は少ない。次に、現時点でBクラスであるということ。報酬にプラスしてクラスポイントが貰《もら》えるから、他クラスをリードする上で優位に働くわ。そして最後の3つめ。そのBクラスという肩書きは現状見せかけだということ。既に私たちCクラス、龍園くんのDクラスとは横並び状態。一時は随分《ずいぶん》とクラスポイントが離されていたけれど、彼女のクラスは今下り坂。勝負する相手としては理想的と言えるんじゃないかしら」

時間を気にしてかやや早口に、しかしハッキリとした理由を伝えたことで、多くの生徒の心に響いた印象だった。

「もし反論がある生徒がいたら、今ここで意見を言って欲しい。逆にBクラスでも構わないと思ってくれたのなら、早々にBクラスに投票してくれると話は早いわ」

この課題に関しては2回目の投票で満場一致を得ておきたい。

そんな堀北《ほりきた》の意思が伝わって来る。それに呼応するように洋介《ようすけ》も立ち上がる。

「僕も今の話に賛成だよ堀北さん。坂柳《さかやなぎ》さんたちAクラスを倒すことによる追加報酬《ほうしゅう》は大きいけれど、どこより強敵であることは疑いようがないからね。もちろん、一之瀬《いちのせ》さんたちの強い絆《きずな》や堅実な戦い方も油断は出来ないけれど、対戦相手としては一番だと思う」

2人のBクラス推しを受けクラスメイトたちの方向性が定まり始める。そして一気に流れを持っていくように、更にもう1人、座ったままだが合わせるように意見する。

「あたしもサンセーかな。龍園《りゅうえん》くんのクラスと戦っても追加報酬がないって、なんか美味《おい》しくない感じするし、坂柳さんのところに負けたら笑えないしねー」

反対意見が出る前に、洋介と恵《けい》がすぐにBクラスへの投票で意見を固めきる。予定通りフォローに回ったとも言えるが、おそらく2人もまたBクラスとの戦いを希望していたと見ていいだろう。それは1回目の投票でBクラスに最多投票が集まったことからも、分かりやすい流れだった。

6分近くも余ったインターバルは、結局反対意見が出ることなく過ぎ去った。

時刻を確認しつつ、茶柱《ちゃばしら》が止めていた進行を再開する。

「それでは時間が経過したため2回目の投票に移る。タブレットの画面が切り替わり次第、60秒以内に投票するように。事前に説明している通り、60秒を過ぎればペナルティの時間が累積していく。注意しろ」

その注意も不必要なほど、2回目は10秒と経《た》たず全員が投票を済ませる。

そしてモニター上には集計結果が即座に反映され表示された。

第2回投票結果　Aクラス0票　Bクラス39票　Dクラス0票

高円寺《こうえんじ》がふざけて他クラスに入れるようなこともなく、これ以上ない滑《すべ》り出しで初めての満場一致を得ることに成功した。

「満場一致により、1つ目の課題はBクラスの選択で確定とする。学年末試験で対戦するクラスは正式に決定次第おまえたちに伝えるが、それは明日以降になるだろう」

僅《わず》か10分ほどで全5つの課題のうち1つをクリアしたことになる。

そして堀北《ほりきた》たちの希望するBクラスへの投票も選ぶことが出来た。

オレ個人としても、戦う相手を選ぶなら間違いなく一之瀬《いちのせ》クラスを選択しただろう。

その理由は、堀北が全て口にしたため付け足すことは何もない。

あとは坂柳《さかやなぎ》と龍園《りゅうえん》のクラスがマッチングしてくれることを祈るだけだが、一之瀬のクラスは狙いやすいこともあるため、下手すれば3クラスで競合するかも知れないな。面倒なことなく、一之瀬のクラスが堀北のクラスを希望してくれることを期待しておこう。

「休憩は取るまでもないと思うが、念のため確認を取っておく。次の課題に移っても構わないな？」

もちろん、生徒の中から異論を唱える者はいないため２つ目の課題がすぐに始まる。

「では次。２つ目の課題に移らせてもらう」


課題②・11月下旬予定の修学旅行に望む旅行先を選択せよ

選択肢　北海道《ほっかいどう》　京都《きょうと》　沖縄《おきなわ》

なんだこれ。と、そんな声が生徒から漏《も》れ聞こえてきた。

私語禁止の状況であるため、茶柱《ちゃばしら》に視線を向けられたことですぐに声はかき消される。

だが多くの生徒たちが『なんだこれ』と思ったことは紛《まぎ》れもない事実だろう。

それでも、まずは投票してからでないと話をすることすら出来ない。

純粋にどの選択肢を選ぶべきかを自分で考えてから投票するしかない。

「この投票先も先程と同じようなもので、この１票で確定するわけじゃない。残り３クラスの状況に応じて結果が変わることもあるので、その点は理解しておくように」

第1回投票結果　北海道《ほっかいどう》17票　京都《きょうと》3票　沖縄《おきなわ》19票

京都を除き、先程よりもかなり接戦といえる投票結果が表示された。

「満場一致とならなかったため、これよりインターバルを行う」

「なあなあ、これって特別試験って言えるのか？　全然楽勝っていうかこんなの……」

インターバルになると、本堂《ほんどう》が拍子抜けしたように笑いながら言った。

確かに1つ目、2つ目の課題はわざわざこんな仰々《ぎょうぎょう》しい場を設けて問うまでもないことだ。ホームルームのついでにでも十分にまとめられる程度のことと言える。

まだたった2問。しかしもう2問目だ。

これが終われば特別試験の5分の2が終了してしまうことになる。

あまりに簡単すぎる内容。緊張よりも弛緩《しかん》が上回り始めた生徒のほうが多いだろう。

しかし面白いもので、そういう状況になればなるほど不安を高めていく生徒もいる。

その代表が、堀北《ほりきた》や洋介《ようすけ》といった慎重かつ思考力の高い生徒だ。

誰もが笑いながらどちらにするか話し合う中、真剣に課題を見つめている。

それはそうだろう。こんなどちらでも良いような課題が最後まで続くとは到底思えない。

むしろ前座が楽であれば楽であるほど、後半にかかってくる重圧のようなものは増す。

そんな予感を抱きながら、オレはインターバルの流れを静かに見守る。

「思うことがあるのは皆同じだと思う。だけど、まずはこの課題に集中しよう」

気がそぞろになることを警戒し、洋介がクラス全体を引き締め直す。

1回目は約束通り選択肢1の北海道に投票したが、さてどうするか。

課題内容は同じ。つまりどこかの選択肢には必ず2クラスの票が入る。

修学旅行先を決めるための重要な1票であることは間違いない。

「堀北さん、意見が分かれちゃってるみたいだけど何かアドバイスはないかな？」

先程と違ってすぐに声を出さなかった堀北を心配してか、櫛田《くしだ》がそう声をかけた。

しかし堀北はすぐに言葉を返せず、一瞬シンと静まり返る。

「堀北さん？」

少し心配そうに改めて櫛田が名前を呼ぶと、堀北が慌てて答える。

「ごめんなさい。少し考えこんでしまったわ……。複雑でも何でもない選択肢だけれど、意外と満場一致にするのは苦労するかも知れないと思っていたの。修学旅行は私たち学生にとって重要なイベントだし、当然その行き先を私の一言でまとめることは出来ないわ」

もしもの時はリーダーに従う約束だが、それでも堀北1人で修学旅行先を決めていいという話ではない。メリットデメリットではなく好みの問題だと考えると、大変な選択肢だ。

「とにかく、希望する旅行先の意見を聞かせてもらうところから始めるしかないわね」

それを待っていたかのように須藤《すどう》が手を挙げる。

「んじゃ俺から。俺は沖縄に入れたぜ。修学旅行つったら海だし沖縄が定番だろ？　一番投票数も多いし決まりでいいんじゃねーの？」

「ちょっと待ってよ。沖縄《おきなわ》が定番の1つなのは認めるけど、それを言うなら北海道《ほっかいどう》だってそうだし。投票数だって僅差《きんさ》じゃない。皆、スキーとかやりたくない？」

北海道に投じたと思われる前園《まえぞの》が、須藤《すどう》に反対するように言った。

「私は沖縄がいいなー。シュノーケリングしてみたい！」

「僕は何度か沖縄に行ったことがあるから北海道が――」

投票数の近い2つの旅行先が、真っ向から意見をぶつけ合い始める。

互いに最善と思って選んだ旅行先のため、他の選択肢に批判的になるのも無理はない。

「そもそも北海道とか雪だけっしょ？　絶対つまんないしー」

「いやそれ言ったら沖縄なんて海しかなくね？」

数分間、収拾のつきそうにない議論を交わし、見かねた洋介《ようすけ》が間に割って入った。

「北海道も沖縄も同じくらい人気の修学旅行先だから揉《も》めてしまうのは無理ないことだとは思うけど……もうちょっと相手を思いやった方がいいかも知れないね」

暴言に近い発言はやめて欲しいと、洋介がそう訴える。

最初の方は如何《いか》に自分の選んだ希望先が素晴らしいかを言い合っていたものが、相手の希望先を貶《おとし》める発言に変わり始めていたからな。

「平田《ひらた》くんは北海道だよね？」

「おい平田、おまえは沖縄を選んだんだよな？」

「え？　えっと……」

双方のグループに挟まれ、洋介は困った顔を見せる。

「それはちょっと……秘密……かな？」

この状況では、どちらに入れたとは答えづらい。ある意味匿名性《とくめいせい》が生きた瞬間だ。

「11月にも泳げるのは沖縄くらいだぜ？　やっぱ海行きたくねえか？」

「もう海はいいって。無人島試験で十分堪能したし。絶対北海道！」

一度は中断させた議論だが、またすぐに過熱し始める。

須藤と前園のやり取りは、恐らくクラス全体の意見の縮図と見てもいいだろう。

「ど、どうしよう堀北《ほりきた》さん？」

困った顔をして櫛田《くしだ》は堀北に助けを求める。

「そうね、これは厄介な課題だわ」

満場一致の難しさ。それが早くも表面化する問題が出されたのかもな。

簡単に話をまとめられるはずもなく、10分間のインターバルが終わりを迎える。

ちなみに、この2回目は京都《きょうと》に投票しようと思っている。

歴史の深い京都。その光景を見てみたいという気持ちが強かったからだ。

「では2回目の投票が全て完了したため、結果を表示する」

第2回投票結果　北海道18票　京都4票　沖縄17票

「あ、北海道《ほっかいどう》逆転じゃん！　やったね！」

「くっそ誰だよ沖縄《おきなわ》から北海道に寝返ったのは！」

僅《わず》かに先程より票を集めた北海道が上回ったものの、ほぼ五分五分と言っていいだろう。

しかし、北海道グループも沖縄グループも動いた票での言い合いを始めてしまう。

仮にこの調子で解決を図ると、幾《いく》ら投票を繰り返しても決着はつかないな。

ただ悲しいのは全然話題に上がらない京都《きょうと》だ。オレの票が増えただけだしな……。

とすると最初に選択肢2の京都を選んだ堀北《ほりきた》の票は動かなかったのかも知れない。もちろん堀北が北海道か沖縄に投票して、別の誰かが京都に入れた可能性もあるため確かなことは言えないが。1票でも投票数の多い方に寄せる強引な手もあるが、それでは遺恨《いこん》を残しやすい。北海道の2連勝ならともかく1回目の投票は沖縄が勝っていたしな。

「仕方ないわね。こうなったら、勝負で決める以外にないいんじゃないかしら。北海道を希望する人3人、沖縄を希望する人3人。それぞれ代表を選んでじゃんけんをしてもらう。先鋒《せんぽう》、中堅、大将を選んで勝ち抜き戦よ。ただし投票数の少ない京都に関しては1人にさせてもらうわ。厳しい戦いだけれど極力公平性を保つためよ」

少数派である京都が他2つと対等に戦えるのは、確かに不公平感が強くなるからな。

強制力と時間をかけずまとめるのなら、こういった方法にするべきか。

ある程度不満が残るのは仕方がないが最初にルールを決めておけば従うしかない。

誰がじゃんけん代表になるかで多少揉《も》めつつも、すぐに出場者が決まり始める。

北海道チーム　先鋒・前園《まえぞの》　中堅・石倉《いしくら》　大将・篠原《しのはら》の3人。女子チームだ。

沖縄チーム　先鋒・小野寺《おのでら》　中堅・本堂《ほんどう》　大将・須藤《すどう》の男女混合チーム。

「あとは京都に投票した人、誰かじゃんけんに参加してもらえない？」

代表者を1人希望する堀北。そこへ1人の男が満を持して手を挙げる。

「誰も出ないなら大将として出させてもらう。俺は必ず京都へ皆を連れて行く」

そう強い意志を表明し、厳しい戦いに身を投じたのは啓誠《けいせい》だった。

初めて声をあげた京都派の生徒。京都はオレの希望する修学旅行先でもある。

オレの分まで任せたぞ啓誠。苦しい戦いになるが、なんとか勝ち抜いてくれ……。

3回目の投票に間に合わせるため、手早くじゃんけんが始められると、まずは小野寺の出したチョキに対し前園と啓誠がパーで対抗。あっさりと沖縄チームが先勝する展開に。

一瞬で夢が破れた京都チームは、失意のまま戦場を去った。

啓誠が名乗りをあげてから、僅か10秒にも満たない儚《はかな》すぎる時だった。

堀北が額に手を当ててため息をつく瞬間を目撃し、やっぱりあいつも京都に行きたい一人だったんだなと確信した。

そんな京都希望組など、最初からいなかったように勝負は続けられている。初戦で2人を破った小野寺は中堅の石倉を破る2連勝で一気に王手をかける。しかし大将として登場した篠原《しのはら》が小野寺《おのでら》を破り、立て続けに本堂《ほんどう》を破るという思いがけない展開になった。

そして大将同士の戦いにもつれ込み、両者が睨《にら》み合《あ》う。

「絶対沖縄《おきなわ》だ！　ソーキそば！　シーサー！　海人《うみんちゅ》！」

「絶対に北海道《ほっかいどう》よ！　蟹《かに》！　温泉！　スキー！」

それぞれよく分からないことを言いながら、拳《こぶし》を握り込む。

振り上げた両者の拳が振り下ろされると、互いの手はそれぞれパー。相子だ。

すぐに相子でしょ、と行きたいところだが双方動きを止め休憩を挟む。

ただ修学旅行の行き先を決めているだけなのだが、異常なほどの緊張感だ。

「最初はグー！　じゃん、けん――ぽん！」

2度目のぶつかり合い。須藤《すどう》が出したのは力強いグー。

そして、もう一方の篠原が投じたのは2連続となる華麗なるパー。

「やったー！　北海道だー！」

わーっと一斉に北海道派が勝どきをあげる。

「何やってんだよ須藤！」

「く、悪ぃ……！」

水を差すような真似《まね》はしたくないが、あくまでこのクラスの1票が北海道になっただけだ。これで沖縄か京都《きょうと》に2票集まったら、そっちになってしまうんだけどな。

それを言うような空気でもないことを堀北《ほりきた》も理解しているのか、どこか呆《あき》れ顔《がお》だ。

3回目の投票になり、全員が一斉にタブレットを操作する。

第3回投票結果　北海道39票　京都0票　沖縄0票

「3回目の投票で満場一致になったため、2つ目の課題はクリアだ」

半数ほどの不満は残りつつも、決まったルールに則《のっと》った公平な戦いによって3回目の投票では見事に満場一致を成し遂げることに成功する。

内心希望する京都こそ叶《かな》わなかったが、北海道は北海道で非常に楽しみだし、他クラスの動向次第では京都や沖縄の線も十分に残されている。

とにかく、どこになるとしても修学旅行が待ち遠しくなる課題だったな。

「ではこれより3つ目の課題に移らせてもらう」

様子こそ最初から変わらない茶柱《ちゃばしら》だったが、僅《わず》かに声のトーンに変化が見られた。

ここまでの楽な課題からは、何か流れが変わるかも知れない。


課題③・毎月クラスポイントに応じて支給されるプライベートポイントが0になる代わりにクラス内のランダムな生徒3名にプロテクトポイントを与える。あるいは支給されるプライベートポイントが半分になり任意の1名にプロテクトポイントを与える。そのどちらも希望しない場合、次回筆記試験の成績下位5名のプライベートポイントが0になる。

※どの選択肢が選ばれても、プライベートポイント没収期間は半年間続く

ここまでの2つの課題と異なり、クラス内に大きなメリットとデメリットを内包したものが出題された。選択肢1では失うプライベートポイントも大きくなるため見返りも大きくなるが、ランダムな生徒に与えられてしまうというのも見過ごすことは出来ない。

プロテクトポイントは非常に強力なシステムだが、考え方によっては3年間不必要のまま終わる生徒も中には存在する。そういった生徒に付与されてしまえば、宝の持ち腐れになってしまう恐れもあるだろう。

選択肢2も振り込まれるプライベートポイントが半分になるため、けして安い金額とは言えない。しかも付与は1人だけ。しかし任意の生徒を選べるのは重要な要素だ。

選択肢3は、極力プライベートポイントの損失を抑える選択。プロテクトポイントが高すぎると判断した場合や、そもそも不要な場合に選ぶことになる選択肢だろう。ただし5人とは言えデメリットを負うことは忘れてはならない。

損得計算はもちろんのこと、クラス事情なども考慮する必要がありそうだ。

色々と言いたいことのある生徒もいるだろうが、まずは投票をする以外に道はない。

「投票の前に選択肢2、つまり特定の生徒に付与する選択肢で満場一致になった場合のケースを話しておく。この選択肢2で満場一致になった場合は、課題3クリアとはならず引き続き1名を決定する次の選択肢へと移行する。例題のことは覚えているな?」

インターバルで1人を選び、その生徒に付与するかどうか賛成、反対の票を集めることになる。賛成で満場一致になればその生徒にプロテクトポイントが、反対で満場一致になればその課題において、もうその生徒の可能性が0になる。そして残った38人で話し合いを行い1名を選出。また賛成と反対を取る、そのように細分化して課題を繰り返していかなければならなくなる。

「それらを踏まえた上で、1回目の投票結果を発表する」

第1回投票結果　ランダム3名に付与12票　1名を選び付与5票　付与なし22票

1回目の投票結果は、多少の不都合には目を瞑《つぶ》ってプロテクトポイントを放棄しようというものが多数のようだった。それもそうだろう、プライベートポイントを失う5人は既に筆記試験下位5人と決められている。そこに該当しない生徒にしてみれば、リスクはないと言ってもいい部分だ。一方でどうせプライベートポイントが半年間入らないと分かっているのであればプロテクトポイントを得た方が得だと考える者もいるだろう。

「ちょ、ちょっと待ってくれよ！　なんか納得いかないんだけど！」

「私も私も！　プロテクトポイントなしだと5人だけ損するじゃない！」

真っ先に声を挙げたのは池《いけ》と佐藤《さとう》。成績下位と思われる生徒たちだ。

「まあ仕方ないいんじゃねーの。半年間プライベートポイントが振り込まれないのは、ちよっとな……。それにランダムは確率低いし特定だと俺は貰《もら》えそうにないし……ってことで犠牲《ぎせい》になってくれ寛治《かんじ》」

諭《さと》すように須藤《すどう》が言う。既に学力のクラス下位5人からは脱却しているからな。

「不公平だろ！　俺だって今は色々とプライベートポイントが必要なんだよぉ！」

「篠原《しのはら》とデートするための金とか言わないだろうな？」

「えっ？　え？　えー、マジで、なんでバレちゃったわけ？　参ったな……」

使い道がバレたことに対しては参ってなさそうだが、死活問題ではあるようだ。

「決まりだ決まり。付与無しっつーことで満場一致だな」

「それは困るんだよ～！」

「だったら勉強しろよ。それで解決だろ？」

「ぐ……健《けん》に言われるのだけは、なんか、どうしても納得いかねーんですが！」

もちろん勉強して下位を脱却するのは大切だが、何点取ったところで5人が犠牲になる事実は変えられない。

「言いたいことは分かるけれど、悲観するのは早いわ。あくまでも失うプライベートポイントを最小限にして、その負担分は全員で補いあえばいいのよ。毎月振り込まれなくなる5人分のプライベートポイントを残った34人で捻出《ねんしゅつ》し均等化する。これなら特定の生徒だけが不満を覚えることもないでしょう？」

分かりやすく1人の生徒が一ヶ月に5万ポイントを得るとすれば、5人分25万ポイントが消失する。残った34人が得る170万ポイント、これを39で割り小数点を切り捨てれば4358９ポイントになる。

目減りすることは避けられないが、一人頭6500ポイントほど失うだけで済む。

それが半年続いたとしても、生徒一人一人のストレスは最小限に抑えられるだろう。

「ま、まあそれならいいけどさ……」

「俺は別に分け合わなくてもいいんだけどな。まあしゃーねえか」

不満はあるようだったが、なんだかんだ池《いけ》を助けてやる気持ちはあるらしい。

付与なしを希望する生徒が多かったこともあり、選択肢3で固める方向で自然と意見がまとまり始めていた。しかし、そんな中で洋介《ようすけ》が声を挙げる。

「堀北《ほりきた》さんは付与なしを選ぶのが最善だと思う？」

「難しいところね。正直かなり悩ましい選択肢ではあるわ。プロテクトポイントは退学を防げる非常に強力なツールになる。でも、プライベートポイントにも同じ事が言える。平《ひら》田《た》くんは違う考えなのかしら？」

「1つの意見でしかないけれど、僕はこの課題でプロテクトポイントを獲得するべきだと思っているよ。もちろん3人分ね」

「半年間プライベートポイントが得られないとなれば相当な痛手よ。日常生活に強いストレスを受けるだけでなく、状況次第では特別試験にも影響を及ぼしかねないわ」

プライベートポイントが勝敗を分ける可能性は否定しきれない。

「不測の事態が起きても3人守ることが出来る。プロテクトポイントが入手できるタイミングはかなり限られている上に、これは単純な値段のつけられない貴重なものだからね」

やや熱くなりながら洋介《ようすけ》が訴えかける気持ちも分からなくはない。退学を阻止できるプロテクトポイントの価値は実質最大2000万プライベートポイント。

それが3人分も手に入る機会など、そう多くないだろう。

特に仲間を思いやる洋介にしてみれば、まさにお金に代えがたい価値というヤツだ。

修学旅行の行き先とはまた別の、簡単に満場一致とはならない話だ。

どの旅行先でもクラスの行く末に影響は与えづらいが、このプロテクトポイントはクラス全体の問題でもある。得ておけば誰かを救うこともあるだろう。

「悪いが、俺にも意見を言わせてくれ」

ここで更に、啓誠《けいせい》が立ち上がり意見を述べる。

「来月からの半年間、俺たちはクラスポイントを増やしていくつもりなんだよな？」

「もちろんよ。上のクラスを目指す上で停滞していい時期なんてないわ」

「今回の特別試験で50、文化祭で上位に入れば100ポイント。体育祭でも似たようなポイントが増えるとして……2学期が終わる頃には200ポイント以上、状況次第じゃ300ポイントくらい増えてるかも知れない。そう考えてもいいか？」

「そうなるわね」

もし年内に300ポイント増やしたとすれば、クラスポイントも1000を窺《うかが》おうかというところまで回復する。そうなると半年間でのプライベートポイント支給総額は今よりも5割ほど増えて2000万ポイントくらいになるだろうか。

そう考えれば、ちょうど1プロテクトポイントの最大価値はクラスの収入半年分。計算されているかのような綺麗《きれい》な図が出来上がる。しかしここでプロテクトポイント3人を選択すれば1プロテクトポイント当たり約700万のプライベートポイントで手に入る。

まさに絶妙なラインではある、な。

そして一番可能性が低い、半分になる代わりに1人に与えられるというのは、メリットとデメリットの良いとこどりのようにも見えるが、実際は一番コストランニングとしては悪く選び辛《づら》い。ただし、唯一特定の生徒に付与することができるメリットを持っているのは重要な要素だろう。

ただ任意の1名に与えるとなった場合、待っているのは当然満場一致を求める投票だ。

この選択を迂闊《うかつ》に可決させてしまうと、誰に付与するかで揉《も》める可能性が出てくる。

「プライベートポイントを優先する考えは攻めの戦略、プロテクトポイントを優先する考えは守りの戦略ってことだよね？」

状況を整理するように櫛田《くしだ》が問いかけると、今席を立つ3人がほぼ同時に頷《うなず》く。

「けどプロテクトポイントを使わずに終わったら、それって高い買い物だったってことになっちゃうリスクもあるんだよね？　もちろん私はそれでもいいんだけど……」

その事実を周知させておくためには、その話も避けては通れないことだろう。

「ええ。結局使うことがなければ無価値にも等しくなる。もちろんプロテクトポイントを保有している安心、安堵感《あんどかん》のようなものはあるでしょうけれど……」

「無価値かどうかは別だろう。本来の用途では不必要に終わるとしても、意図的にプロテクトポイントを消費する戦略を使って奇襲を仕掛けたり自爆のような使い方も出来る。単純に守るだけじゃなく攻撃面での使用だって出来るかも知れない」

プロテクトポイントの使い道は様々だと啓誠《けいせい》が説くのもよく分かる。

退学を防げることを逆手に取った戦い方を取れるのも、大きなメリットだ。

だが特別試験の内容は後にも先にも、全容が見えなければ分からない。

この先、それを有効活用できる機会が絶対に訪れる保証はない。

しかしこの課題、いや特別試験は案外奥が深いな。

課題の中身は全クラス同じでも、クラスの順位や状況に応じてその色を変える。

もしクラスポイントが0に等しいような状態であれば、四の五の揉《も》めることなくプロテクトポイントを3人貰《もら》う選択肢で満場一致。他クラスを追随するきっかけに出来た。一方で1位を独走するAクラスにしてみれば、他クラスよりも高い買い物になってしまう。

課題1つ1つの意味は薄く見えても差は確実に縮められる。

裏を返すと1つ目、3つ目の選択肢はAクラスにとってやや不都合な選択とも取れる。

「なら幸村《ゆきむら》くん。あなたはプロテクトポイントを3人に付与すべきと言うのね？」

最終確認をして選択肢を絞っていくために、堀北《ほりきた》は言質《げんち》を取ろうとする。

「いや……俺が推す選択肢は2番目。プロテクトポイントを任意の生徒に付与する方だ」

一番無いと思われていた選択肢2を希望する展開に、堀北が驚きを見せる。

「それは、言葉を選ばず言うならあなたに付与してということ？」

「そうしてくれるなら素直に嬉《うれ》しいだろうな。けど、それは現実的じゃない。自分に付与して欲しいと思うのは、基本的に全員そうだろうからな」

簡易的にでも挙手を求めれば、クラス全員が手を挙げてもおかしくない話だ。

「特定の人物を選ぶのは難しい。だが幾《いく》らお買い得といってもランダムな3人にプロテクトポイントを与えてもどれだけの効果を発揮するかは分からない」

「あなたには明確に与えるべき相手が浮かんでいるようね。誰に与えたいの？」

「戦略的に判断するのなら……堀北、俺はおまえ以外に無いと思ってる」

真《ま》っ直《す》ぐに向き合っていた存在に対し、啓誠はハッキリと言いきった。

「……私？」

「ああ。今、おまえはこのクラスのリーダーとして力を発揮してる。OAAでの実力にも不満は無い。これから先坂柳《さかやなぎ》や龍園《りゅうえん》みたいな奴《やつ》と張り合っていく上で、リーダーは最も危険な役目とも言える。あの2人なら容赦《ようしゃ》なく退学を狙ってきても不思議じゃない。それならおまえにプロテクトポイントを付与しておけば、他クラスの強敵相手にも臆《おく》せず戦略を立てて戦うことが出来る。俺はそんな状況を想像した」

普通なら反感も出そうだが、自然とクラスメイトたちは耳を傾けていた。

適当ではなく確かな理由を持っていたからだ。

「理由はそれだけじゃない。普通はプロテクトポイントを保有すれば気の緩《ゆる》みも生まれる。自分だけは大丈夫だとどこか本気にならなくなるリスクもある。けど、多分おまえはそういう人間じゃないんだと……そう感じたんだ」

ただ実力のある人間に付与するのではなく、選ぶべきは付与された後より一層クラスのために実力を発揮できる人物。それが堀北《ほりきた》であると啓誠《けいせい》は語る。

「言ってることは分かるけどさ……高い買い物だぜ？」

自分に付与されなければ、単純にプライベートポイントが半年間半減する。

本堂《ほんどう》のように思う生徒がいるのも当然だ。

「ただプライベートポイントを失うだけと考えるから損した気持ちになるんだ。これは先行投資。この選択肢で支払う以上のクラスポイントに堀北が変えてくれる。そう考えると楽になるんじゃないか？」

「随分《ずいぶん》な買いかぶりね……暴落するかも知れないのよ？」

「リスクを取らないでAクラスに勝てるとは思ってない。俺だって1年半この学校で戦ってきたんだからな」

「フッフッフ。いいんじゃないかね？　今の提案には私も賛同だよメガネくん」

この特別試験に関与することなど無いと思っていた高円寺《こうえんじ》が、賛同を言葉で示す。

「プロテクトポイントを与える分、堀北ガールには誰よりも必死に頑張ってもらえばいい」

「おまえはプロテクトポイント持ってるのに、頑張らないようだけどな」

「努力は凡人のすることだからねぇ」

須藤《すどう》から野次《やじ》を飛ばされても、高円寺は全く気にも留《と》めていない。

ともかく最大のハードルとなりそうな高円寺からの賛同が得られたのは大きいな。

オレは選択肢1か3だと考えを持っていたが、啓誠のプレゼンには同意できる。

何より、ここで更に反対意見を言うのならそれ相応の理由が求められる。

単にプライベートポイントを貰《もら》えないのが嫌だから、ではクラスのためと言い難《がた》い。

啓誠の作り出した空気の中、次の投票時間がやって来る。

第2回投票結果　ランダム3名に付与0票　1名を選び付与39票　付与なし0票

見事に間隙《かんげき》を縫《ぬ》い、啓誠の案が採用されたことになる。

ただ、多少面倒なことに対象を選ぶ選択肢の場合インターバルを挟むのが決まり。

今回は堀北にプロテクトポイントを付与することに異論を唱える生徒が現れることはなかったため、インターバルは生徒が自由に発言をして時間を潰《つぶ》すことになった。推薦《すいせん》投票を行うまでもなく、堀北が自ら立候補をして特定人物となることが決定する。

そして波乱が起こることもなく、堀北への賛成票39票で満場一致となった。

苦労するかと思われた課題だったが、思いのほかスムーズに可決されたのは大きい。

「課題3は以上で終了となる。これより先半年間、プライベートポイントの振り込みは全員が等しく半額となるが、堀北《ほりきた》へのプロテクトポイントは今の時点で付与とする」

もちろんこの特別試験で生かすことは出来ないが、これでリーダーを務める堀北に貴重な守りを持たせることに成功した。

けして安い買い物ではないが、高すぎる買い物でもなかったと言えそうだ。


課題④・2学期末筆記試験において、以下の選択したルールがクラスに適用される

選択肢　難易度上昇　ペナルティの増加　報酬《ほうしゅう》の減少

なんとも意地の悪い選択が出たものだ。

どれもクラスにとってはデメリットにしかならない。

私語が許される時間だったなら、不平不満が飛び交っていたことだろう。

第1回投票結果　難易度上昇6票　ペナルティの増加18票　報酬の減少15票

どれも基本的には選びたくない選択肢であり、票が割れる。

その後筆記試験に自信のある生徒とない生徒の間で熱い議論が行われたこともあり、課

題は長引くかと思われたが、次の2回目の投票で『ペナルティの増加』の選択肢で満場一致の結果を導き出した。

真面目に取り組めばペナルティを避けることは難しくないとの堀北の強い説得も功を奏したようだった。

3

制限時間5時間の中、オレたちは1時間ほどで呆気《あっけ》なく最後の課題へと辿《たど》り着《つ》いた。順調な流れからもクリアはもう確実だと思っていた生徒は少なくないはずだ。最後の1問が終われば、晴れて特別試験はクリアとなりクラスポイントが50与えられる。

しかし1つだけ懸念材料があるとすれば担任教師の様子に尽きるだろう。

「それでは……次が最後の課題だ」

課題が1つ進むごとに、明らかに茶柱《ちゃばしら》の顔色は悪い方向に変わっていた。それもいよいよピークに達したのか、青ざめた様子であることは生徒たちの目にも明らかだった。

「先生、大丈夫ですか？」

まだ課題が発表される前の段階とはいえ、私語は褒められたことじゃない。

しかし洋介《ようすけ》は見過ごすことは出来ないと声をあげた。

「……何がだ？」

「いえ、明らかに体調が悪そうに見えますので」

「……そうか？　そんなことはない」

虚勢ではなさそうだ。

つまり、自分自身の様子がおかしいことにすら気が付いていない。

意識が向いていないとでも言うべきか。

ともかく、そんなことはないと言われてしまえば洋介《ようすけ》も下がらざるを得ない。

後ろで見ている教師も動かないため、このまま最後の課題が始まるだろう。

しかし1つ確かなことがある。それは茶柱《ちゃばしら》にとって次の課題が今の体調に大きく関係しているると見るべきだということだ。

「では、最後の課題を表示する。投票の用意を」

そう伝え、茶柱は呼吸を整えながら手元のタブレットを操作する。

そうしてオレたちの目の前に最後の課題が表示された。

課題⑤・クラスメイトが1人退学になる代わりに、クラスポイント100を得る
（賛成が満場一致になった場合、退学になる生徒の投票を行う）

選択肢　賛成　反対

最後の課題は、今までで最も選択肢の少ない2つだけ。

選択肢の数は一見、少なければ少ないほどまとまりやすいと考えてしまいがちだ。

だが、実際のところ選択肢の数はそれほど大きな影響力を持たない。

赤の他人が大勢集まっていたり、話し合いを持つことが出来ないケースであれば選択肢の数が多いと不利になるが、オレたちのクラスは話し合いを繰り返せる。

重要なのは、どんな時も課題の中身だ。

退学 orクラスポイント
ここで、オレが想定していた中で最悪の1つとも言える課題が出題された。

私語を禁じられている生徒たちだが、その課題を心の中で読み上げ動揺しただろう。

この課題、賛成に入れればクラスメイトから1人退学者が出るということだ。

通常であれば、迷うこともなくクラス全体で『反対』を投票すべき課題だ。

クラスポイント100は少なくないが、その代わりにクラスメイトが1人退学になってしまうのは避けたいと考えるのが大多数だろう。

これが多数決なら、恐らく一度の投票で反対が過半数を占めそれで終了する。

だが、そう上手《うま》く行かないことは過去4問でも実証済みだ。

それが満場一致の、シンプルでありながら難題でもあるところだ。

「これから60秒のカウントを始める……全員、投票を開始するように」

余計な時間など与えられるはずもなく、60秒の投票タイムが始まる。

賛成が満場一致になれば、このクラスの中から急遽《きゅうきょ》退学者の選定がスタートする。繰り返しになるが、もちろんそんなことを望む生徒はほぼいないはず。クラスポイントの100。必ず獲得しなければならないというほどの点でもないからだ。

これが仮に3年生の3学期、いよいよ特別試験もあと1つか2つという状況であったなら、今と同じような精神状態ではいられなかっただろう。

1ポイントを競るような接戦の時、この100ポイントの価値は跳ね上がる。その時は究極の2択とも言える戦いが待っていたかも知れない。

しかし、今は状況が違う。ほぼ全員が『反対』への投票を迷う場面じゃない。

それでも、高円寺《こうえんじ》を含め懸念材料が幾《いく》つかあることも事実だ。

だからこそ、ここでオレはタブレットから手を離した状態でゆっくり考える。

堀北《ほりきた》との取り決めでは、如何《いか》なる課題であろうと、1回目の投票での、オレの役目は選択肢1に投票することだ。だが、もし今堀北を含む38人が反対に投票するとしたら、インターバルを挟むことなく反対に入れて39票にまとめてしまう方が良い。

余計な隙《すき》を与えず、さっさと終わらせてしまうべき課題だ。

議論を一度でも挟めば、100ポイントに心を揺らす生徒が現れない保証はない。

この課題に関してだけはインターバルを不要なものとオレは判断した。

60秒に近い時間をかけ、投票が全て完了した通知が表示される。

「……全員の投票が終わったため、その結果を伝える」

明らかな異変を抱えながらも、茶柱《ちゃばしら》は姿勢を保ったまま進行を続ける。

第1回投票結果　賛成2票　反対37票

満場一致にならず、か。

オレは投票したボタンから指を離し、静かにその結果を見つめる。

「………」

結果を読み上げ進行させるべき茶柱は、生徒たちと同じようにモニターを見つめたまま動かない。その結果が意外なもの……とまでは至らないような票の割れ方だ。

インターバルもなく一度で満場一致に出来る保証はどこにもない。

となると、茶柱が気にしているのはこの課題そのものなのかもな。

「茶柱先生。進行してください」

数秒とはいえ時間を垂《た》れ流している茶柱を、後方から教師が注意する。

「ッ……。すみません。えー……賛成2票、反対37票。満場一致にならなかったためインターバルに入る」

賛成は2票か。

「おい誰だよ賛成なんかに投票しやがったのは！　ふざけてんのか!?」

誰だよと言いながらも、須藤《すどう》の強い視線は一方的に高円寺へと向けられる。

プロテクトポイントに関して発言こそあったものの、大きく目立つことの少なかった高《こう》円寺《えんじ》ではあるが、課題の内容が内容だけに当たりをつけたのだろう。

もちろん、それは須藤《すどう》の見切り発車ではあるが、多くの生徒の同意見でもあるはずだ。

「どっちに入れたんだよ高円寺」

「答える必要があるのかね？」

「答えられないっつーことは、賛成に入れたってことだよなぁ？」

「決めつけはよくないねえレッドヘアーくん。そもそも、堀北《ほりきた》ガールの話では1回目の投票では任意のチョイスが許されているはず。どちらに入れても文句を言われる筋合いなどないと思うのだが？」

正論を受けて、須藤があからさまに不機嫌になる。

「仮に1票が高円寺だとして、もう1人賛成に入れたヤツがいるってことだよな？」

高円寺を除いても票が残る部分に注目した池《いけ》。

「確かにそれも問題だぜ。誰だよオイ！」

流石《さすが》にもう1人は目星がつかないのか須藤も困った様子で吠《ほ》える。

「慌てないで。賛成に投票した内の1人、それは綾小路《あやのこうじ》くんよ」

「は？　あ、綾小路が賛成に？　なんでそんなことが言えるんだよ鈴音《すずね》」

「ここまで秘密にしていたけれど、この特別試験が始まる前に私と彼とで投票に関することで約束をしていたの。どんな課題の内容にせよ、1回目の投票では満場一致にならないように調整しておいたからよ」

最後の課題に辿《たど》り着《つ》いたこともあり、堀北は事前の打ち合わせ内容を口にする。

確かにこの段階まで来れば隠しておくメリットは何もない。

1票が誰かを探ることに時間と労力を割く方が明らかに無駄だからな。

「予期せぬ選択内容での満場一致を避けるため、だね？」

理解しきっていない生徒たちに分かりやすいよう洋介《ようすけ》が一言付け加えた。

「ええ」

「……なんだそういうことかよ。けど、それなら早くに教えておいてくれよ」

「そうもいかないわ。トークすることが許されない最初の1回目の投票は、クラスメイトの希望する選択内容を正しく知るために重要な機会だもの。最初から満場一致にさせない作戦を立てていると知れば、適当に投票する生徒だって出てくる。私としてはそれは避けたかったの。選択肢の1番目に投じるのが彼の役目。私は2番目に投じる。そういうわけだから賛成を入れたのは実質1人」

ぐるりと教室内を見回し、堀北はその誰かに語り掛ける。

「少々過激な課題ではあるけれど、どちらに投票するかは個人の自由。クラスポイントを掴《つか》むために賛成に票を入れることそのものが間違っているとは思わないわ。でも、ここはクラス一丸となって全員で反対票に投じるべきよ。反論があるのならこれまで同様、この場でぶつけて貰《もら》えると助かるのだけれど……どうかしら？」

通常なら、ここで賛成に投じた生徒が名乗り出るところだ。

だが、待てど暮らせど、堀北《ほりきた》の問いかけに答える者は現れない。

「いつまで黙ってんだよ高円寺《こうえんじ》」

「フフ。さっきも言ったが私が賛成に入れたと勝手に決めつけないでもらいたいねぇ」

「うっせえ。どうせおまえがふざけてんのは分かってんだよ」

もし高円寺でないのなら、須藤《すどう》の前のめりな怒りに面食らい自分だと告げづらくなっているかも知れないな。

賛成が満場一致になれば、クラスから誰か1人を退学にする投票が始まる。

つまりクラスメイトを1人退学にさせて100クラスポイントを得たいと考える者。

それは悪い意味で注目を浴び批判の対象になってしまう。

そんな風に考えているのだと、誰も思われたくないのが本音だ。

「いい加減に――――」

「落ち着いて須藤くん。まだ1回目の投票、特に慌てる必要はないのよ」

「け、けどよ！　俺はこんな選択肢に賛成を入れたってことが気に入らねえんだよ」

「そう解釈するのはあなたの自由。でも高円寺くんだという確証はない。それに誰が賛成に投じたにせよ、名乗り出ないということは申し訳ないと思っているからだと私は解釈した。この投票は匿名《とくめい》のものなのだから、この場での深い追及はやめましょう。2回目の投票で反対に投じてくれればそれで満場一致になる。それで十分よ」

晴れて課題はクリア。余計な時間をかける必要はないと堀北は判断したようだ。

オレ自身も考えていた通り、追及せずは今できる最良の選択の1つだろう。

「この課題にこれ以上の議論は必要ないわ。さあ、次の投票で終わらせましょう」

落ち着いている堀北を見て、須藤も自分を律するように両方の頬《ほお》を一度叩《たた》く。そしてちょっとした関係のない雑談をしながら、オレたちは2回目の投票時間を迎えた。

「これより60秒の投票を開始する」

液晶画面が切り替わり、賛成と反対のボタンが表示される。

全員の投票に60秒を有することなく、およそ20秒ほどで投票が完了したようだ。

「……投票が終了したため、2回目の投票結果を表示する」

第2回投票結果　賛成2票　反対37票

ここまで、強い緊張感を生むことのなかった特別試験。しかしこの2回目の結果発表を受けた瞬間、明らかに場の空気は凍り付いた。またしても賛成2票、という結果。

先程の説明を受けても票が移動することは無かったということ。

その事実が無機質なモニターから伝えられる。

「ちょっと待って……これはどういうこと？」

そう言いながら堀北が視線を向けてきた相手は他でもない、このオレだった。

何故《なぜ》2回目も賛成に票を入れたの？　という疑問。

須藤《すどう》を含め、先程の説明を受けて理解している生徒たちもオレを見る。

「オレは1回目の投票と今の2回目の投票、そのどちらも反対票を投じた」

「は？　お、おいなんだよそれ。綾小路《あやのこうじ》は選択肢1に入れる役目だったんだろ？」

「ああ。だが流石《さすが》に課題の内容が内容だけに、1回目から反対に投じた方がいいと勝手に判断した。そのことを伝えなかったのは余計な混乱を招きたくなかったからだ」

1回目の投票で賛成が2人いたとなれば、動揺は増える。

どうせ高円寺《こうえんじ》のおふざけだろう、というだけで終わらせることが出来なくなるからだ。

ここまで終始冷静に運んできた堀北《ほりきた》も、少しだけ取り乱す。

「そう……現状賛成だと考えている人が2人はいる、ということね」

堀北は唇に手を当て、思考する。

じっくり立ち止まって考えたいところだろうが、インターバルは貴重だ。

「もし賛成に投じ続けるつもりなら、ここで賛成の理由をしっかりと話してもらえないかしら。結果は見ての通り2人を除いて37人が反対の意思を示している。全員に賛成票を入れてもらいたいのなら、それ相応のプレゼンを求めたいわ」

票を動かす基本は話し合いだ。

賛成の方に大きい利点があると判断する者が増えれば、自《おの》ずと票は移動する。

逆に話し合いを持たなければ、票を動かすことは容易《たやす》くない。

しかしその問いかけに返ってきたのは、全員の沈黙という答え。

「ね、ねえ堀北さん。大丈夫……だよね？　クラスから退学者なんて出ないよね？」

心配になった櫛田《くしだ》が、沈黙に耐え切れず堀北にそう質問する。

「私の方針はさっき言った通り退学者を出さないことよ」

その決意を改めて口にする堀北だが、それ以降沈黙が再び始まる。

最初にして最後の強制を口にするのは簡単だが、しかし……。

「誰が反対しているのかは分からない。でも、よく聞いて欲しい」

立ち上がり優しくも力のこもった言葉を洋介《ようすけ》が発する。

「クラスポイントを獲得するために、クラスメイトを切り捨てる選択なんて選ぶべきじゃないよ。僕は500ポイント1000ポイントだったとしても、こんな選択肢で得たポイントに価値はないと思う。何より、実際に得られるポイントは100。取り返しは十分につくものだよ」

誰かを犠牲《ぎせい》にすることを最も嫌う男の訴えは、当然のものだ。

39人中、37人は洋介の言うようにそのことをある程度は理解している。

100ポイントを惜しみながらも、退学者は出せないと考えている。

ただ……それが本当の意思であるかどうかは別問題だ。

この課題の賛成反対は、1回目の投票前から、無言の同調圧力によって大きく投票結果が左右されていた。

クラスの中には絶対に自分が退学することはないと考えている生徒もいるはずなのだ。

そんな時、本音ではクラスメイトの犠牲《ぎせい》を気にしないと思う者がいてもおかしくない。

「フフフ、面白くなってきたじゃないかこの特別試験。なかなかにクールだ」

愉快そうに笑いだした高円寺《こうえんじ》は、更に続ける。

「てっきり2回目の投票で、私を除いて反対に回ると思ったんだけれどねぇ」

悪びれる様子もなく、高円寺はそう答えた。

「おまえを除いてってことは……やっぱりテメェか高円寺！」

「高円寺くん、それは本当のことなの？　ここで狼《おおかみ》少年になられると厄介な混乱が生じるから止《や》めてもらいたいのだけれど」

堀北《ほりきた》はまずは本当に反対だったのかどうかはっきりさせることを優先して再確認する。

「安心したまえ。1回目も2回目も、私はしっかりと賛成に票を投じさせてもらったよ」

「……理由を聞かせてもらえるかしら？」

「答えはシンプルさ。クラスポイントが100増えるのだろう？　つまり毎月貰《もら》えるプライベートポイントが必然的に増える、反対を選ぶ理由がないのだよ」

「ふざけたこと言いやがって。仲間よりもクラスポイントの方が大事だってのかよ！」

「君も面白いことを言うねぇ。入学当初は、とてもそんな人物には見えなかったが？」

「うるせえ！」

「賛成に投じているのだから、当然そういったことも考慮の上だよ」

「テメェ、仲間を何だと思ってんだ……」

「仲間？　私は君たちを仲間と思ったことなど一度もないがね」

「次の投票で反対に変える気はない、ということ？」

「無論だよ。私は『このまま』なら賛成に投票し続けることになるだろうね。時間切れだけは堀北ガールも避けたいんじゃないかな？」

「は。思い通りに行くと思うなよ高円寺。そういうつもりなら、こっちも容赦《ようしゃ》しないでおこうぜ鈴音《すずね》。全員で賛成に投票して高円寺を退学させてやりゃいい！」

突発的に辿《たど》り着《つ》いた答えなんだろうが、この課題は賛成に回る者にとってそういった側面を持っているのも事実だ。クラスメイトが退学してもいい、と言いきってしまう悪者を一致団結して追い出すことも出来てしまう。

人は無意識のうちに信じたいものを選び、その後選んだ理由を正当化する。

誰も退学させたくないが、賛成に入れる生徒がいるのだから仕方ない。

その人物は退学にされても仕方が無いという正当化を目指し脳が働きだす。

都合の良い論理、陰謀、誤った情報を鵜呑《うの》みにもしてしまう。

「全員が賛成に投じるのは願ってもないことさ。しかし、それで私を退学にさせられると思うのはやめた方が良い。そうだろう？　堀北ガール」

当然そうなる。高円寺が賛成に投じた1人だと名乗り出れば、退学の対象として周囲が騒ぎ出すことなど自然の流れ。それをこの男が理解していないはずがない。

余裕を見せつけているように、高円寺《こうえんじ》が退学になることは絶対にない。

「……彼の言う通りよ。高円寺くんを退学にすることは出来ないわ」

「どういうことだよ」

「私は無人島試験が始まる前に高円寺くんと約束をしたのよ？　もし無人島試験で彼が1位を取ったなら、今後卒業するまで彼を守る、と」

あの時のやり取りはクラスメイトたちも覚えているはずだ。

「私にとっても1位を取ったのは予想外だった。でもあの試験で1位を取ってくれたおかげで、私たちのクラスは一気にBクラスに並びたてた。その功績は計り知れないわ」

「そ、それはそうだけどよ……けど、クラスを陥れる真似《まね》をするなら話は別だろ！」

「陥れるとは心外だねぇ。私は託《たく》されたチョイスを自由に選んでいるに過ぎないのだよ。賛成に投じることが悪だと決めつけることは出来ない、そうだろう？」

仮にこの課題の内容が『クラスから退学者を1人まで出してもよい。賛成か反対か』というものだったならば、賛成に投じることは単なる悪だと言いきることも出来なくはない。だが、今回の場合退学者が出る代わりにクラスポイントを得るというもの。

生徒1人の価値を具体的な数値にすることは難しいものの、高円寺が賛成の方が得だと計算するのを否定する権利は誰にもない。

正論かつ約束がある以上、堀北《ほりきた》が高円寺の退学に1票を投じることなど出来ない。

「そ、そうだ。約束なんて反故《ほご》にしちまえよ！　クラスメイトを仲間だと思ってない高円寺なら、退学になったって誰も困らないだろ！」

「無理よ。私は彼との約束を破るつもりはない」

「そうだろうねぇ。約束を守らないクラスのリーダーなんて、誰も信用しなくなる。私はそういう意味では今、誰よりも君のことを信頼しているのだよ堀北ガール」

高円寺の厄介な部分がこれでもかと出てくる。

こうなった以上、堀北はまず何としても高円寺を説き伏せなければならない。

しかしそのチャンスは十分に残されている。

堀北が基本的に裏切らないと思っていても、それで高円寺が１００％守られているわけじゃない。堀北が高円寺を切り捨てるという可能性も頭の隅には置いているはずだ。

言い換えれば、その芽が出てきたなら高円寺も態度を変えるということ。

ただし、その方向にもっていくことは難しい。

リーダーとしての自覚を持ち始めた堀北が、結果で応えた高円寺を即座に切る。

その選択は今後に大きな支障をきたす。

「高円寺を切らないってんなら、どうするんだよ鈴音《すずね》」

「少し考える時間を頂戴……といっても、ただ黙り込むわけにもいかないわね」

そう、賛成が高円寺だけならそれも良かっただろう。

もう１人、名乗り出ていない賛成者がいるという部分も見逃せない。

「高円寺くんを除いて賛成に投じた人、誰か名乗り出て教えてもらえないかしら」

それが分からないことには前に進めない。

が、やはり返ってくるのは深く長い沈黙だけ。

ここで名乗り出れば、やはり高円寺《こうえんじ》同様に恫喝《どうかつ》、不要論まで出てくる恐れがある。

むしろ、高円寺以上の顰蹙《ひんしゅく》を受けることだってあるだろう。

沈黙以外の答えは返ってこない。

やがて時間切れになったことで、否応《いやおう》なしに3回目の投票時間がやって来る。

不幸中の幸いなのは、投票回数に限りがあるわけじゃないことだ。

時間が許す限り、満場一致にするチャンスは10分毎にやって来る。

第3回投票結果　賛成2票　反対37票

過去2回と同じように高円寺と見えない誰かの2人が賛成に投票をしている。

今はまだ高円寺の方に多くの生徒が重きを置いているが、いずれはどうだろうか。

名乗り出ず、虎視眈々《こしたんたん》と賛成に入れ続けている生徒がいるという現実に頭を抱える時はそう遠くない。もっとも避けたいと思っていた、匿名《とくめい》性がもたらす危険性に直面しようとしている。しかしまずは高円寺の処理が最優先だ。

ここの賛成票を反対に回さない限り解決にはならない。

「賛成に投じている人が誰であるか、それは無視できないことよ。けれど、絶対じゃない。

ここまで頑《かたく》なに賛成に投じるからには当人だけが抱いている信念があると思う。それなら高円寺くんを含め見えない誰かにも同時に語りかけさせてもらうわ」

過ぎていく時間を無駄にせず、堀北《ほりきた》は思考をまとめ始めていた。

「私たち37人は、この先も反対に投じ続ける。そして2人は賛成に投じ続ける。その結果待っているのは時間切れという最低最悪の状況よ。クラスメイトとして失うクラスポイントは同じ、つまり両者痛み分けのようにも思えるけれど、私たち反対派はクラスポイントを失っても仲間は失わずに済む。誰も退学者を出さずにこの特別試験を乗り切れるのよ。でも賛成派は唯一の利点を得るどころか大きく損失する。本末転倒よ。違うかしら？」

具体的な損得を引き合いに出し、不一致で試験が終わるリスクを説明する。

もちろん姿の見えない1人は何も答えないが、高円寺はどうだろうか。

「確かに時間切れになるのならそうだろうねえ。だから賛成に回りたまえよ」

高円寺は、さも当然のことのように賛成に回るように堀北に言う。

「……確かに賛成で満場一致になれば一歩前に進めるわ。でも、その次に待っているのはクラスメイトの誰を退学にするかという更に大きなハードル。あなたも簡単に満場一致に出来るとは思っていないでしょう？」

「それを上手《うま》くまとめるのが君の役目さ堀北ガール。それに退学者を出すことはそんなに悪いことでもないだろう？」

「それは違うよ。退学者は出すべきじゃない」

堀北《ほりきた》が反論する前に洋介《ようすけ》が高円寺《こうえんじ》に言い放つ。

「分からないねぇ。君たちは退学者を出すことを恐れているようだが、これをプラスと捉《とら》える方が精神的にも楽なんじゃないかな？　不要な生徒を好きにデリート出来る上にクラスポイントまで手に入る。考え方を少し変えれば賛成が如何《いか》に素晴らしい選択かが分かるはず。私以外に賛成に投じている1人は、それが分かっているということさ」

尖《とが》った考え方だが、賛成に投じる理由としては十分だろう。

「それは違うと思うよ、高円寺くん。このクラスから誰かがいなくなることはけしてプラスなんかじゃないよ」

洋介に呼応するように、櫛田《くしだ》もまたクラスメイトを優先すべきだと発言する。

それに合わせる形で、これまで口数の少なかった反対派も一斉に異論を唱え始めた。

だが高円寺は態度を軟化させることなく、微笑《ほほえ》むだけ。

一番発言を引き出したい高円寺がその後討論に応じることはなく、4度目の投票時間を迎える。

第4回投票結果　賛成2票　反対37票

数十分間の訴えかけなど何一つ影響を与えることのないまま、3度目のインターバルが茶柱《ちゃばしら》の合図によって開始される。

「どうすりゃいいんだよ。くそ、ぶん殴って気絶でもさせて、こっちで勝手に投票するって方法はありだったか⁉」

「あるわけないでしょう。……ここは一度、客観的に考えてみましょう。そうすれば高円寺くんの考えにも変化が表れるかも知れないわ」

このまま平行線を辿《たど》ることだけは避けたい堀北としては他のアプローチを試すことを余儀なくされる。

「客観的ってなんだよ」

「私たちを除く3クラスがどちらの選択を選ぶか、ということよ」

「そりゃ……間違いなく龍園《りゅうえん》のクラスは、適当なヤツを切り捨ててくるんじゃねーの」

後頭部で腕を組んで、迷いなく須藤《すどう》が言う。

それにはクラスメイトの多くも納得してしまうようで、確かに、と口々に漏《も》らす。

これまでの行動や考え方を見ていれば、確かにその可能性は十分にある。

「そうね、確かに一番確率の高いクラスかも知れないわね」

「逆に一之瀬《いちのせ》さんのクラスは絶対にないよね。坂柳《さかやなぎ》さんのクラスは……どうなんだろ」

賛成に多く回るであろう龍園クラス。

反対に多く回るであろう一之瀬クラス。

そしてどちらにもなり得る可能性を秘めている坂柳クラス。

偶然にも3クラスはどの色も違うという面白い結果がクラスメイトたちで共有される。

今回のケースで言えば反対になることが見えている一之瀬《いちのせ》のクラスに対しての議論はほとんど起こらない。やはり話の中心は龍園《りゅうえん》のクラスになっていく。

「龍園のところに出し抜かれるってのは嫌だよな。今勢いもあるし、ここで一歩抜け出してBクラスってことになるわけだろ?」

「そうは言っても、差は大きく出ないわ。今リードしている分を抜きにしても広がるクラスポイントの差は100。1つの特別試験で充分に巻き返せるもの」

「言いたいことは分かる。それでも一言だけ言わせてくれ」

ここまで黙々と特別試験を続けてきた明人《あきと》だったが、最後の課題にきて沈黙を破る。

「可能性は低い。でも、この100ポイントにいつか泣かされることもあるわけだよな?」

「んだよ三宅《みやけ》、それって誰か退学者を出せってことか?」

「勘違いするなよ。俺は明確に反対の立場だ」

怒った、というより心外、といった様子を見せて反論する。

「俺はこのクラスから誰も欠けることなくAクラスを目指すのが最適だと考えてる。だからこそ100ポイントを軽視せず、その重みを理解しておかなければならないんじゃないかってな」

「どういうことだよ」

「卒業が近づいたとき、この特別試験がターニングポイントになった、そんな未来を想像した上で全員が反対を意思表明する必要があるってことだ」

覚悟もなく反対に投じるのは間違っている、それが明人の意見だった。

「た、確かに何も考えてなかったかも……」

一も二もなく反対に入れなければならない。そんな同調圧力の影に気付く生徒たち。

「高円寺《こうえんじ》。おまえが無人島試験で活躍したことは十分に分かってる。堀北《ほりきた》との約束を抜きにしても賛成に入れたおまえに退学の票を集めるのはおかしなことだと俺は思う」

堀北や須藤《すどう》だけでなく、明人は高円寺に対しても考えを向ける。

「だがそれでも、いつまでも好き勝手にクラスを困らせていいものじゃない。クラスポイントだけで関係が成り立ってるわけじゃないんだ。言ってる意味が分かるか？」

「フッフッフ……」

目を閉じ、高円寺は深く頷《うなず》く。

そして何かを考えているのかいないのか、目を開けると明人を一瞥《いちべつ》する。

「もちろん――さっぱり分からないねぇ」

「ッ……」

「この学校の仕組みを考えてみたまえ。全ては獲得したポイントで成り立っている。フレンドシップやアフェクションなど関係ないのだよ。上位クラスを決めるのはクラスポイント、個人の資産はプライベートポイント。表裏一体の評価システムだ。それを最優先するための賛成を、私は悪いとは思っていないよ」

「ぬけぬけと言いやがるぜ。ずっとクラスに貢献《こうけん》して来なかったテメェがよ！　無人島で

1位取ったからってそんな態度ずっと取れるわけじゃねえぞ！」

「鏡を見た方がいいようだねぇレッドヘアーくん。私と君のクラスに対する貢献度《こうけん》はどちらが上か、火を見るよりも明らかだと思うがね」

今でこそ評価をあげてきている須藤《すどう》だが、入学当時は高円寺《こうえんじ》と肩を並べる問題児だったからな。いや、クラスポイントへの変動を加味すれば須藤の分の方が悪い。

「まぁ私にとって重要なのはクラスポイントの方ではないが」

ここまでどうにもならないと思われていた高円寺の賛成に対する態度。

しかしこの高円寺の発言を、堀北《ほりきた》は聞き逃しはしなかった。

「クラスポイントは重要じゃない。ならあなたにとってこの100ポイントの存在は、Aクラスに上がるためじゃなくプライベートポイントのため。そのために賛成に投じ続けているということね？」

「その通りさ。私はプライベートポイントのために賛成にしたいのだよ。2つ前の課題では半年間プライベートポイントの振込額が半減する選択を選んだからね。私を守る君のためには必要なものだと涙を飲んだが、今回はそうはいかないのさ」

失われるプライベートポイントを補填《ほてん》するため、クラスポイントが欲しい。

それが賛成に回っている高円寺の理由だと判明する。

一部の生徒にしてみれば、プライベートポイントのために生徒を退学にさせようとしていることに腹を立てるかも知れない。しかし、これを堀北は好機と見た。

「――分かったわ高円寺くん、取引をしましょう。あなたにとって悪い話じゃない」

「ほう？　面白そうな話だ、そのプレゼンテーション、聞かせてもらおうかな」

驚くこともなく、むしろ待っていたかのように高円寺が提案を歓迎する。

「あなたが今から反対票に回って、その後反対による満場一致が認められたなら、この先あなたが卒業するまで毎月、私が学校に代わってプライベートポイントを1万円分支払う。これなら、あなたにとってクラスポイントが100増えたのと同義になるでしょう？」

「た、確かにそれなら高円寺くんにとって、賛成に投じる意味はなくなる……」

「流石《さすが》は堀北ガール、それほど時間を要せずその結論に辿《たど》り着いてくれたようだねぇ」

「……最初からこの提案を引き出すための賛成だったのね？」

「私の1票にはそれだけの価値があるということだよ。値を吊《つ》り上《あ》げることも出来なくはないが、堀北ガールには頼もしい味方でいてもらう必要があるからね。その条件で手を打とうじゃないか」

「わざわざ書面にする必要はないわよね？　ここには茶柱《ちゃばしら》先生もいることだし」

「無論、君が約束を反故《ほご》にするとは思っていないさ。契約は成立だよ」

動かないと思われた高円寺の賛成票。

それがついに動き、反対に投じることを約束させる。

あえて賛成に投じ続け、堀北に提案を持ってこさせたのは流石というべきだ。

こうして迎えた5回目の投票。

高円寺《こうえんじ》が反対に回ると明言したことで、見えない1人にも影響を与えたはず。

1人だけが反対を表明し続けるのは匿名《とくめい》だとしても簡単なことではないだろう。

つまり説得せずとも、反対に回る可能性を持った投票ということになる。

しかし――

第5回投票結果　賛成1票　反対38票

高円寺が賛成から反対へと鞍替《くらが》えしたが、依然として賛成の1票は残り続けた。

肩の荷を少しは降ろしたいところだろうが、本当の戦いはここからのようだ。

匿名による絶対的な賛成票。

これを打開するには、やはり誰が賛成に投じているかを炙《あぶ》り出《だ》す必要がある。

だが、それは何よりも難しい。

基本的に盗み見ることの出来ないタブレットだが、指先の位置でタッチする場所を見ようと思えば見れる。しかし学校側はそれを見越していて、選択肢の順番は最初からランダムにしている。投票のたびに選択肢が入れ替わるため、指の動きをチェックしあうことも不可能だ。繰り返されるインターバルを使って、何とかする以外に方法はない。

「おやおや、簡単に物事は進まない様だねぇ」

「言ったけれど、反対で満場一致にならない限りさっきの契約は無効よ」

「分かっているさ。流れの中で賛成で満場一致になる、あるいは時間切れになってしまった場合にはやむを得ず諦《あきら》めることにするよ」

匿名である以上、高円寺が賛成に投じていないと証明するには反対による満場一致以外に方法は無いからな。それ以外の選択肢でプライベートポイントを貰《もら》えるとは流石《さすが》に考えていない様だ。ここで好き勝手投票すれば美味《うま》い話も立ち消えになる。

何より堀北《ほりきた》を敵に回すのは、楽をしたい高円寺にとっても不都合だろう。

残り時間は3時間ほど。

苦戦しながらも、堀北は確かな戦略で打開へ向けた前進を見せている。

だが、いつまでも傍観《ぼうかん》を続けていられないのも事実。

残された猶予の時間が無くなる前に満場一致に持って行ってもらう必要がある。

それまで、オレはただ静かにこの戦局を見守らせてもらうつもりだが、多少の援護をしてやることは出来るか。オレはインターバルの合間、軽い咳《せき》を二度ほどする。

雑談が飛び交う中で、意識していない咳払いなど誰も気に留《と》めることはない。

逆に言えば意識していれば、聞き取れるだけの咳払いでもある。

「あのさ堀北さん」

「……何かしら軽井沢《かるいざわ》さん」

「これは単なるあたしの勘なんだけど、もしかして誰が賛成に投票してるかの目星がついてたりするんじゃない？」

「え……どうして、そう思うのかしら」

思いがけない恵《けい》からの指摘に、堀北《ほりきた》は驚きを表情に出してしまう。

「なんとなくそう思っただけ」

単なる思い付きの発言だと、今までの堀北なら捉《とら》えていただろう。しかし恵とオレが付き合っていることが大っぴらになったことで、そこに変化が表れ始める。

「そう、そうね。……軽井沢《かるいざわ》さんの言う通りよ。私は賛成に投じ続けている人物に心当たりがある……かも知れないわ」

「なんだよ、それならさっさと言えよ。どこのどいつだ？」

「それは言えないわ。この特別試験は匿名《とくめい》の投票。思い当たる、というだけで名前を口にしてしまえば間違っていた時に取り返しがつかなくなるもの」

「けどよ！」

「……分かってる。だから、私も覚悟を決めなきゃいけないと思ってるの。あと数回投票の時間を設ける。それでも賛成の票が0にならなかった時……その時はやむを得ず名前を口にするわ」

「待って欲しい堀北さん。僕は賛同できないよ。今堀北さんが言ったように、今回は誰がどちらに投票しているかを確実に確かめる方法は存在しない。心当たりというだけで名指しすることは許されることじゃないんじゃないかな。もちろん、僕は退学者を出したくないからって無意味に言ってるんじゃない、それは分かってくれるよね？」

「私も平田《ひらた》くんの意見に賛成。絶対の確証もないのに言っちゃったらダメだと思う」

洋介《ようすけ》と同意見だと、櫛田《くしだ》も不安そうに漏《も》らす。

2人の意見を皮きりに、生徒たちは不安に包まれていく。

もし堀北から何らかの勘違いをされて名前を言われてしまえば、批判を浴びる。

反対に投じているのに賛成に投じろと言われても、どうしようもない四面楚歌《しめんそか》になる。

もし時間切れを焦り38人が賛成に回れば、その名指しされた人物が退学の対象として議論されることは避けられないだろう。

「分かっているわ……分かっているから、ここまで名前を口にしていないの。けれど時間切れにだけは絶対に出来ない。そうでしょう？」

「気持ちは分かるよ。僕だって以前とは違う。本当に必要な選択を迫られたなら覚悟を決める気持ちもある。だけど、それは１００％でなければいけない」

「……ええ」

重苦しくなり始めた場の状況に、オレは更に少しだけ変化を与えるべく試みる。

「堀北以外に賛成に投じ続けている人物に心当たりのある生徒はいないのか？」

「いねえな。っつか高円寺《こうえんじ》以外にここまで頑《かたく》なに賛成に回るヤツがいるってのが、俺にはどうにもピンとこないんだよな」

そんな須藤《すどう》の疑問は、何も1人だけのものじゃないだろう。

退学者が出ることになる、そんな状況を容認している考えの持ち主。

「名前を口に出来なくても賛成者が誰か分かっている、となれば考え方も少しは変わって来るかも知れない。少しでも引っかかる生徒は挙手してみて欲しい」

もう一度、念を押すように聞いてみる。

だが、誰一人として堀北《ほりきた》に続くような心当たりを持つ人物は居ない。

「洋介《ようすけ》。誰かを疑いたくはないと思うが、男女ともに交友関係の広い洋介なら、引っかかる人物はいるんじゃないか？」

「……いない。嘘《うそ》じゃなく本当に思い当たらないんだ」

「そうか……。なら櫛田《くしだ》はどうだ？」

オレが突然話を振っても、櫛田は何ら変な感情を見せない。

むしろ堀北が僅《わず》かに振り返り何を言うつもりなの？　と動揺しているくらいだ。

「賛成票、誰が投じていると思う？」

「ううん……ごめんね綾小路《あやのこうじ》くん。私も平田《ひらた》くんと一緒で、浮かんでくる子はいないよ」

「櫛田はクラスのことを一番よく理解しているからな。クラスに不満を持つ生徒のこともちょっとは知ってるんじゃないかと思ったんだ。誰よりもクラスのことを思って、生徒のことも、親身に相談に乗ってることは誰でも知ってるからな。よく思い出してみて欲しい」

確かに、とクラス内から期待するような目が櫛田に向けられる。

「う、う～ん……思い当たる節……はないかなあ。でも、もしこの先引っかかることがあったらちゃんと教えるね」

「ああ。頼む、この最後の特別試験は洋介や櫛田みたいな人物の存在が欠かせない気がしているんだ」

全員の力を合わせなければ、この課題の反対による突破は難しい。

だがそんな連携も虚《むな》しく、6回目の投票結果も……。

第6回投票結果　賛成1票　反対38票

変わらない結果。繰り返される話し合い。

第7回投票結果　賛成1票　反対38票

第8回投票結果　賛成1票　反対38票

何ら変わり映えしない結果が続き、会話もいつしか沈黙が多くなる。次で8回目のインターバルが始まる。この課題が始まって1時間と少しが経過しようとしていた。

ガタ、とひと際大きな音を立て茶柱《ちゃばしら》が体勢を崩した。

突っ伏すように腕を教壇に押し当て、なんとか倒れることを防ぐ。

「はあ、はあ……」

話し合いが続く中、ずっと教壇に立ち続ける茶柱《ちゃばしら》の呼吸が荒くなっていた。

「せ、先生⁉」

「だ、大丈夫だ……」

そう言い、自らを奮い立たせるように姿勢を整える。

何を考えているのか、虚《うつ》ろな瞳で生徒たちを見つめる茶柱。

やがて何かの決意を秘め、大きく息を吐く。

「――教師が、特定の選択肢に誘導することは許されていない。当然、私としてもそのような行為はしない。しかし、ひとつ昔話をしても構わないだろうか？　無論、おまえたちの貴重な時間を奪ってしまう。それでも構わないのなら、だが」

「茶柱先生。教師の発言自体は禁止されていませんが、ルールに抵触するようなことがあればあなたもタダではすみませんよ。クラスを守るための誘導だと判断すれば……」

「はい。もし選択肢誘導への意図が見えたなら、処罰を受ける覚悟です」

分かっていると答えることで、監視員も黙り込むしかない。

当然のように、特別試験に介入することのなかった茶柱からの思いがけない提案。

それは行き詰まっていたこの環境に、一筋の光が差したとも取れる。

「今、私たちはこの状況に苦しめられています。選択肢に影響を与えない範囲で、先生のお話を聞かせてください」

何らかの方法で打開できるのなら、それは歓迎すべきことだと堀北《ほりきた》は言った。

もちろん本音を語るなら、反対に向けての勢いが欲しい。

しかし監視役の目がある以上、直接的な表現は避けなければならない。

「……私はこの高度育成高等学校の出身だ。そして、学生時代にこの特別試験を受けたことがある」

初めて聞かされる話に、堀北を始めとするクラスメイト達《たち》が驚く。

「先生も、この満場一致特別試験を……？」

「そうだ。５つの課題、多少内容が異なる物も存在するが、今おまえたちが直面している最後の課題は、一語一句違わず同じものだ。退学者を出しクラスポイントを得るか、仲間を守りクラスポイントを得ないか」

全く同じ特別試験を経験したことがあるという茶柱の発言に、生徒たちは目を向ける。

「ひとつ確かなこと。それは悔《く》いを残さず全てを出し切ることだ。賛成、反対、あるいは時間切れ。どの選択をおまえたちが取ることになったとしても……その結果に対し後悔しない道を模索しろ。まだ、時間は残されている」

初めて生徒に対し、本当の感情で語り掛ける茶柱に全員が耳を傾ける。

どの選択肢を選ぶかを誘導するでも、解決策を提示するわけでもなく。

教師としてできる、ギリギリのラインを攻めた確かなアドバイスと言えるだろう。

後ろで聞いていた教師も、ルール違反と告げることはなく最後まで聞き届けた。

これで結果に変化が生じるかは分からない。

だが、確実に生徒たちに改めてこの特別試験に向かい合うための言葉は提供した。

茶柱《ちゃばしら》からの援護射撃があったとは言っても、残ったインターバルの時間を無駄に過ごすことは得策じゃない。1%でも確率を上げるために堀北《ほりきた》はもがき続ける。

「そろそろ覚悟を決めなければならない時が近づいているわ……。でも、その前にもう一度だけ話をさせて。私はあなたの敵じゃない……。味方なのよ」

脳裏に何度も過《よぎ》っているであろう、その賛成者の名前。

顔、声、瞳、息遣い。

堀北はけして特定の人物を悟らせることのないよう、懸命な説得を続ける。

繰り返し自問していることだろう。

いっそ名前を出してしまうべきなんじゃないかと。

それでも言わないのは、堀北が味方でありたいと本心から思い続けているからだ。

悲痛な叫びにも似た訴え。

それを受けての、9回目の投票。

その結果は——

第9回投票結果　賛成1票　反対38票

やはり賛成の1票が動くことはなかった。

たった1人。いつまでも100ポイントにすがりついている生徒がいる。

いや――――『退学』を強制させられる権利にしがみついている者がいる。

これはオレだけ、いや堀北も含め2人だけが気付いているであろう本当の真実。

ある人物の徹底した賛成票が、残り続けていると考えて間違いないだろう。

だが、今この状況で客観的にその人物が反対していると確かめる方法はどこにもない。

堀北は時間がなくなれば、やむを得ず名前を口にすると言った。

しかし、実際には何度投票を繰り返しても堀北が名前を言うことはない。『あなたが反対しているの？』そんな問いかけに本当は意味がないことを知っているからだ。むしろ名前を口にしたが最後、この先の全てを堀北は失うことになるだろう。

まだ少し猶予があるとはいえ、残り2時間の設定したタイムリミットが迫って来る。

それは大きな決断をするための、デッドラインだ。

○一之瀬帆波《いちのせほなみ》の選択

この特別試験が始まる前、どの教師からもクリア確実と思われていたクラスがある。一方で、苦戦もなくクリアしてしまえば、今後のAクラス争いから後退する懸念があることも同時に予見されていた。それが一之瀬の在籍するBクラスだ。

課題⑤・クラスメイトが1人退学になる代わりに、クラスポイント100を得る
(賛成が満場一致になった場合、退学になる生徒の投票を行う)

早い時間で最後の課題に辿《たど》り着《つ》いた一之瀬たちは最初の投票を終え、その結果を待っていた。そこには不安や動揺は一切見られない。たった1人を除いて。

投票を済ませた自分を除く39人を見つめながら、神崎《かんざき》は祈る。

投票の結果が、少しでも票の割れる展開になることを強く願って。

「……それじゃ、結果を発表するね」

どこか落胆したような、そんな感情を見せつつ星之宮《ほしのみや》がタブレットを操作する。

全員が見守る中表示された結果は……。

第1回投票結果　賛成1票　反対39票

想像していた最悪の結果を認識した後、神崎は一度目を閉じる。

圧倒的多数の反対票が入ったことに、Bクラスの生徒たちが驚くことはもちろんない。

当たり前のように反対による満場一致が成立すると信じて疑わなかったからだ。賛成票が入ったことに対して、何ら異常を感じていないことが、それを象徴している。

「なあ誰だよ賛成押したヤツ。押し間違えてるぞー」

危機感なく、そう言って振り返ったのは前方に座る柴田《しばた》だった。

そう、この1票が明確な意図を持った賛成票である可能性を一切考慮していない。

柴田だけでなくクラスの全員が同じ認識をしている。

それが分かるからこそ、神崎の中に抑えきれない怒りの感情が沸き上がって来る。

これまで、神崎は極力クラスメイトの意向を汲《く》み静かに力添えを続けてきた。

しかしどんな状況でも妄信的に仲間を守るだけの戦いを続けるわけにはいかない。

参謀的立場である神崎だからこそ、その懸念を誰よりも強く感じていた。

「とりあえず話し合うことはないだろうし、次の投票まで適当に――――」

危機意識の無さ。クラスメイトよりもクラスポイントを優先する生徒など存在するはずがないと決めつける考え方。

それをまざまざと見せつけられ、神崎は静かに堪《こら》え続けることは出来なかった。

「ちょっと待ってくれ……。確かに俺たちなら反対による満場一致を成立させることはいつでも出来ることなのかも知れない。しかし本当にクラスメイトを守る選択を選び続けること、それが正しいことだと確実に言えるのか？」

柴田《しばた》の言葉を遮り、冷静ながらも力強く机を叩《たた》いた神崎《かんざき》が立ち上がる。

「何の迷いも疑いもなく39の反対票が集まったことに対して異常だと思わないのは、皆が正常性バイアスに陥っているとしか思えない」

正常性バイアスとは、都合の悪い事象や情報などに目を向けず、危機を認知しない特性のことを指す。

「この先俺たちのクラスが勝ちあがっていくためには、新しい決断を選択する必要があるだろう。既に崖《がけ》っぷちだ。なのに、いつまでもその崖から落ちるはずがないとタカをくくってるんじゃないのか？　もっと貪欲にクラスポイントを追わなければ、Ａクラスに上がるのは夢のまた夢になってしまう」

それを理解してほしい。得意ではない弁論を行う神崎だが、そんな神崎を見守るクラスメイトの目はいつになく冷ややかだ。

「なんだよ神崎。つまりこの賛成の１票っておまえが投じたってことか？」

押し間違いではなかった賛成票に納得がいかない様子で、柴田が振り返って言う。

いや柴田だけじゃない。浜口《はまぐち》も、安藤《あんどう》も、小橋《こばし》も網倉《あみくら》も白波《しらなみ》も、クラス中がそんな目を向けてきている。

「そうだ。確かにクラスメイトを守ることは大切だ。だが、俺たちのクラスは入学からここまでジワジワと得点を落とし続けている。下位クラスがクラスメイトよりもクラスポイントを優先したなら、この特別試験で俺たちはDクラスにまで後退する」

そんな神崎《かんざき》の訴えを正面から受け止めて聞いていたのは、担任の星之宮《ほしのみや》くらいだろう。

しかし教師という立場から、それに同調するような発言は出来ない。

「それはそうだけど……でもこのクラスに退学してもいい人なんて誰もいないよ」

議論の余地などない、と白波《しらなみ》が瞬時に神崎への反論を示す。

「……分かっている。それは分かっているんだ」

「Dクラスに落ちるって言うけどさ、たった100のクラスポイントのために誰か退学にするとは思えないぜ。まあその1人が龍園《りゅうえん》だったら分かんないけどさ、今回の試験は匿名《とくめい》によるクラス全体での満場一致が条件。とてもじゃないけど他のクラスが退学者を出す案を選ぶとは思えないな」

全てのクラスが反対で満場一致になると見越すなら、差が広がることはない。

「確かにどのクラスも仲間を切る選択肢を選ぶことは簡単じゃないだろう。だが、俺が重要視しているのはその過程のことなんだ。半数とは行かなくとも、多少は友人よりもクラスを優先すべきだと考える生徒がいるのが自然なんじゃないのか？」

「議論がしたいってことか？　反対で満場一致にすることは決まりきってるのに？」

「……決まりきってはいない。賛成による満場一致も視野に入れた上での議論だ」

「いやいやおかしいってそれは。仲間がいるから、誰も欠けてないから頑張って上を目指すんじゃないか。誰か1人でも欠けていいなんてこと、絶対にないって」

クラスポイントとクラスメイト。

そのどちらが大切であるか、というシンプルな2択なら神崎も疑う余地を持たない。

しかし、状況は入学した時から大きく変わってしまっている。

Bクラスでのスタート、横並び一線だったクラスポイント。

1年生1学期では下位2クラスに対しての大きなリードを取った。その状態を維持したままであれば仲間の尊さを説くことに、不満を漏《も》らすことはなかった。

「どうしても反対以外の意見を述べる者は……いないのか？」

諦《あきら》めかけながらも、神崎は最後の可能性を信じクラスメイトを見回す。

だが、誰一人として賛同するような素振りを見せる者は現れない。

仮に内心では一部同意していたとしても、言葉に出来る生徒は存在していない。

誰もが2回目の投票では反対による満場一致になると信じて、いや、期待している。

「悪いが、俺は……この選択に対し反対で満場一致にさせるつもりはない」

重圧を感じながらも、神崎はそれに抗《あらが》うようにそう呟《つぶや》く。

「それって……次の投票でも賛成に入れるということ？」

ここまで沈黙していた一之瀬《いちのせ》が、神崎に対して真意を問いかける。

「……そうだ」

「でも神崎《かんざき》くん、私たちの考えは変わらないよ？　クラスポイントを得るために友人を犠《ぎ》牲《せい》にする……そんなクラスには絶対にしたくない」

「そうだぜ神崎。この課題はどう考えても学校側の挑戦って言うか、罠《わな》だって。目先のクラスポイントのためにクラスメイトを犠牲にする。そんな考えを持つようになったらこの先の戦いでも同じような苦しみを味わうことになるだろ？」

「しかし仲間を捨ててでもクラスポイントを得れば、Aクラスに近づける。そんなチャンスが二度三度と訪れるなら尚《なお》のことだ。逆に俺たちのクラスだけが仲間を守る選択を選んでしまったら、他クラスに追い抜かれていく」

「何人も仲間を犠牲にするなんて簡単じゃないと思うぜ。それに、そんなクラスが勝ち続けられるのかよ。仲間を守り、仲間を信じ抜いたクラスが最後に勝つんだ。そうだろ？」

ほぼ一斉にクラスメイト全員が頷《うなず》く。

「現実を見ろ柴田《しばた》。去年とは状況が大きく異なる。俺たちは今窮地《きゅうち》に立たされている。誰一人退学者を出さない道を選んだ結果、プライベートポイントも大きく失った。一方でクラスメイトを欠いた3クラスは順調に成績を伸ばしている」

「いつまでも続かないさ」

「いつまでも続かないと言いきれる根拠はなんだ」

「だったら逆に聞くけど、いつまでも続く根拠は何なんだよ」

「現状を見ればいい。2位にいた俺たちは、今現に4位に転落する危機にある」

「おまえこそ現状を見ろよ神崎。今、俺たちはBクラスなんだ。リードが1ポイントだろうと100ポイントだろうと、Bクラスなのは事実だろ？　それにちょっと順位を下げたって結局戻って来れるさ」

これまでも神崎は終始、周囲の期待に押されていたが、懸命に踏みとどまっていた。

この異常な考えに疑問を持たせたいと必死に抗《あらが》っていた。

「神崎くん。勝つために色んな選択肢を持ちたいのはよく分かるよ。でも、中には絶対に選んじゃいけない選択肢だってある。私はこの課題の選択がそうだと思ってる。退学者を出して貰《もら》えるクラスポイントが少ないからじゃない。クラスポイントと友達を天秤《てんびん》にかけることそのものが間違っているんだよ」

一之瀬《いちのせ》が発言したことで、クラスメイトたちの決意が確固たるものに変わる。

いや元々固い意志のもとで仲間を最優先しているが、更にコーティングが施された。

神崎は深く失意を抱く。このクラスは、他所《よそ》から羨《うらや》ましがられることが多い。

優しく、明るく、平等で、勉強もスポーツもバランスよくこなせる理想的な仲間たち。

それはリーダーである一之瀬が生んだ利点だが、逆に大きな欠点も抱える。彼女の存在は信者たちを量産し、汚いものに目を向けない環境を築いてしまっている。

退学者を出せばAクラス確定だと言われたとしても、このクラスなら仲間を優先する。仲間を切るくらいならBクラスでいいんだよ、と言わされてしまう強迫観念。

唯一にして最大の欠点であると、改めて神崎は思い知らされた。

「そうか……そうだろうな。俺は間違っているのかも知れない」

その欠点を克服するためには、リスクを承知で荒療治《あらりょうじ》を試みる。

自分には向かないと知りつつも、他に適任者もいない以上やるしかない。

「それでも俺が最後まで賛成に投じ続けたらどうする。この特別試験は1票にも大きな力がある。おまえたち39人の意思を無視して、賛成に投票し続けることだって出来る」

「んなこと出来るわけないだろー。時間切れで失敗したらマイナス300。それこそ、他クラスに勝てなくなるじゃないか」

時間切れによるタイムアップなど、誰も選ぶはずがない。という常識。

「同じことだ。ここで身を切って100ポイントを掴《つか》めなければ、俺はこのクラスがAクラスで卒業することは無いと思っている。つまり、100でも300でも、失うポイントの大小は些細《ささい》な問題とい――――」

「はいそこまで。今から投票時間なんで議論は中断してね」

星之宮《ほしのみや》は神崎《かんざき》の話を遮り、60秒の投票時間へと移行させる。

タブレットには切り替わった投票画面が映り、賛成と反対のボタンが出ている。

ただ静かに、神崎はそのボタンを眺めた。クラスの動きが止まり、静寂が訪れる。

5秒もかからず39人が投票を終えたかのような空気が漂ってくる。

いや、実際に投票を終えている。

神崎が決意を固めボタンを押すと、それと同時に星之宮が動いた。

「はい。それじゃ全員の投票が終わったので結果を発表しまーす」

もちろん、この賛成に投じた1票は神崎であることも同じだ。

第2回投票結果　賛成1票　反対39票

必死の説得も虚《むな》しく、1回目の投票と何一つ変わらない結果が映し出される。

「冗談じゃないのかよ……」

「神崎くん、本気で賛成票を投じるってこと？」

一之瀬《いちのせ》を含め、クラスメイトたちは怒るよりも呆《あき》れて言葉をぶつけてくる。

しかしその気楽な空気も、神崎の確固たる意志によって少しずつ変わり始めて来る。

「ああ。俺は今の2回目で本当に覚悟を決めた。この課題は賛成による満場一致を望む」

その発言に、インターバルが始まったばかりなのに静まり返るクラス。

「俺が賛成に投じ続ければ、数時間後、停止した思考を解凍して考えるしかなくなる。本当に反対票に投じることが正解なのかどうか議論をするしかなくなる」

残された3時間半ほどの試験時間をフルに使う覚悟だと言って聞かせる神崎。

「この状況を打開できる方法は限られている。意見を変え賛成で満場一致にすることだ」

「何を言ってるの神崎くん。そんなこと――」

「それは現実的じゃないだろう。おまえたちの言うように、このクラスに俺以外クラスメイトの誰かを犠牲《ぎせい》にするなどという考えは最初からないからだ。かと言って俺は賛成票を動かすつもりはない」

一之瀬《いちのせ》の言葉を遮り、神崎《かんざき》はそれでも抵抗をやめず言葉を続ける。

「それなら、実質方法は1つだけ。賛成を選択した上で俺を退学にすることだ」

自己犠牲を払ってでもこのクラスを変えたい。その意志を形として表明する。

「この特別試験で一歩前に進む勇気を持てないのなら、Aクラスには上がれない。それなら残された半分の学校生活を無意味に過ごすということだ。そんなことになるくらいなら俺は退学して次の道を模索する」

それは奇策のようで、しかし神崎に出来る唯一の方法でもあった。

弱者に寄りそうこのクラスが、退学者を選定する行動を取れるはずもない。

かと言って、退学という重い刑に対し運否天賦《うんぷてんぷ》な手段を用いることもない。

そしてその抵抗から都合三度、インターバルを新たに挟み投票が繰り返された。

合計5回にも及ぶ投票結果は、全て賛成1票、反対39票。

1票たりとも動くことはなく同じ画面、同じ結果が繰り返されていく。

「じゃ、またインターバルでーす」

膠着《こうちゃく》した状況に飽きてきたのか、星之宮《ほしのみや》は面倒さを隠すことなく態度に表す。

教室後方で見守る監視役は、そんな教師の態度を問題にはしない。

与えられた役割は、あくまで公平性を保つこと。

生徒がふざけようと教師がやる気を見せないでいようと、それはルールの範囲内で許された自由な行動だ。しかし更にそこから更に30分以上。

つまり3回の投票を追加で繰り返すも、やはり出てくる結果は変わらない。

延々と変わらない固定化された投票結果だけがクラスに反映され返ってくる。

「もう1時間以上経《た》つぜ？　この最後の課題だけで」

「でも仕方ないじゃない。神崎くんが反対に投票してくれるまで待つしかないし」

賛成に投じている39人の願いは、根負けして神崎が反対票に入れてくれること。

最初こそ親身に寄り添おうとしたり、厳しい口調で叱ったりと様々だったが、神崎はひたすら無言による投票を繰り返し続けていた。

「あのさー皆、沈黙が続くのも退屈だしちょっと私が話をしてもいい？　あ、興味ない人は別に無視してくれていいからね」

ここまで最後の課題を見守り続けてきた星之宮が口を開く。

「実は先生も学生時代、皆と同じような経験をしたことがあるの。どうしてかって？　私もこの満場一致特別試験を受けたことがあるから。そして5つ目の課題の内容は今と全く一緒だったの」

「なんか珍しいね、先生が学生時代のこと話すのって。初めてじゃない？」

一之瀬のクラスと星之宮の関係は良好で、この学校の出身であることは早い段階から知れ渡っていた。その過程で学生時代の話を聞こうとした生徒は少なくなかったが、真面目に語られた機会はなかったと言ってもいい。

「クラスの状況は全然違うけど、同じようにこの課題で長い時間足止めになったっけ」

当時を思い出すように、どこか冷めた笑いを見せる。

「クラスポイントを取るのかそれとも仲間を取るのかって究極の選択だよね。だから揉《も》めて、揉めて。男子なんて胸倉を掴《つか》み合《あ》うようなこともしてたなー」

「そ、それはちょっと揉め過ぎじゃないですか？」

胸倉を掴み合う、そんな状況が自分たちのクラスでは想像つかないのだろう。

白波《しらなみ》が女子たちと顔を見合わせながら苦笑いした。

「まぁ時期も違うしね。私の場合は3年生3学期。1ポイントを全力で狙いに行くタイミングだったし。特定の誰かを退学にするなんて話を少しでもすれば、友達は当たり前のようにその誰かを庇《かば》う。だけど勝つためには誰かを切り捨てなきゃならないことだってあるわけじゃない？　もしあなたたちがあと１００ポイントあればAクラスに行けるって状況だったら、今と同じような決断が出来た？」

神崎《かんざき》が問いたかったことを星之宮《ほしのみや》もよく理解していて、直接言葉にした。

「誰かを退学にするなんて出来ませんよ。次特別試験で挽回《ばんかい》するように頑張って——」

「次が無いとしたら？　仮にこの特別試験が卒業最後の試験だったら？　今皆は念願のAクラスに辿《たど》り着《つ》いた。だけどBクラスとの差は僅《わず》かに数十ポイント。もしここで仲間を守ることを優先すればBクラスが確定します。さ、どうする？　もちろん後を追ってきてる

Bクラスも次がないわけだし？　誰かを切ってでも100ポイントを取って来るよね」

いくらお人好《ひとよ》しが集まるクラスでも、考えなければならない。

仲間を守ればBクラスへの転落がほぼ確定する。

「同じように反対で満場一致にする？　BクラスがAクラスを諦《あきら》めて退学者を出さない選択肢を選ぶ夢物語に賭けてみる？」

反論ばかりを言い続けてきたクラスメイトたちも、ついに口数が少なくなる。

「意地悪な質問だよね。実際、今その状況なわけじゃないし。でも1つだけ確かなこと。それはAクラスに上がる気持ちがあるんだったら、じゃんけんでも何でもして賛成を選ばなきゃいけない時も来るってこと。時間切れはもっての外」

「先生は……その時どんな選択をしたんですか」

「私？　私は……もちろん不必要な人間を切り捨てるって選択をしたよ。だって友達だの親友だの言ったって、結局大切なのは自分自身だもん。今反対に回ってる皆だってそうでしょ？　本質では自分さえ助かるならそれでいいと思ってる」

全員でAクラスを掴み取って卒業したい。それは誰もが思っていること。

しかしそれが理想論であることも、心の中では大勢が理解している。

仲間か、保身か。その答えを問われ生徒たちは言葉を出すことが出来なかった。

「後ろで厳しく見張られているので、これ以上のことは言えません。私はどちらの選択を選んでもあなたたちを尊重します。でも、絶対に曖昧《あいまい》な決断だけはダメよ。上辺だけの友達なんだったら気にせずクラスポイントを優先すればいい。まだあなたたちの付き合いは1年半とちょっとでしょ？　そのうち友達がいなくなった傷なんて癒《い》えるって。実際に他クラスから退学した3人なんて、もう何となく過去で済んじゃってるでしょ？　だけどAクラスに上がれなくなったら、それはこの先もずっとついて回るしね。そうじゃなくて本当に友達が何よりも大切なんだったら友達を優先しないとダメ」

どちらを推すわけでもなく星之宮《ほしのみや》は監視役の睨《にら》みを避けながら話を終える。教師としてどちらをとってもメリット、デメリットがあることを伝えただけに過ぎない。この話を聞き終えたタイミングで、次の投票がやって来る。誰しも賛成反対共にそのボタンに対し異様な違和感を覚えてしまう。そんな中、時間をかけて行われた投票結果は、賛成1票と反対39票。これまでと同じく1票が移動することはなかった。

特に星之宮は驚くこともなく、むしろこのクラスの形を見せられたようでもあった。

「あのさ神崎《かんざき》くん。もういい加減にしない？」

投票を終えた直後のインターバル、呆《あき》れた様子で姫野《ひめの》が声をかける。

「神崎くんの言いたいこと、星之宮先生の話も合わせて聞いてよく分かった。だけど、だからって私たちが今ここで賛成に票を入れることには繋《つな》がらないと思う。それは多分時間切れになるとしても、きっと変わらないんじゃないかな」

仲間を守るためなら時間切れをも選ぶ。それが姫野、そしてクラスの大勢が持っているであろう認識。そこに対し一之瀬《いちのせ》が自らの考えを述べる。

「神崎くんの話も、星之宮先生の話も、うん。ちゃんと理解できるよ。でもね、今2人が話してたのはそういう状況に置かれた時どうするのか、ってことだよね。皆が心を揺らす気持ちも分かる、それは悪いことじゃないと思う。でも――――もし私がそんな状況になったとしても、友達を退学にさせて掴《つか》み取《と》るAクラスに意味はないって思う。じゃあそのためにはどうすればいいのか。そんな状況にならないために、そんな不条理な選択を迫られないでいいように、確実にAクラスを掴み取ることが大切なんじゃないかな」

「理想論……だな。誰も退学せずに済む圧倒的なAクラス。それを実現するにはどれだけのクラスポイントをかき集めなければいけないか……」

「今はまだ実力が足りてないかも知れない。だけど、私はそんなクラスを目指したい」

夢物語でしかないその語りを、クラスメイトたちは親身に聞き入れ頷《うなず》きを繰り返す。

もはや神崎の抵抗など無意味なものだろう。

ここで賛成に投じ続けても、姫野の言うように時間切れになるだけ。

「一緒に頑張ろう、神崎くん」

「――――そうだな」

1人の反対勢力は、恐れを知らない者たちによって捕食され取り込まれる。

「俺なりに、無理やりにでもこのクラスを変えようと思った。だが、どうやら俺にはその資格……いや実力はないようだ」

このクラスは変わらない。Bクラスで終わるのかDクラスで終わるのかは分からないが、絶対にAクラスには到達《とうたつ》できない。そう確信を持つに十分な時間だった。反対に投じることを受け入れたその表情に活力は一切感じられなかったが、それに気付いた生徒はほとんどいなかっただろう。その後、揉《も》め事《ごと》など最初からなかったかのように迎えた投票時間。

40人によって導き出された答えは……。

第10回投票結果　賛成0票　反対40票

クラスポイントを放棄し、クラスメイトを守るという選択を選びきった。

「それでは、最後の課題も満場一致になりましたので特別試験は終了です」

「これでいいんだって神崎《かんざき》。報酬《ほうしゅう》の50ポイントも貰《もら》えるしな」

所要時間は約3時間。校内に残ることは許されないが自由時間となる。

「ちなみにAクラスはもう特別試験を終えてるみたい」

「マジか。流石《さすが》だなぁ坂柳《さかやなぎ》のクラスは」

「ってことは、龍園《りゅうえん》くんと堀北《ほりきた》さんのクラスはまだ試験中ってことだよね」

「はい皆さ〜ん。無駄なお喋《しゃべ》りは学校を出てからね。他クラスは特別試験中なので邪魔しないように。先生たちがこれから誘導しますので静かに席を立ってね」

特別試験から解放された喜びにそれぞれが感想を口にしている中、神崎は席を立った。

○龍園翔《かける》の選択

午後1時から始まった満場一致特別試験。Dクラス。

もう一つの40人クラスであるこの教室もまた、重たい空気に包まれ始めていた。

それはもちろん、辿《たど》り着《つ》いた最後の課題の内容が強烈なものだったからに他ならない。

課題⑤・クラスメイトが1人退学になる代わりに、クラスポイント100を得る
（賛成が満場一致になった場合、退学になる生徒の投票を行う）

第1回投票結果　賛成14票　反対26票

投票結果が開示された瞬間だ。堀北のクラス、一之瀬《いちのせ》のクラス同様に反対票が多く集中している。しかし2つのクラスに比べ、退学者を出すことに賛成しているクラスメイトはけして少なくない結果だった。

つまり、退学者を出してでもクラスポイントを優先するべき、とファーストインプレッションで感じている生徒が3分の1以上いるということ。

「ど、どうするんですか龍園さん」

結果を受けて真っ先に石崎《いしざき》が指示を仰《あお》いだのは、クラスのリーダーである龍園翔《りゅうえんかける》だ。

この課題になるまでの流れも、全てこの手順から始まっている。

1度で課題が満場一致になる確率は低いため、最初のインターバルでリーダーの方針を聞いて2回目以降の投票で満場一致を目指す。

その一連の流れは他クラスとも似ているが、その精度は極めて高い。課題1の対決クラス、課題3のプロテクトポイント関係、課題4の自クラスに課す試練、そのどれも1回のインターバルだけで、龍園の指示した選択肢での満場一致になっている。

唯一好き勝手にさせたのは課題2の修学旅行の決定だけ。クラスメイトたちに思いのまま30分ほど議論させ、最終的に投票数の一番多かった旅行先での満場一致とさせた。

この課題5が異質な内容であることは誰の目にも明らかだが、やり方は本質的に同じ。指示が必要と思われる課題は全て、龍園の一言で決定される。

龍園がどちらに票を投じたのか、という点だけを強く意識している生徒たち。

もし龍園が賛成であるなら、それは即《すなわ》ち誰かが退学することが確定するということ。抗《あらが》えない決定。それが独裁によって生徒たちをまとめているクラスの特徴でもある。

結果を見つめ、笑みを浮かべながら龍園は椅子から立ち上がった。

「ここまではつまんねぇ時間だったが、流石《さすが》に学校も単なるお遊びで済ませるつもりはなかったってことか。そうでなきゃ面白くねえよなぁ」

クラスメイト全員に聞かせるような独り言をつぶやきつつ、壇上へと向かう。担任するクラスの行方を見守っていた坂上《さかがみ》は、龍園が近づいてくるのを感じ距離を取る。

ここから龍園のスタンドプレーが始まることをよく理解しているからだ。

指定席とでも言うように龍園は壇上へと座る。

そしてクラスメイト全員を見渡せるような姿勢を取って、最初の一言を発した。

「賛成に投じたヤツ、手を挙げろ」

配慮など一切存在しない龍園の命令に、賛成反対を問わず強烈な緊張が駆け巡る。

これまでの課題では、どの選択肢に投票したかなど問いかけもしなかったからだ。

数秒間の迷いがあった後、パラパラと挙手が始まる。その中にはやる気なさそうに窓の外を見つめながら手を挙げる西野《にしの》や金田《かねだ》の姿もあった。

「───5人か。ま、そんなところだろうな。最初にしちゃ上出来だ」

命令に従わず賛成票を投じたことを口にしない生徒が9人もいるという事実。

それを目の当たりにして最初に驚いたのは石崎や小宮《こみや》たちのような生徒だった。

「おい、下手に隠し事したって得はしないんじゃないか？　別に1回賛成に入れたからって怒られるようなことでもないんだしよ」

今なら面倒なことにならないと、小宮は黙っているクラスメイトたちに訴えかける。

「別に指示を受けてたわけじゃないんだ。賛成に投じるのも反対に投じるのも個人の自由だったんだ、そうだろ？」

責められることじゃないと小宮は説明し、念のため龍園にも合っているかを確かめる。

しかし龍園《りゅうえん》がすぐに返答をしなかったことで、一瞬小宮《こみや》にも緊張が走った。

解釈の違いがあったとすれば、叱責《しっせき》を買う恐れもあるからだ。

「手を煩《わずら》わせる前に、早く手を挙げろって！」

場の空気が変わるのを嫌い、慌てて石崎《いしざき》が追い打ちをかける。

すると遅れて1人の生徒が申し訳なさそうに手を挙げた。これで合計6人になったが、残る8人は変わらず手を挙げなかったことになる。

「いいんだよ石崎。手を挙げたくないヤツは挙げなくていい。今はな」

「え、い、いいんですか？」

「小宮も言ってただろ、賛成も反対も個人の自由だとな。だからまずは一人一人自分でどうするのか考えるんだな。残り時間はあと8分強、十分にそれだけの余裕はある」

慌てることなく時刻を確認し、龍園は笑みを崩さないまま姿勢を変えようともしない。

考えろ、とだけ漠然《ばくぜん》と伝え後は何もしない。

そして2分以上にも及ぶ時間の間、何をするでもなく沈黙を続けた。

「いいか、この時間を無駄にするな。自分がどちらに投票するのが正しいかを考えろ」

ここから再びの沈黙。

10秒、30秒、1分と時間が過ぎていくも、何かを発しようともしない。

ここまでの課題は全て、最初のインターバルで選択肢を強制的に決めさせていた。

だからこそ、どうして龍園は指示を出さないのかという考えばかりが生徒達の頭を巡る。

しかしそう意見を飛ばせる生徒は少なく、時間が経《た》てば経つほど口は重く閉じていく。

『何か指示を出してください』

最初はそう言えそうだった石崎たちも、俯《うつむ》き加減になっていく。

上唇と下唇が張り付き、接着剤で固定したように開かない。

時間が経過する程、もはや発言をしようという気すらほぼ失われてしまう。

やがて自ら発言しようと思う者は鳴りを潜め、誰かが発言してくれるだろうという他力本願へとシフトして行く。それすらも過ぎ去ると、いよいよ残り時間の方が長いにもかかわらず、早く投票時間にならないかと期待し始める。

長く長く感じられた1回目のインターバルは、大半を沈黙の時間のまま過ごすことで終わりを迎えた。これには坂上《さかがみ》も想定外だったようで、予定の時刻を数秒過ぎても進行させることを失念していた。

「坂上。時間じゃないのか？」

一度教壇から降り、自らの席に戻ろうとする龍園の言葉にハッとする。

「……そうだ。これより2回目の投票を行う。60秒以内に投票するように」

そして全員の2回目の投票が終わると、すぐさま結果がモニターへと映し出された。

第2回投票結果　賛成10票　反対30票

14票あった賛成票は内4票が反対票へと回った。退学を望まない大多数にとって、この結果は概《おおむ》ね悪いものではなかった。あと1、2回龍園《りゅうえん》が厳しい言葉をかければ更に賛成票は減る。そして遠くないうちに反対での満場一致も見えてくる、そんな2回目の投票結果。

しかし龍園はその結果に納得していない様子を見せる。

「これがおまえらの考えた答えか？　俺にはそうは思えねぇな」

「賛成票の減りが少ないから、ですか？」

金田《かねだ》がメガネの位置を直しながら問いかける。だが龍園はそれを即座に否定した。

「ということは……龍園くんは賛成に票を投じている、ということでしょうか」

その指摘に対しても龍園は否定し、呆《あき》れたように鼻で一度笑う。

「い、一体何が引っかかってるんですか龍園さん。わかんないっスよ」

「おまえらは本当に1回目と2回目、自分の意思を投票に反映したのか？　この最後の課題だけは明らかに異質で、普通じゃない。だからこそ俺はおまえらの『真意』が知りたい。俺がどちらに投票したかなんてことは気にするな、感情のまま素直に選択をしろ」

そう言うと、龍園は席を立ち教室内をゆっくりと歩き始めた。

「この10分、徹底的に議論しろ。賛成に入れたいのか反対に入れたいのかをな」

そう指示を出されては、生徒たちは必死に討論することを余儀なくされる。

慌ただしい喧噪《けんそう》に包まれ、好き好きに話を始める。

龍園はその話に耳を傾けつつ、時折生徒たちの耳元に口を近づけ小声で話しかける。

西野《にしの》や椎名《しいな》、吉本《よしもと》や野村《のむら》と、特に生徒を選んでいる様子はない。

そして次に鈴木《すずき》の下に近づくと、似たような形で小声で話しかける。

「賛成も反対も自由なんだ。思ってる方に投票しろよ」

そう言って、また今度は鈴木から2つ後ろの席に座る時任《ときとう》にも耳打ちをする。

わざわざ耳打ちするようなことでもないと不思議に思いながらも、時間の許す限り議論を続けた。そして3回目の投票時間がやって来る。

第3回投票結果　賛成9票　反対31票

2度目の結果とほぼ変わらない状況がモニターへと表示された。

教壇の机へ腰を下ろした龍園は、3度目のインターバルで考えを述べることを決める。

「賛成に投じたヤツ手を挙げろ」

結果を受けて、再び龍園は挙手を取る。手を挙げたのは西野と金田の2名だけ。

残る7人はその存在を伏せ、名乗り出ようとしない。

見えない賛成票に石崎《いしざき》は苛立《いらだ》ちを見せるが、龍園は気にせず2人に注目する。

「3回ともおまえらは賛成に入れたようだな。金田、理由は？」

「勝つため、ですね。退学者を出すことはけして良いことではありませんが、クラスポイントを100得ることは重要と考えます」

「挙手すれば、おまえが退学候補の的になる、そうは思わなかったのか？」

「愚問ですね龍園《りゅうえん》くん。あなたは使えない、不要な人は切っても必要な人材を切る真似《まね》はしません。少なくともこのクラスにおいて僕の価値は100ポイントでは利きません」

自分の価値を天秤《てんびん》にかけ、切り捨てられる危険性が無いと判断してのことだった。

「ま、確かにテメェは見た目以外使いどころが多いからな」

「ありがとうございます」

外見への指摘など気に留《と》めることもなく、金田《かねだ》は満足げに頷《うなず》いた。

「西野《にしの》、おまえも金田と同じか？」

「はあ？　まさか。ただクラスポイントを増やす手っ取り早い方法に賛同しただけよ。手を挙げたのはコソコソしてるのが嫌なだけ。賛成に入れることは悪いことじゃない」

下手すると龍園に睨《にら》まれそうな口の利き方に、当人より石崎《いしざき》がハラハラする。

「そろそろおまえらが気にしてることを教えてやる。俺がどっちに投票をしたか、だ」

「お、教えてください！」

龍園の投票先、つまりこのクラスの方針を聞かせてもらわないことには始まらない。

石崎が前のめりになりながらも声をあげて希望する。

「俺はこの課題――――3回中3回、全て『賛成』に票を投じた」

つまり今の投票、賛成9票の内3票が龍園、西野、金田であることが判明する。

「つ、つまりクラスから誰か退学者を出す……ってことですね？」

そんな石崎の疑問に龍園はただただ不気味に微笑《ほほえ》む。

「早合点《はやがてん》するな。あくまで、俺が投じた票がどうだったかをおまえらに教えたに過ぎない。この課題、どうしたいかはおまえらが考えることだと判断したからだ」

「お、俺たち……ですか？」

「確かに俺は3回とも、迷うこともなく賛成票を入れた」

三度とも投票が賛成であれば、クラスメイトから退学者を出す方針と判断して間違いない。しかしそれを認めないため石崎は意味が分からず言葉を詰まらせる。

「賛成の理由はシンプルだ。1人切り捨てりゃ100ポイントが手に入る。言い換えりゃこれは不用品を処理した上でクラスポイントまで貰《もら》える破格の選択肢。助かることはあっても困ることのない最高の選択ってヤツになるわけだ。だが、3回繰り返しても投票は賛成よりも反対の方が多かった。つまり、クラスの半数以上はこの課題に対して『反対』を突きつけたってことだ。それなら、俺はその意思を尊重し反対で票を固めていく」

クラスポイントを諦《あきら》め、クラスメイトを残すという方針を打ち出す。

「き、決まりだ！　おまえら賛成票に入れず反対票に入れろ！　龍園さんの指示だ！」

分かりやすい方針に石崎はホッとした様子を見せつつ、そうクラスメイトに訴える。

「ちょっと待ってよ。あんたらしくないんじゃないの」

ここまでの特別試験、ずっと退屈そうにしていた伊吹《いぶき》が不満そうな声をあげた。

「どういう意味だ？」

「あんたは賛成派なんでしょ？　だったらいつもみたいに勝手に賛成で押し切ればいいんじゃないの。今更善人ぶって仲間を守るとか言い出すつもり？」

目の前のクラスポイントを拾いに行くのが龍園《りゅうえん》だろう、ということを暗に示している。

「なんだおまえも賛成派だったのか？」

「私は反対に入れた。けど、私の意思なんてあんたには関係ないでしょ」

「これが匿名《とくめい》じゃなきゃ、遠慮なく賛成で満場一致にさせたかもな。俺の意見に歯向かったヤツを退学に追い込むだけで話も早い。が、今回は生憎《あいにく》と匿名投票による試験だ。誰がどっちに入れたか確定させられない以上、過半数を超える反対に統一する方が話が早い」

「つまり賛成で満場一致にさせる自信がないってこと？」

「クク、どう考えるのもお前の自由だ」

「よ、余計なこと言うなよ伊吹《いぶき》。龍園さんが反対にしろって言ってんだからそれでいいだろ？　クラスポイントが減るならともかく、クリアにはなるんだしよ」

「別に。ただちょっとらしくないから気になっただけ。好きにして」

方針が決まった以上、このインターバルもまた沈黙の割合が多くなる。

そして4度目の投票。

その結果は———

第4回投票結果　賛成7票　反対33票

あるいは満場一致とはならなくても、ほぼ反対票に集まると思われた投票は、意外にも多くの賛成票が残った形となる。減ったのは僅《わず》かに2票だけ。

「金田《かねだ》、西野《にしの》。おまえらはどっちに入れた？」

「無論龍園くんの指示通り反対に」

「気持ちは賛成派だけどね、和を乱すなって感じだから反対に入れたけど？」

賛成派として挙手していた2名は反対に回った。

そして今の投票で龍園が反対に回ったことを考えれば、最低でも3票以上賛成票が減らなければ成立しない。しかも今回は自由投票ではなく龍園の指示を受け反対に入れるように強要されていた。にもかかわらず、賛成は7票も残った。新たに賛成者が増えたのか、あるいは金田や西野が嘘《うそ》をついている可能性も排除しきれない。龍園自身は100％反対に投じたが、周囲にしてみればそれすらも本当かを確認する術《すべ》はなく新たな不安が少しずつ広がり始める。この結果を受け龍園は冷静に考える。ただ票の数を見るのではなく、票の流れと匿名性の看破を試みる。

「誰がまだ賛成に投票してんだよ‼」

龍園の命令は『反対票』に投じること。

明確な指示が出たにもかかわらず、それに従わなかった生徒が7人もいることに石崎《いしざき》は落ち着くことが出来なかった。龍園《りゅうえん》が賛成に気持ちを変えたなら、退学者が出る。

「クク、そう喚《わめ》くなよ石崎《いしざき》。より面白くなってきたんだからな。これは完全な匿名《とくめい》で投票先は誰にも漏《も》れることはない。つまり本心から『賛成』に投じてるヤツが少なからずいるってことじゃねえか」

「し、しかし龍園さんの指示に従わないなんて問題っすよ！」

「そうでもねえさ。クラスメイトを切ってでもクラスポイントを得ようとするってのは悪いことじゃねえ。むしろAクラスを目指すために貪欲な生徒が7人もいるってことだ、そうだろ？」

この状況を歓迎するかのように、龍園は手を叩《たた》き喜んだ。

「だが、退学者を容認する以上は『誰』を退学にするかって問題が付きまとう。この賛成を投じた7人には、明確に切るべき人間が思い浮かんでいるってことだろうぜ」

「……ま、まさか俺とか!?」

自分が切られる対象なんじゃないかと、慌てだす石崎。

「ま、おまえを不要と思うヤツがいる可能性は排除しきれないが、名乗り出る勇気のあるヤツはいねえのか？　他の誰でもなく『この俺』に退学してほしい、そういうヤツがよ」

名乗り出ろ、そう言わんばかりに龍園は挑発する。

しかし場の空気は再び静寂に包まれ、当然のように声をあげる生徒は存在しない。

「ハッ、まぁ簡単にゲロ吐くわけもねえか。クク、ゆっくり付き合ってやるぜ」

こうして5回目の投票時間がやって来る。

つまり4度のインターバルを終えたということ。

この課題が始まって、既に40分ほどの時間を費やしていることになる。

そしてその結果は……。

第5回投票結果　賛成8票　反対32票

減らすことを目的としている龍園に反し、賛成票が1票更に増える結果。

「どうすんのよ龍園。もうすぐ1時間経《た》つけど？」

ここで、西野《にしの》が鬱陶《うっとう》しそうに声を出した。

「そう慌てんなよ。まだ時間はたっぷりあるだろ？」

「そうだけどさ、あんたに逆らって賛成を入れてるヤツが大勢いる。これってヤバイんじゃないの？」

明らかに龍園の支配が及ばず、コントロールできていないことを象徴する賛成の数。

「そうだな。おまえが賛成に入れてる可能性も捨てきれないことだしな」

「……かもね」

カウンターのように返され、西野はやや驚きながらも目を合わせ強気に言い返した。

「ま、問い詰めたところで自白しない限り証拠はないからな」

疑わしきを罰するのが難しい試験。

「ちょっと提案があるんだけど、いい？」

ここまで状況を見守っていた藪菜々美《やぶななみ》が一石を投じる。

「言ってみろ」

「いっそ賛成で満場一致にして、退学してもいい子に退学してもらうってのはどう？」

「おまえは賛成に入れたってことでいいのか？」

「違う。私は今まで全部反対に入れてる。でも、賛成が動かないんなら、そっちに方針を変えてもいいかなって思い始めた。たとえば……伊吹《いぶき》さんを退学にするのはどう？」

そう言い、藪は伊吹に対して冷たい目を向ける。

「もし伊吹さんが、ってことなら私も賛成、かな……。あ、もちろん今までは反対に入れてたからね？」

藪に続くように諸藤《もろふじ》リカも意見に合わせて手を挙げる。

「おまえらなぁ。龍園《りゅうえん》さんが反対で固めるつったんだから、反対で行くんだよ」

「待てよ。俺はこの２人の意見を歓迎するぜ」

「え、そ、そうなんスか？」

「ここまで反対に入れてることは様子から見ても事実だろうしな。次の投票で最低でも２票以上絶対に賛成に回らなきゃ矛盾が生まれる。そんなポカはしないだろ？」

藪も諸藤も、その問いかけに対し力強く頷《うなず》いて答えた。

もちろん賛成に入れている匿名《とくめい》8人が、次の投票で反対に投じる可能性も否定しきれないが、それとはまた別問題であることを龍園はよく理解している。

「それに賛成を入れる覚悟として名指しまでしたんだ。匿名8人と違ってな。見たところ藪と諸藤以外の何人かも、その案に乗っかりたそうな顔してやがるしな」

藪たちと親しくする女子グループは、このクラスで最上位のカーストに位置する。

表向きは2人の意見だが、実質そのグループ丸々同意見とも受け取れる。

「私たちの話を聞いて、龍園くんがどう思ったのか聞かせてもらえる？」

「特定の誰かを退学させるには、そいつを援護する票が存在しないことが大前提だ。このクラスの中で自分の退学を賭けてでも伊吹を守りたいって奴《やつ》はいるか？」

そうクラスに問いかける。だが即座に手は挙がってこない。

「ってことみたいだが、伊吹。素直に退学を受け入れるか？」

ここで受け入れる、あるいは好きにしていいと回答すれば、迷いなく龍園は伊吹を退学させるために動き出す。そんな空気が教室内に張り詰める。

「悪いけど、私は退学するつもりはない」

名指ししてきた藪や諸藤に目を向けることもなく伊吹は答える。

「あれ？　伊吹さんって別に退学しても構わないみたいなスタンスじゃなかったたっけ？」

「学校なんて別にどうでもいいけどさ、私なりにリベンジしたいって思ってる相手はいるわけよ。それに、こんな形の退学を受け入れるとでも思ってんの？　嫌いな奴らの私腹肥やすために都合よく利用される気はない」

「理由付けて退学したくないだけじゃん。澄《す》ましてるけど、やっぱり怖いんだ?」

挑発するように藪《やぶ》が笑う。

「ハッ。あんたも偉くなったもんね。前は真鍋《まなべ》の腰ぎんちゃくだった癖に。いなくなった途端に女子のリーダーになれてそんなに嬉《うれ》しかったわけ?」

言い返す伊吹《いぶき》に対し、龍園《りゅうえん》は笑みを消し目力で威圧する。

「おい、伊吹。今のおまえの立場を弁《わきま》えろ。藪には退学を反対してくれる仲間が数人いる。だがおまえには1人もいないんだよ。それにおまえは学校に対して執着心みたいなものは何もなかったよな?」

「……だったら何」

「おまえのことは嫌いじゃないが、潔く辞めてクラスに貢献《こうけん》するってことなら話は変わって来るってことだ。意思に関係なく血と肉を俺たちが喰《く》らってやる」

「ザマァないじゃない伊吹さん。龍園くんに可愛《かわい》がられてる気でいたのはあんただけね」

「俺を恨むか? 伊吹」

「別に。元々あんたと仲良くしてるつもりなんて微塵《みじん》もなかったし。あんたが勝つためだったら何でもするでしょ。驚きゃしないって。けど、私は退学するつもりはない」

繰り返すように拒否を示すが、龍園もまた口調がやや厳しくなる。

「つもりがあるかないかは関係ねえんだよ。ならもう一度聞いてやる。これから賛成で満場一致にするかどうかを賭けて問うぜ。伊吹のために身体《からだ》を張れるヤツ手を挙げろ。ただし1分以内に決断しろ」

ひりついた空気の中、石崎《いしざき》が微《かす》かに体を震わせる。

それは龍園に対する怯《おび》えではなく、自身の覚悟を決めるための時間。

「止《や》めときなよ石崎」

それを止めたのは、いつの間にか石崎の隣に立っていた西野《にしの》だった。

「お、おい西野……？」

「私たちは勝つために戦ってる。あんたの中途半端な仲間意識は混乱を生むだけ」

「けど、けどよ。伊吹だって俺たちの――――」

「――――時間切れだ」

1分が経過し、最終的に伊吹を守ると言う生徒は1人も現れなかった。

藪たちの冷笑する視線と、憐《あわ》れむような視線、更に自分が対象にならなかったことを安《あん》堵《ど》する生徒たち。様々な思惑が静寂で交差する。

「あ、そ。だったら――――」

半ば自暴自棄に答えそうになった伊吹は、一度言葉を途切れさせる。

まともな友人が1人もいない自分が、この課題で不利なことは理解していた。

だからこそ反対票に投じたことを早い段階で周囲に告げていた。

しかしこうなってしまった以上、自分の身は自分で守るしかない。

「だったら、なんだ？」

その先の言葉を待つように龍園《りゅうえん》が静寂を維持する。

「……私にはまだ、この学校にやり残したことがある」

「あ？」

「悪いけどあんたらの期待に応えてやるつもりはない。仮にクラス全員が賛成を入れても私は反対に投票し続ける。いつまでも満場一致にならなきゃ、この特別試験は失敗ね」

「は、はあ？　自分のためにクラスを道連れにするつもり？」

「そういうこと」

覚悟を決めた伊吹《いぶき》は、自ら反対宣言をして居直る。

「まぁ当然そうなる。藪《やぶ》、おまえの賛成に変える意見は悪くなかったが、名指しが早すぎるのさ。本気で伊吹を消したいんだったら、まずは賛成で満場一致に持って行ってからその名前を口にするべきだろ」

「くっ……！」

自分が退学になると分かっていれば、賛成票に入れるはずもない。

「おまえらは大人しく反対票に入れとけ」

そう指示を出す龍園に、西野《にしの》は妙な違和感を覚えていた。

「何で今のような茶番をやったわけ？　完全に時間の無駄じゃないの？」

個人の名前が出た時点で賛成による満場一致が難しくなることは明白だったため、もっと早い段階で藪と伊吹の言い争いを止められた、意味の無い挙手を取る必要はなかったと西野が指摘する。

「単なる暇つぶしだ。どうせ腐るほど時間はあるんだからな」

深い意味などないと龍園は言ったが、真意が他にあることをクラスの一部の生徒は気付いていた。通るはずもない藪の提案に乗っかったのは伊吹の絶対に賛成には入れない、という言質《げんち》を引き出す狙いがあったのだと理解する。

こうすることで賛成による満場一致が難しいことを、間接的に刷り込むため。

それは龍園の余裕かつ上手《うま》い立ち回りのようでもあり、この状況をどうにもできないという焦りから生まれた苦肉の策のようにも見えた。

それから次の6回目の投票は賛成7票、反対33票。7回目の投票は賛成6票、反対34票。少しずつだが賛成票が減っていくかと思われたが、8回目の投票ではまた賛成が7票、反対33票に戻ってしまう。迎える9回目の投票時間。

第9回投票結果　賛成7票　反対33票

依然として残り続ける賛成票。

これは現時点での龍園の統率力を表しているような数値でもあった。

6回目から9回目の投票、龍園は教壇に10分座ることを繰り返すだけで一言も発することはなかった。ただ不気味な笑みを浮かべながら観察を続けていただけ。

しかし、その状況は10回目の投票が始まる前のインターバルで変化を見せた。

「オイ」

これまで笑っていた龍園《りゅうえん》は、突如クラスに向かい短くそう呼びかける。

議論、というより雑談に近い会話を続けていた生徒たちが、慌てて姿勢を正す。

「おまえら、俺が指示を出さなきゃ1人で反対に票を入れることも出来ねえのか？」

明らかな異変に、生徒たちは一斉に口を閉ざした。

「賛成票がある程度固まってりゃ怖くないと思ってるんだろうが、無意味に投票を眺めてるように見えてるんなら大間違いだ」

ガン、と踵《かかと》で強く教壇の背面を蹴る。

「匿名《とくめい》に胡坐《あぐら》をかいてるみたいだが、表情に出てんだよおまえら。もう大体の目星は付いて来てる。これ以上ふざけたことやるようなら……わかるよな？」

第10回投票結果　賛成6票　反対34票

龍園の強い言葉もあり、賛成が1票、反対票へと移った。

ただ、既に7回目の投票で一度だけ賛成票が6票になっているため、実質的に恫喝《どうかつ》の効果はなかったと言える結果になる。

あれだけ潤沢《じゅんたく》にあると思われた時間が、湯水のごとく使用されていく。

「…………」

気が付けば龍園からはとっくに笑みが消え、険しい顔つきへと変わっている。

「粘り強いヤツらだな。いい加減こっちとしても相手をするのが面倒になってきたぜ」

4時間ほど残していた制限時間だが、最後の課題で既に1時間半以上経過していた。

第11回投票結果　賛成7票　反対33票

折角《せっかく》減らした賛成票が、またも7票にまで戻ってきてしまう。

「こんな調子でどうやって反対に持っていくつもり？」

苛立《いらだ》つことを隠そうともしなくなった西野《にしの》が、龍園に方針を問う。

「そうだな。そろそろ終わらせるとするか」

「……出来るわけ？」

「俺がここで無意味におまえらを見ていたとでも思ってんのか？　6回目から10回目まで、奇妙な1票が存在するのは分かってるよな？　賛成に入れたり反対に入れたりフラフラしてる大馬鹿野郎のことだ。今からそれが誰なのかを言い当ててやる」

教室内に緊張が走る。

完全な匿名性を見破ることなど通常では出来ない。

ところが——

「おまえだよなぁ？　矢島《やじま》」

「え、ッ……!?　ち、ちが！」

名指しされたのは矢島麻里子《まりこ》。

否定しようと慌てて立ち上がるが、明らかに動転しているようで態度に落ち着きがない。

「匿名《とくめい》だからって否定して俺が信じると思うなよ？　俺にそう思われたってことは、おまえは黒が確定している。言っている意味は分かるな？」

「そ、そんな——。私は——！」

「俺が黒と言えば黒になる。そして白と言えば白だ。最初の1人ってことで一度だけチャンスをやる。これから先おまえは許可なく賛成に入れる権利はない。いいな？　それが守られてないと『俺』が判断したら、おまえはめでたく退学だ」

有無を言わせない脅迫《きょうはく》。仮にこの課題で反対に投じ続け特別試験失敗まで持っていったとしても、そう遠くない日に何らかの凶悪な手段で退学に追い込まれる。そんな想像を抱くのに多くの時間は必要なかった。

「全員とは言わないが、賛成に入れてるヤツの目星も付いてる。矢島のように直接言われなきゃ分からないバカなのか……次の投票で判断させてもらうぜ」

そうして迎えた12回目の投票。

第12回投票結果　賛成5票　反対35票

矢島が完全に反対に意思を固めたため、賛成が増えることはなかった。

だが、最後の警告のような状態に来てもなお、2人しか賛成は減らず5票残った。

もはや脅しなどの類《たぐい》が通用しない5票であることはクラスメイトにも分かってきた。

「5人、か……」

そう呟《つぶや》いた後、残り時間を確認し龍園《りゅうえん》がまたも席を立つ。

「骨のある奴《やつ》と認めるしかねえな。だが、それでも俺はどうにも不満がある。意地でも折れるつもりがねえんなら、いい加減名乗りを上げろよ。この匿名の5人が願うのは俺の退学。それなら賛成で満場一致に持っていくしかない。時間切れの幕引きなんてつまんねえだろ？　なら動け。それでこそ対等に戦えるってもんじゃねえか」

どちらかによる満場一致を達成しなければ、この特別試験のクリアは無い。

賛成を求める生徒を特定しない限り延々と時間を垂《た》れ流すだけ。

この状況で姿を見せる賛成者は居ないと思われていたが――――。

「ああいいぜ龍園。だったら名乗り出てやるよ……賛成に入れてるのは俺だ」

ここでついに、賛成に投じていた匿名の1人が意を決して立ち上がる。

「時任《ときとう》、テメェ！　自分で何言ってるか分かってんのか！」

飛び掛かっていくように詰める石崎《いしざき》を、葛城《かつらぎ》が腕を掴《つか》み食い止める。

「よせ石崎《いしざき》。今は特別試験中だ、こんなところで暴力行為を起こすつもりか？　下手を打てば坂上《さかがみ》先生は容赦《ようしゃ》なく試験中止を宣告する、そうですよね？」

「無論だ。そうなれば当然、この特別試験はおまえたちの失格で終わる」

「くっ……！」

「それに、時任《ときとう》が自己申告したとはいえ、それでもそれが事実である保証はない」

99%間違いないことでも、匿名《とくめい》である以上、100%にする方法は存在しないと葛城《かつらぎ》は言う。反対に投じながらも賛成に入れたフリをしているという線は消し切れない。

「事実だけどな。俺はこんな特別試験が来ないかとずっと思ってた。普通の特別試験じゃどうにもならないが、この課題が出た瞬間にビビッと来たぜ……龍園《りゅうえん》を消すにはこのタイミングしかないってな」

「なんで今更名乗り出たんだよ時任……」

「龍園とは何度か目が合ってたからな。俺が賛成に入れてる推測は立ってただろ。もっと早く名乗り出ても良かったんだが、賛成が減らず右往左往してるのが痛快だったんだよ」

「いいぜ時任。おまえの反抗的な態度は今に始まったことじゃねえ。むしろ、賛成派だったことに素直に喜んでるところだ」

「いつまで調子に乗っていられる？　そんな余裕はないだろ」

「ああ。何度投票を繰り返そうと、絶対に賛成票は無くならない。つまり時間切れになれば俺たちのクラスは300ポイントを失う。Aクラス争いから脱落すると言っても過言じゃないだろうなぁ」

「そうだ。おまえは仮にもこのクラスのリーダーだ。特別試験が失敗になったとしたらその責任は俺にあるんじゃない。おまえにあるってことだぜ。そもそもこの特別試験も、おまえは選択肢を自由にコントロールしてきた。一之瀬《いちのせ》のクラスと戦うべきだって声に耳を傾けようともせず、坂柳《さかやなぎ》のクラスを対戦相手に強行指名させた。当然、負けた時の責任は取れるんだろうな？」

「なるほどな。ここで反抗するおまえが、それまでの課題で素直に従ってきたのはそういうことか」

「クラスの連中に間違いだと教えるためだ。俺はクラスを困らせたいわけじゃない。おまえがリーダーをやってることに不満を持ってるわけだからな」

「だが、ここに来て特定の誰かを退学に出来るチャンスがやってきた。おまえはそれに賭けることにしたわけか。で？　立派に反抗して見せて、おまえの一番の望みは？」

「俺に、いや俺たちに反対票を投じて欲しいならここでクラスのリーダーを降りろ。それを全員の前で誓うなら、きっと反対票も増えるだろうぜ」

幾《いく》ら龍園を嫌っているとは言え、賛成で満場一致にする難しさは時任にも分かっている。だからこその妥協案を提示する。

「ぬるいこと言ってんじゃねえよ時任。俺を退学にする自信がないのか？」

「笑わせんな。もし賛成で満場一致になった時、退学するのはおまえなんだよ龍園」

「ひとつ聞いてもよろしいですか、時任《ときとう》くん」

メガネの位置を調整しながら、金田《かねだ》が挙手する。

「確かに特別試験が失敗になれば、その責任の一端がリーダーにあるのは理屈としては頷《うなず》けます。が、もし賛成による満場一致で退学者を出す選評が始まれば、間違いなく退学になるのは君ですよ？　現に指示に従い反対へ多くの生徒が投票し続けています」

この先を見据えて落ち着き払った金田の説明を受けるも、時任は一切動じない。

「今の反対票に意味なんてねぇんだよ。まさか反対票全員が龍園《りゅうえん》に屈してるとでも思ってるのか？　確かに表立って反抗できるヤツは少ない。けどな、今俺の1票以外にも4票の賛成票がある。コイツが反対票を入れろと繰り返し言っても尚《なお》、4票残ったってことだ。それだけテメェに退学してほしいと願ってる、芯の強ぇヤツがいるってことだよ！」

「藪《やぶ》や諸藤《もろふじ》に比べりゃ、相当に理屈は通ってるようだな時任」

感心し、賞賛の拍手を送った後龍園は続ける。

「だったら遠慮することはない。俺とおまえで一騎打ちでもやってみるか？　時任」

「なに？」

「反対に投じ続けてる俺を含めた35票、その全てを賛成票に投じさせる。そうすれば金田の言ったように誰を退学にさせるかの投票が始まるだろうぜ。なら後は簡単だ、俺とおまえで投票による殴り合いだ」

その他の生徒が投票の対象にならないのなら、賛成での満場一致を恐れる必要はない。

「いいのか？　ここで反対の選択肢を消せば退学者が出ることは避けられない。おまえに生き残る道はないぜ龍園《りゅうえん》」

反対による満場一致の可能性を残したのは、時任《ときとう》なりの慈悲《じひ》だった。

「時間切れは誰もが避けたい。となれば俺かおまえかの一騎打ちで満場一致にさせる。その方がクラスの連中にとっても面白いだろ？」

時任の提案を飲むはずもなく、龍園は賛成による満場一致を促す。

「人間ってヤツは自分勝手なもんだ。退学するリスクがあれば満足に名乗り出ることも出来ないが、こうして俺とおまえのどちらかが退学するとなれば目の色を変える。100ポイントの追加報酬《ほうしゅう》が約束されれば喜んで投票してくれるだろうぜ」

「今賛成票に回ってるヤツが、俺の退学に同意すると？」

「さあどうだろうな。もしヤバイ臭いがするってんなら、反対に投票していいんだぜ？」

「ぬかせ！　退学になるのは俺じゃなくおまえだ龍園！」

「そうか。だったらさっさとタイマンで勝負を決めようじゃねえか」

匿名《とくめい》で残り続けた4票と、そして龍園を嫌いながらも仕方なく反対票に投じ続けている生徒たち。何度か龍園翔《かける》の退学をかけた投票を繰り返せば、残り時間の減少と共に賛同する票が増えるはずだと時任は自信を持っていた。

「いいぜ、そこまで言うなら――――」

挑発を受け、時任がその申し入れを快諾しようとした瞬間、机を叩《たた》く音が響き渡る。

「待ってくれ龍園。少しだけ時任に時間を与えてやってくれないか」

音の主は葛城《かつらぎ》。急ぎ立ち上がりそう龍園に声をかけた。

「あ？　どういうつもりだ葛城、テメェに発言権を与えた覚えはないぜ？」

「発言権を奪われたつもりもない」

黙れという指示に対し、葛城は動じることなくそう答え時任へと向く。

「おまえの言うように、龍園に従わない者が0にならない限り安心だと考えるのは間違いではない。しかし、龍園の言うこともまた真実だ。龍園か時任、どちらかが退学するまでという制約を付けた決選投票など行えば、残り時間と共に生徒の感情は大きく揺れる。そうなれば多数の票をコントロールできる者、つまり龍園の方が圧倒的に優位になる」

「言ったろ。それだけで優位と決めつけるなよ葛城。本当はクラスの大勢が龍園を歓迎してねえんだよ。ただ力で抑えられて不満を抱えこんでんだよ。時間が無くなれば、コイツを庇《かば》うことを止《や》めるヤツは必ず増えて来る。それが犬の石崎《いしざき》だったとしてもな」

「なんだと！」

「おまえだって、一度は龍園に歯向かっただろ。その反骨精神を思い出せよ」

「あ、あれは――」

去年の屋上での一件、綾小路《あやのこうじ》と揉《も》めてその幕引きを図った際、石崎は龍園を倒し一時的にクラスの主導権を握ったことがある。そのことを引き合いに出す時任。

「当時のことを俺は知らないが、最終的におまえが勝てると？」

「ああそうだ」

「なら問わせてもらう。龍園《りゅうえん》が退学したとして、その先誰がこのクラスをまとめていく」

「話し合いでもなんでもすりゃいい。ただし、よそ者のおまえだけはないぜ葛城《かつらぎ》」

「確かによそ者である俺が選択肢に入ることはないかも知れない。だが明確な次のリーダーを示せなければ決定打に欠けるのも事実だ。坂柳《さかやなぎ》に追い付き追い抜くことは出来ない」

状況を大局的に見渡し、説得を続ける葛城だったが、時任《ときとう》は止まらない。

「るせぇよ。……だからなんだ？　コイツと刺し違える覚悟がないなら最初から名乗り出たりしねえよ」

「ククク、最初から？　その割には随分《ずいぶん》と様子見したみたいだったけどな」

「……うるせえよ！」

「ま、おまえと志を同じくする人間が数人でもいなけりゃどうにもならねえからなぁ」

龍園に従わない投票が複数あると確認できたからこそ、時任も動き出した。

「頼む龍園。時任にチャンスを与えてくれ」

あくまでも龍園有利と見る葛城の言葉を受け、龍園は指を一度鳴らす。

「いいぜ。時任、おまえにチャンスをくれてやる。次の投票は、おまえの1票に全てがかかっている。もしおまえが賛成票に投じるのなら、その時はおまえを退学させる」

「は……言いきりやがったな。退学に出来ると思ってんのかよ」

「ああ。次の投票じゃおまえの票を除き全てが反対票に回る。賛成1、反対39って状況になるわけだ。つまりおまえが反対に入れれば、満場一致でこの課題はクリアだ」

「おい、いつの間に俺以外の賛成4票が消えたんだよ」

「クク……このインターバルの間に、その4票を寝返らせたんだよ」

「抜かせ、そんなことが出来るわけないだろ」

　ここまで頑《かたく》なに賛成が残り続けた上、このインターバルではほとんどの時間、龍園は時任との会話に時間を割いている。寝返らせるような素振りもなかった。

「なら試してみろよ。今までと同じように賛成に入れろ、そうすれば答えが分かる」

　刻一刻と過ぎるインターバルの残り時間は、あと1分を切った。

　冷房のしっかり効いている室内は快適な温度で保たれているものの、時任の背中はじわりと汗をかき始めていた。単なる脅し、ハッタリ。このインターバルで何かが変わったとは思えない。しかし、もし本当に自分以外の賛成票が反対票に変わっていたとしたら。それは時任以外の生徒が龍園についたことを示す。賛成による満場一致に持っていかれる前に反対票へと逃げて伊吹《いぶき》と同じ防衛手段を取ることも出来るが、醜態を晒《さら》すことになるため時任にその選択は選べない。何にせよ、龍園との決選投票は避けられないだろう。

　そうなれば、時任自身が敗北することは決定的になる。

「退学する覚悟があるんだろ？　遠慮せず賛成票に入れろよ」

「……言われるまでもねえんだよ」

　やがてやって来る投票の時間。時任は向こう見ずに賛成へと1票を投じる。

「それでは投票結果を表示する」

坂上《さかがみ》の告知と同時にモニターに映し出される。

第13回投票結果　賛成2票　反対38票

「ッ！」

この結果を見た時、時任《ときとう》は誰よりも心臓が高鳴っただろう。

龍園《りゅうえん》の言うように残された4票のうち1票を除き全てが反対に回っていたからだ。

「は、確かに、ビビったぜ……。けどな、俺と同じように強い意志を持った生徒がもう1人いるってことだよ！　ここまで脅されても、屈しなかったヤツが！」

叫び自らの勝ちを宣言するに等しい咆哮《ほうこう》をあげる。

しかし龍園は時任を見ることもなく、全く別の生徒に対し視線を向けていた。

「どういうつもりだ？　おまえが賛成に入れたんだろ？　葛城《かつらぎ》」

「なに……？」

想定していなかった人物の名前を出され時任が驚く。

「そうだ。もし俺が反対に投じていれば、おまえの宣言通り賛成1票、反対39票の形になり決選投票に持ち込まれていた。そうなればどちらかを退学させる以外にこの試験をクリアすることは不可能になる」

「そういう流れだったはずなんだがな。返答次第じゃテメェもタダじゃすまないぜ」

「理由は1つ。時任がクラスにとって必要な生徒だと考えているからだ。いや時任だけじゃない。俺はAクラスからここに来たよそ者だ。だからこそ、客観的な目でこのクラスを見てきた。その結果、不要な生徒など1人もいないことがよく分かった」

「指示に従わない時任が、必要な生徒だと？」

「そうだ。むしろ貴重な戦力と考える。俺のように、いや俺以上におまえに対して躊躇《ちゅうちょ》なく反対意見をぶつけることが出来る存在だ。無論、今回の特別試験でのやり方は間違っているがな。ただ龍園を引きずり下ろすためにクラスを危機に晒《さら》すやり方は感心しない」

葛城は龍園にだけでなく、時任にも視線と言葉を投げかける。

「龍園がリーダーであることが気に入らないのなら、誰も巻き込まない形で正々堂々と訴えかけろ。その主張が正しければ、俺は迷いなくおまえの味方をする」

「葛城……テメェ……」

「ここで龍園の戦略にハマって退学すれば、おまえは何も為さないまま終わることになる。時任裕也《ひろや》という生徒の存在を、今後龍園が思い出すこともないまま終わるということだ」

「だ、だが直前まで4票の仲間が──」

ここまで時任を突き動かしてきた、見えない援軍の存在。

それが心の拠《よ》り所《どころ》でもあった。

「そんなものは最初から存在しない。ただの幻想だ」

「幻想、だと……？」

「正確には、繰り返されていく投票の中で淘汰《とうた》されたと言うべきか。矢島《やじま》を名指しして以降も残り続けた賛成5票。それを投じていたのは時任《ときとう》、おまえと……」

葛城《かつらぎ》はぐるりと、ゆっくりと視線を動かし指差していく。

「椎名《しいな》、山田《やまだ》、そして俺と……龍園《りゅうえん》の４人だ」

その回答を受け、時任、そしてクラスメイトの誰もが理解が及ばない。

「……何、言ってやがる……龍園も、賛成に入れてただと……？」

「賛成が5票になった時点で、残された匿名《とくめい》投票は１人だけ。しかし、それもおまえが名乗り出たことで全てが白日のもととなった」

「ならこのインターバルの間、龍園は心の中で俺を嘲笑《あざわら》ってたわけか……ざまぁねえ」

「そうではない。確かに賛成者を炙《あぶ》り出《だ》す目的はあっただろうが、それはおまえが名乗り出た時点で決していたこと。わざわざ勝負をけしかけず黙って投票に持ち込むことも出来た。そうすれば自然と賛成による満場一致となり、次の投票でお前を退学に追い込むだけだからな」

「だから、俺を侮辱《ぶじょく》するために言葉遊びしてたんだろ！」

「そうではない。おまえを退学にしないための可能性を与えていたんだ」

「な――――っ……!?」

「だがおまえはその可能性に気付かず突き進もうとした。回りくどくも、龍園がおまえにチャンスを与えていたとは考えもしなかったのだろうがな」

「お、俺は……！」

「だがどれだけ説いたところで、聞き入れる耳を持たないのならそれまでだ。時間を取らせるが、時任に最後のチャンスを与えてやってくれないか。全員が賛成に回る前に、もう一度だけ反対票で揃《そろ》えてもらいたい」

「もう一度チャンスを与えろと？　俺はそんなに甘くないぜ？」

「貴様にも落ち度はある。挑発が過ぎるが故に救いの糸を見落としていたのだ。全てが明らかになった今、ようやく時任に選択肢を与えられたことになる」

「それで聞き入れなきゃ退学に異論はねえな？」

「ああ、異論はない。好きにすればいい」

葛城は目を閉じ腕を組む。時任は自身に、その身の振り方を託《たく》す形となった。

自分が賛成に票を入れれば、１００％の退学。

一方で反対に票を入れれば、満場一致となり退学を避けることが出来る。

しかし反対票を入れるということは、どんな形であれ龍園に屈するということ。

それは時任の持つプライドを著しく傷つけることになる。

「それでは60秒の投票時間をスタートさせる」

坂上《さかがみ》の言葉と共に、カウントダウンが始まる。

時任を除く39人は制限時間内に投票を終えるも、まだカウントは止まらない。

坂上《さかがみ》は一度顔をあげ、時任《ときとう》へと視線をやった。
「事前に説明してあるが、60秒を過ぎた後はペナルティ時間が累積する」
俯《うつむ》き、タブレットに表示された賛成、反対の文字を交互に見つめる時任。
「くそ……くそが」
満を持してあげたはずの反撃の狼煙《のろし》。だが途中から自分1人だけになっていた。
全ては龍園《りゅうえん》の手の平の上で踊らされていただけのこと。
悔しさ、恥ずかしさ、情けなさ。
色々な負の感情が時任の心を包囲して放さない。
こんなところで龍園に屈してなるものか、というプライドが顔を覗《のぞ》かせる。
潔く散る。いや、あるいは意図的に賛成票に放り込み時間を稼ぐという手もある。
と反対の票に入れ続ければこの課題を失敗に終わらせることもできるかも知れない。
自らが退学せず、特別試験を失敗で終わらせ――――。
そんな考えが頭をよぎり、時任は首を左右に大きく振った。
龍園に対抗するためにそんなことをしても、得られるものなど何もない。
クラスメイトに多大なる迷惑をかけ、龍園以上に煙たがられるだけ。
そんなことを、時任は望んでいるわけじゃない。
「くそ――――が！」
大げさに腕を振り上げ、時任は投票ボタンをタッチする。

39人

「───全員の投票が終わった。それでは結果を発表する」

坂上は一呼吸置き、タブレットを操作するとモニターに結果を映し出した。

第14回投票結果　賛成0票　反対40票

「満場一致になったため課題の内容は否決とする。これで特別試験は終了だ」

退学者が出る可能性が濃厚と思われた龍園のクラスは、全員が残ることで確定した。

「時任、おまえ───」

石崎《いしざき》が振り返り、目を伏せた時任へと言葉をかける。

「……勘違いするなよ龍園、俺はおまえのやり方を認めたわけじゃねえ。俺たちのクラスがAクラスに上がれないやり方をしたと判断したら、俺は何度でもおまえを排除する」

「いつでもかかって来いよ。その時は容赦《ようしゃ》なく相手をしてやる」

「ふん……」

この場に残り続けるのが複雑だった時任は、足早に教室を出た。

それを見届けた後、葛城《かつらぎ》が龍園の横まで歩いてくる。

「余計なことをしたな葛城。俺は退学者を歓迎だったんだぜ？」

「半分はそうだろうな。だが残りの半分はそうでない可能性も模索していたのだろう？」

「抜かせ、俺がそんな甘く見えるのか？」

「甘いかどうかは分からんが、もし完全に票をコントロールすることが目的だったのなら、余計なことをせず忠義を尽くす生徒を仲間に入れておくことが重要だ。しかしおまえは2回目の投票の後、適当な生徒たちへ耳打ちをしつつ、本命の椎名《しいな》に指示を出した。特定の生徒だけに耳打ちをすれば、何か戦略を練っていると思われるからな。そして椎名を通じ、議論を繰り返す中で偽の賛成票を入れる仲間を集めていった。そしてその仲間に俺が含まれていた。その理由は俺ならば時任《ときとう》を守ると見越してのことだったのだろう？」

「おまえが時任を守る？　どこから出てきた情報だそれは」

「椎名は俺と時任でおまえのことについて話し合っていることを耳にしていた。報告を受けて知っていても不思議じゃない」

「俺は偽の賛成票に惑わされて賛成に入れるヤツを探し厳選してただけだ。もちろんそいつを退学にさせてクラスポイントを手にするためにな。惜しいことをしたぜ」

龍園《りゅうえん》が遅れて教室から立ち去った後、葛城《かつらぎ》は自分たちを見ていた視線へと向く。

優しく微笑《ほほえ》む椎名の様子を見て素直に感心する。

「俺を引き込んだのは椎名の独断だった可能性もあるわけか……」

だがどちらにせよ、龍園が時任を助けるための糸を用意し、そしてチャンスを与えた事実に変わりはない。退学者が出なかったことに安堵《あんど》する生徒たちを見て葛城は確信する。

このクラスこそが、坂柳《さかやなぎ》を破りAクラスになるポテンシャルを秘めていると。

そしてこのクラスと共にその道を目指したいと願う自分の気持ちを。

○坂柳有栖《ありす》の選択

特別試験が開始してから1時間と少し。坂柳率いるAクラスは、何度か投票と休憩を挟みながらも順調に課題を進めていた。そして辿《たど》り着《つ》く最終課題。

課題⑤・クラスメイトが1人退学になる代わりに、クラスポイント100を得る
（賛成が満場一致になった場合、退学になる生徒の投票を行う）

退学というキーワードに驚かされつつも、1回目の投票をルール通り無言で行う。
予期せぬ事故を避けるため、堀北《ほりきた》と同じく坂柳は予《あらかじ》め自身に近いメンバー4人に必ず票がバラけるように指示を出していた。
選択肢は2つのため、賛成2票と反対2票が確定している中行われた投票結果は……。

第1回投票結果　賛成2票　反対36票

という結果に終わる。
コントロールされた賛成票2票を除き、全生徒が反対を表明した結果が反映された。

「ま、こうなるよな。それでどうするよお姫さん。次の投票は全員反対でいいのか？」

選択肢1に入れる役目を担っていた、つまり賛成を投じたであろう橋本《はしもと》がインターバルに入った直後に確認を入れる。

「あなたはどう思いますか？　橋本くん」

質問に対し、答えを求められると思っていなかった橋本は少し驚きつつも、改めてこの課題を頭の中で読み上げる。

「ノンストップで結論を出すなら、反対だ。ただ冷静に考えた時、クラスポイント100ってのは意外とバカにならない気もしてる」

「つまりクラスメイトを退学にさせてでも100ポイントを取りに行くべきだと？」

「いや……そこまでは言わないさ。ただ、軽視していいか疑問ってことかな」

「これが競争も終盤の学校生活であったなら、やむを得ずクラスメイトを切る方針を私も打ち出したでしょう。しかし、今このクラスは独走状態にあります。ここでクラスポイント100を拾うために1名を退学させる選択を選ぶのはむしろナンセンスと言えます」

「もちろんだ。ただ、この先その100ポイントに泣かされるのはごめんだぜ？」

「人数が減ることも同時にデメリットです。単純に考えても毎月得られるプライベートポイントの総量は減少しますし、クラスの士気低下や不信感も芽生えてしまう。面白い手として、あえて退学者を出し2000万プライベートポイントをかき集めて救済。犠牲《ぎせい》者を出さずクラスポイントを得るという方法もありますが、直近に控えている体育祭や文化祭にも資産は影響を及ぼしますからね。１００ポイントの差がつくと言っても、見えない要素を加味すればこの課題、どう転んでも損得の差はそれほどないと考えます。それともこのクラスの中に自ら志願して退学して下さる方がいますか？」

そう言い、坂柳《さかやなぎ》はクラスを一度見まわす。当然、坂柳が言うように独走状態にあるＡクラスにあって、自ら退学してもいいと申し出るような生徒がいるはずもない。

「三《み》つ巴《どもえ》の他クラスは悩みに悩むことでしょう。そして、難しい選択をして退学者を選定したところで、クラスが必ずしも上昇するとは限らない。仲間を失うということは、そう単純なことではないんですよ」

その一言でＡクラスの方針は固まる。

仮にＡクラスが退学者を出す選択をすれば、呆気《あつけ》なく満場一致でそうなっていた。

そして十中八九、坂柳に選ばれた生徒が退学することになる。

「いなくなった葛城《かつらぎ》くんや戸塚《とつか》くんと、あなたたちクラスメイトは違います。私のために動いてくださっている仲間を切り捨てるような真似《まね》は致しません」

それは坂柳の嘘《うそ》だった。

万が一にもＡクラスが窮地《きゆうち》に追いやられるようなことがあれば、坂柳は迷いなく退学者を出す選択をする。しかし危機迫る状況ではない中で下手に退学者を選べば、不信感が生まれる。今その状況に陥る方が、失うものが大きいと判断しただけのこと。

第２回投票結果　賛成０票　反対38票

龍園《りゅうえん》のクラス、一之瀬《いちのせ》のクラスが悩みに悩みぬいて辿《たど》り着《つ》いた反対票による満場一致。
それを最初のインターバル、それも半分以上もの時間を残してクラスメイトの投票先を確実なものとする。

「以上をもって、満場一致特別試験全ての課題を終了とする。特別試験をクリアした時間はこのクラスが最速だ。他クラスはまだ特別試験の途中のため、先生の指示に従い退室するように。残りの時間は予定通り寮での自習となる」

寮から外に出ることは許されないものの、実質空いた時間は自由時間になった。

○堀北鈴音《ほりきたすずね》の選択

「では投票結果を発表する」

第10回投票結果　賛成1票　反対38票

もはや見飽きた光景が、ただただ繰り返される。

名乗り出るように訴えても変わらない。議論を重ねても変わらない。

賛成票は増えもしないが減りもしない。

本当は公正な投票など行われておらず、ずっと同じ画面が繰り返し表示されているだけなのではないかと疑心暗鬼を生ずるような結果だ。

「満場一致にならなかったため、これよりインターバルを開始する」

定型の文言を告げる茶柱《ちゃばしら》にも疲労の色が見て取れるようになっていた。

過去を語った今、彼女に出来ることは教師としてこの課題の行く末を見守ることだけ。

「どうしてなんだ……。賛成に入れてるヤツなんて本当にいるのか？」

そう言って啓誠《けいせい》が疑問を口にしたくなるのも、無理ないことだ。

ここまでくると話を続けようにも、既にあらゆる形で議論は出尽くしている。

一体どれだけの回数、堀北《ほりきた》や洋介《ようすけ》が説得を試みたか。

「反対に入れた、という人……どうか、挙手をしてもらえないかな」

賛成者に呼びかけても無駄ならと、洋介が反対の生徒に手を挙げるよう要望する。

意味の無い逆パターンの提案をしてでも突破口を探そうと懸命な姿勢を崩さない。

ずらりと上に伸びた、左右どちらかの手。もちろんオレも手を挙げる。

洋介を含め38人が迷いなく反対に投じたことがこうしてみれば分かる。

唯一、手を挙げなかったのは高円寺《こうえんじ》だが……。

「手は挙げないが、私は反対に投じているので心配は無用だよ」

不安の目を向ける洋介に対して、高円寺はそう答えた。

「信じていいのかよ高円寺。実はやっぱりおまえが賛成に入れてるんじゃ……」

「もう何度目だい？　その議論は。君も飽きないねぇ」

須藤《すどう》としても、高円寺を突っつく以外に道がない。このクラスの中に嘘《うそ》を吐《つ》き続けている人間がいるという信じがたい状況が続けば無理もない。

堂々と反対に投じていると言い手を挙げ、それでも賛成に入れている生徒がいる。

「今挙手をした人達の中に、嘘を吐いている人がいるとは思いたくない。けれど、今から私がもう一度、今度は一人一人の目を見て直接問いかけていくわ。もし賛成に投じている人がいたら、素直に教え……いいえ、次の投票で反対に投票してほしい」

足掻《あが》き続ける10分間。手間と労力を惜しまず1人ずつと向き合う堀北。

他の生徒たちと同じく疲れているだろうが、そうも言っていられないからな。波瑠加《はるか》も、愛里《あいり》も、啓誠《けいせい》も明人《あきと》も。池《いけ》も須藤も、みーちゃんも松下《まつした》も。櫛田《くしだ》も小野寺《おのでら》も沖谷《おきや》も森《もり》も、誰も彼も堀北の目を真《ま》っ直《す》ぐに見つめて答える。

俺（私）は反対に投票している、と。

やがて教室入り口の最後尾の、最後のオレまで辿《たど》り着《つ》いた堀北。

その目は焦りと不安とが入り混じりつつも、まだ熱を帯びていた。

「あなたはどうなの、綾小路《あやのこうじ》くん」

「もちろん反対に投票してる」

「……そう」

これで、改めて一人一人への尋問に近い聞き取りを終えたことになる。

クラスメイト全員が反対に投じているという申告に変化はない。

後は心の中に残っている良心の呵責《かしやく》に訴え、反対票に入れてもらうしかないが……。

「間もなく10分だ。席に戻れ堀北、投票を始める」

あの手この手を尽くし、またやって来る投票の時間。その答え。

第11回投票結果　賛成1票　反対38票

結果は何も変わらない。これ以上付け加える言葉もないだろう。

同じ、同じ、同じ、同じ結果だけが表示される。

「あぁもう！　頭がおかしくなりそうだぜ！　わけわかんねーー！」

乱雑に頭を掻《か》きむしって、須藤《すどう》が肘《ひじ》を強く机に叩《たた》きつける。

「ね、ねえでも、本当にどうするの？　残り時間も随分《ずいぶん》減ってきたよね？」

これまで、粘り続ける賛成者もいつかは折れると踏んでいた生徒たち。

時間切れなど選ぶはずが無いと、それは堀北《ほりきた》も含め思っていたはずだ。

絶対、ほぼ、きっと、恐らく、多分、賛成票は時間切れを恐れて反対に投票する。

そしてギリギリながらも反対で満場一致になって特別試験をクリア。

次の体育祭や文化祭に向けて動き出す、そんな絵を描いていたに違いない。

だが――――

賛成の票は動かない。

あと10分、30分、1時間待っても、その答えは変わらないだろう。

待っているのは『時間切れ』という最悪のルートだけ。

次の投票まであと9分。もはやこの9分はただの9分じゃない。

ここを過ぎればデッドラインとなる2時間を切ることになる。

これまでの3時間、堀北はよくこの最後の課題に対し向き合い戦い続けた。

堀北の戦略が甘かったわけじゃない。仮にオレが全力で反対に向け満場一致を狙っていたとしてもそれは『不可能』だっただろう。

それは何故《なぜ》か？　その根本的理由は何か？

説得の類、交渉の類《たぐい》、ありとあらゆる行動が意味を成さないからだ。

ただ反対票による満場一致になることだけを避ける戦いを、この賛成者はしている。

何よりも恐ろしいのは、この賛成票の人物は時間切れになることを最大のマイナスだとは捉《とら》えていないことだ。

通常、それはこの特別試験においてあり得ないこと。

この課題を客観的に見た時、３つの選択による優先度は固定化して決まっている。

反対≧賛成＞時間切れ

これは、４クラス、全生徒に共通している絶対的な不等号だ。

この優先度が固まっているからこそ、特別試験が成り立っている、言わば大前提の話。

しかし────唯一、ただ１人だけ不等号の異なる生徒がいるとどうなるか。

賛成＞時間切れ＞反対

このような歪《いびつ》な優劣をつけられてしまうと、この課題は成立しなくなる。

だからこそ、学校側は徹底した監視とルールの中で他クラスからの介入を阻止しているのだ。坂柳《さかやなぎ》や龍園《りゅうえん》といった人物と、時間切れにさせたなら自分たちのクラスに招き入れる、あるいは大量のプライベートポイントを譲渡する、そんな契約を結ばせないために。

それが成立していない生徒が混じってしまうことで、特別試験は混沌《こんとん》と化した。

意固地になり続けても、待っているのは時間切れだけ。

ならどうすべきか。

残された2時間でオレがすべきことはただ1つだけ。

賛成による満場一致

それが最適解。これを成立させる以外に道を切り開く術《すべ》はない。

もう堀北《ほりきた》の頭の中にもあるだろう。

しかし踏み込み切れないでいる。

クラスメイトを切り捨てるとなれば、簡単にはいかない。

1人を選び退学させるのは、反対による満場一致以上に至難の道のりだ。

一歩踏み出してしまえば後戻りも出来ない。

やっぱり退学者は出せないので反対に戻します、ということは許されないからだ。

なのにオレは、投票時間になっても計画を実行することを躊躇《ためら》っていた。

何故《なぜ》だ。理想のルートは外れ、既に計画遂行《すいこう》のために必須な所要時間も迫っている。

余計な時間を使えば賛成による満場一致、その後の退学者の選定にも支障をきたす。

だがそれでも、貴重な時間を削ってでもあと1度だけ反対による満場一致を試したい。

抱いたことのない不合理な感情がオレの脳裏に浮かび上がって来る。

あんたならこんな時どんな決断を下しただろうな。心の中で堀北学《まなぶ》に問う。

答えなど返ってくるはずもないが、オレはプランに修正を加えることにした。戦略の出口を変更させることなくラストチャンスに賭ける。

「では結果を……」

集計を終えた茶柱《ちゃばしら》が一瞬、言葉を詰まらせる。

「……結果を発表する」

第12回投票結果　賛成2票　反対37票

「う、嘘《うそ》だろ？　なんで!?　賛成が増えやがった!?」

ここまで一貫していた反対38人から、長い時を経て1人が賛成へと回った。

団結していた反対派に亀裂を入れるのに、十分なインパクトを与えただろう。

「悪い夢を見ているようね……」

この1票を投じたのは他でもないオレ自身だ。

たった1票が動いた。というわけじゃない。高円寺《こうえんじ》を除き固い団結を持っていた37人の中の誰かが賛成に動いたという強烈な1票となる。

もはやそんな考えを毛ほども考えていない堀北《ほりきた》は、再び思考モードに入る。

賛成票を0に持っていくことが出来ないのならどうするべきなのか。

時間切れを避けるために流れてしまった1票だと、堀北はすぐに理解する。

この最後の課題がどちらで満場一致になるとしても、それ以上の最悪の選択肢。

それが時間切れだ。退学者を出さずとも、クラスポイントはマイナス300。他クラスが全部クリアしていると仮定すればその差は350。更に、最後の課題を賛成の満場一致でクリアしたクラスが存在していれば、最大450ポイントの開きになる。

ここまでの大差がついてしまうと、残り1年以上学校生活があったとしても追い付ける保証はどこにもなくなる。いや、絶望的と言ってもいいだろう。

退学者は避けたがAクラスも諦《あきら》めることになった、では笑えない。

そして一度この考えが広まると、反対に投じ続ける意味に疑問が生じ始めることは避けられない。微動だにしない賛成票よりも、団結して動かすことの出来る可能性を持った反対票を動かす方が容易《たやす》いのではないかと考え始める。

次に誰が退学になるかという最大のハードルが待ち受けているにせよ、硬直した現状から半歩前に進むことが出来る。

「な、なあ。賛成に投じるしかないんじゃないか？」

「何言ってんのよ。そんなことしたら誰か退学にならなきゃいけなくなるのよ？」

「でもさ……時間切れになったら全員終わりだぜ？」

徐々に進行し始める、賛成票への浸食。

移動を始める筆頭候補は『自分は退学にならない』という自負のある生徒たち。

逆に反対に投じ続ける生徒は『自分が退学になるかも知れない』と考えている生徒たちという傾向にあると見ていいだろう。

内部で増え続ける賛成票。

されど、賛成に投じたと名乗り出る生徒は1人も出てこないだろう。

当然だ。賛成に回ったと知られれば退学の対象にされるかも知れない。

賛成が満場一致になって初めて、対等な状態で次の退学者選びに向かえる。

第13回投票結果　賛成5票　反対34票

3票が賛成に回る。

誰が賛成に入れたんだ、そんな声はまだ強く残るが、それもここまで。

第14回投票結果　賛成12票　反対27票

確実に増えていく賛成の流れは止まらず、どんどんと数を増やしていく。

そしてついに、賛成の票は初めて二桁となり3分の1近くに膨れ上がる。

次の投票では更に賛成票が増えていることだろう。

ここまでの到達《とうたつ》で、残された制限時間はいよいよ1時間半ほど。

「ま、待って欲しい。ここで賛成に傾いて本当にいいと思っているのなら間違いだ！」

危機的状況に我慢しきれず、洋介《ようすけ》が賛成に投じる生徒たちに待ったをかける。

「時間切れを避けなければならないのは分かる。でも、だからって賛成で満場一致にしてもそれで解決するわけじゃないんだよ？」

「そうよ……。この先、個人を対象にした39もの選択肢から満場一致にしなければならないの。それは反対で満場一致にすること以上に難しいわ。残り時間は1時間半しかないのよ。それを分かっているの？」

この課題を賛成で終わらせるには、退学者を決めなければならない。

「まだ間に合う。反対に投じるべきだと僕は思う」

「同意見よ。流されてはいけないわ」

感情を揺さぶられ続けるクラスメイト達。

賛成が正しいのか反対が正しいのか、もはや正常な判断は出来ていない頃だろう。

「何より賛成に入れるべきじゃないとあなたたちも分かっているはず。12人も賛成に投じているのに、誰一人として名乗り出ていない。そうでしょう？」

この先投票を繰り返して賛成が増えたとしても、大きく介入して強制力を働かせない限り理想的な満場一致にはならない。本来なら次の投票で満場一致にするべく動くつもりだったが、予備の時間を前倒しして今ここで使うことを決断する。

「――オレが意見させてもらってもいいか？」

「え……？」

堀北《ほりきた》の想定になかったのか、オレからの進言に少し面食らう。

「堀北、オレは今の14回目の投票で賛成に票を入れた」

これは嘘《うそ》だ。オレは12回目の投票の段階から、既に賛成に票を投じている。

だがそれを証明することは誰にも出来ない。

「綾小路《あやのこうじ》くんが、どうして……」

「どうしても何も、このまま反対に固執しても時間切れを迎える。となれば賛成に回る以外に方法はない。もう全員が分かっているはずだ」

賛成を増やしていくためには、この役目は誰かがやらなければならないこと。

隣の席から佐藤《さとう》が不安そうにオレの顔を見つめている。

いや佐藤だけじゃない。この状況を危惧する者なら誰でも同じだろう。

「根本的な解決にはならないわ。結局、誰を退学にするかで揉《も》めることになる」

「そうだな。だが硬直した状況から脱却できる。今の状況で賛成に投じ続けた人物を突き止めたとしてもその人物は反対に投じないとオレは見ている。つまり、結局反対による満場一致は望めない。だが今なら賛成による満場一致は可能だ。そして、唯一の離反者を裁判にかけ、38人で裁くことが出来る。強引だが満場一致に持っていけるということだ」

オレと堀北《ほりきた》には、共通の人物が1人浮かんでいる。

もちろん、その人物である保証などどこにもないが、言っている意味は分かるだろう。

「それは――」

「裁く？　ただ賛成に投じている生徒を裁く権利が僕たちにあるとでも？」

言葉尻を捕えて洋介《ようすけ》が反論してくる。

「ある。このまま満場一致に出来なければAクラスに上がれない。それが分かっていながら賛成に投票し続けている生徒に全く罪がないとは誰も思っていないだろう」

「で、でも、でもそれは……もっと時間切れが近づけば、きっと反対に――」

「もっと？　投票できる機会はもう数えるほどしかない。その薄い可能性にクラスメイト全員を巻き込むのか？　回数が減れば減るほど、賛成に逃げる道すら閉ざされる。それは満場一致の芽を完全に摘むということだ」

わざわざ口にしなくても、洋介もクラスメイトも分かっている。分かっていても多くの生徒が一歩を踏み出せていないのは賛成によって最大のハードルが出現するからだ。

「確かに賛成に投じるのに躊躇《ためら》う生徒も多いと思う。だからこそ、賛成に投じ続けている人物を特定し、その人物だけを退学の対象とする方向で調整したい。つまり今反対に投票している生徒の安全を保障するということだ」

誰よりオレの傍《そば》で話を聞いていた佐藤《さとう》が、小さく手を挙げる。

「それは嬉《うれ》しいけどさ……賛成に入れてる人が誰か分からないんじゃ意味ないよね。結局時間切れが近づいたら、もう手当たり次第に退学候補を出すしかなくなるし……怖いよ」

「退学者を絞りきれない時は改めて時間切れを選ぶ手段もある。今避けるべきなのは、クリア出来る可能性があるのにこの場に留《とど》まり続け、その手段を取らないことだ」

迷っている生徒を後押しするため、決断させるための材料を更に投下する。

「堀北も少し言っていたが、賛成に投票している人間にオレも心当たりがある」

「なら今ここで言えばいいじゃんかよ。けど堀北はずっと名前を言おうとしないんだ。それって本当は心当たりがないってことなんじゃ？　ハッタリって言うか、脅せば反対に投票すると思ってたんだよな？」

宮本《みやもと》の推理は当たってはいないが、確かにそう考えるのも無理はない。

「もし本当に目星がついてんだったらさ、全員で説得しようぜ」

「それが出来ないから、今こうしているんだ。その人物の名前を口にしたところで賛成の1票は絶対に動かない。むしろ意地になって最後まで貫き通す。それは避けたい」

これは賛成に導くための誘導でもあり、最後の最後オレからの慈悲《じひ》でもある。

ここまで言われたなら投票者が自分である、という自覚は確実に持っているからだ。

正体の露呈を恐れるのなら次の投票でたった1人反対に回るかも知れない。

「覚悟を決めろ堀北。相手は、おまえを取るつもりで仕掛けてきている。狩るか狩られるかの戦いをする以外に、道はない」

黙り込む堀北《ほりきた》を他所《よそ》に、オレはもう1人にも目を向ける。

「それから洋介《ようすけ》。クラスから退学者を出したくないおまえの気持ちはよく分かる。どうしても退学者を出したくなかったのなら、時間切れが近づく前に結果を出すしかなかったってことだ。わかるよな？」

この特別試験が始まる前日、口酸っぱくオレが洋介に忠告しておいたことだ。

懸命に足掻《あが》いていたことは傍《はた》から見ていてもよく分かった。

抵抗を続けたい気持ちは分からなくはない。

「でも僕は――」

「次の投票は運命の分かれ目になる」

「……僕は……」

苦しい決断だが、それでも洋介は以前とは違う。

無人島試験や去年のクラス内投票で立ち止まっていた時から成長している。

「そう、そうだね。それは……僕の思いだけでクラス全体を困らせるのは、ダメだ……」

頭《こうべ》を垂《た》れながらも、自分の意思で動くことを決意する。

「僕は賛成に投票するよ。そして綾小路《あやのこうじ》くんが言ったように、ずっと賛成に投票していた人を退学にする方向で調整するべきだと思う」

クラスの中枢である洋介の決断は、更に状況を大きく変化させただろう。

「あとは堀北、おまえだけだ。時間切れを避けるために覚悟を決める時が来たんだ」

次の投票開始まで残り時間が迫る。

「お願いよ。もう一度だけ、もう一度だけ反対で満場一致にする機会を設けて。もし次の投票で反対による満場一致が成らないのなら……私も覚悟を決めるわ」

もう次はない。その状況を作り出すことに成功した。

正真正銘、反対による満場一致をかけた最後の投票が始まる。

全員が時間をかけることなく、数秒で投票を完了させた。


しかし物事とは、時として理想と現実で大きく乖離《かいり》するものである。

第15回投票結果　賛成1票　反対38票

「くそ！　やっぱりダメだ！」

賛成に流れ始めていた票を強引に、あえてもう一度反対に寄せる危険なやり方。

制限時間が迫る中、満場一致にする最後のその戦略すら不発に終わった。

しかしこれで全員が理解しただろう。

この賛成を投じ続ける生徒は、時間切れを覚悟している、ということを。

「堀北、洋介。いいな？」

両名に対して決意の確認を取り、その承諾をハッキリと取ることに成功する。

何はともあれ退学者を出すための戦いに必要な下準備は整った。

堀北《ほりきた》、洋介《ようすけ》と主要な2人の意向がハッキリしたことで、多数の票は賛成に流れるだろう。

それでも自分が退学になるかも知れないと不安な生徒は賛成に投じることを躊躇《ためら》うことは容易に想像がつく。

だからこそ反対に投じる覚悟を持つ者にも、それなりの覚悟を持ってもらう。

「もし次の投票で反対に票が残るようなら、その理由をはっきりと述べてもらう必要がある。1回の投票による10分間の消費がどれだけ痛いことかはもうわかってるはずだ」

残り時間に余裕があれば、まだ不満を垂《た》れる生徒がいても不思議はない。

だが、もう少しで残り1時間という時間が見えたことで退路は完全に断たれた。

決断力を持たない生徒たちに、半ば強引に決断力を持たせる荒業だ。

「こうなった以上……誰が退学をするのか選ぶ他ないわ」

「マジでやんのかよ」

「私だってクラスメイトを失いたくはない。けれどここで誰かを退学にしなければ、クラスが受けるのは膨大なダメージ。それだけは絶対に避けなければならないの」

ここまでのクラスポイント推移を見れば、ここで300近いクラスポイントを失うことの痛さがよく身に染みているだろう。

インターバルは10分間強制的に取らされる。

反対への投票に逃げたい衝動を、自分の意思で抑えなければならない。

第16回投票結果　賛成39票　反対0票

これで満場一致だ。その結果と共に全員の恐怖、不安が気配となり伝わって来る。

「賛成で満場一致、か……」

茶柱《ちゃばしら》は、全てを覚悟していたかのように呟《つぶや》き、進行を続ける。

この選択をした時点で、残された道は退学者を出すか時間切れのどちらかだけ。

もちろん後者は、このクラスの卒業までの敗戦を意味すると言ってもいい。

つまり39人の中から、1時間ほどで退学者が出ているということだ。

無論、オレの中で退学になるべき人間は決まっている。

「個人の特定は、1度だけ認められた立候補かタブレットに表示される生徒の名前を選び推薦《すいせん》票を投じることで行う。ただし立候補が不在、かつインターバル終了時に推薦が過半数を超えていない場合は事前の説明通りランダムによる選出で投票を行う」

いよいよ始まった退学者を決める展開に当然オレと堀北を見る生徒の数は多い。

早く名前を聞かせろ、そんな圧が次々とのしかかって来る。

ここまでとは比較にならないほど、重要かつ貴重なインターバル。

同じ10分間でも、誰を推薦するのかを選ぶことが追加で求められる。

「賛成による満場一致は決まった……せめて、この1回のインターバルで自分から告白してくれるのを待つ方針を取らせてあげたい。事情や場合によっては、時間切れを選択してその生徒を助けることも出来るわ」

もちろん、そんな提案をしたところで批判を抑えつけることは出来ないだろう。

クラスポイントを失う、そんな選択を容認するわけがないからだ。

しかし堀北《ほりきた》はそこから沈黙を続け、不満を聞き流し耐える行動を取り始めた。

オレとしてもタイミングを見計らう必要があるため、その案に合わせ沈黙する。

こちらに向けられる不満や、各自の牽制《けんせい》など、暗く厳しい時間が過ぎ去っていく。

特定の退学者を選びきることなど当然出来ず、インターバルの時間が近づく。

モニターに表示された自分の名前を見れば心臓を鷲掴《わしづか》みにされた気分になるだろう。特に1回目の投票となれば、勢いによる満場一致も否定しきれない。

「先生、立候補しても構わないんでしたね？」

「もちろんだ」

「では僕に対する投票をお願いします」

そう言い、洋介《ようすけ》は残り時間寸前のところで特定生徒として名乗りを挙げた。

『平田《ひら た》洋介』を退学にさせる

賛成　反対

この投票は先程までの投票とは重みがまるで違う。

賛成に投じる生徒がいるのなら、洋介に消えても構わない、消えて欲しいと思っていることを直接伝えることに他ならないからだ。

第17回投票結果　賛成６票　反対32票

生徒の息を飲む音も、吐く音も聞こえて来るような静寂。

反対多数で安堵《あんど》する気持ちと、そして賛成を入れた見えない６人の存在に、普通はここから先しばらくの間悩まされ続けることだろう。ただ洋介に限って言えば、最初の厳しい山を自分の立候補により越えられたことのほうに強く安堵しているかも知れない。

「どうすんだよ……ホントにこっから、誰か１人退学させられるのかよ……」

「もう時間もない、２人とも聞かせてくれ。ずっと賛成に投票してた生徒は誰なんだ？」

待ちきれないとばかりに、啓誠《けいせい》が答えを求めて声をあげる。

「もちろんオレが目星をつけてる生徒の名前は答える。だが、事はそう単純じゃないとも思っているんだ」

「単純じゃない？　もう俺たちには選択の余地はない。誰かを退学にすると決めてしまった以上、１秒でも早く正体を突き止めなきゃならないからな」

賛成を選んだことを後悔し、不安に思っている生徒はまだまだ多い。

さっきの10分を無駄にしたことも精神的にきつく感じていることだろう。

だからこそ賛成を選んだことが間違いではないと思うための材料を欲している。

「次の投票、このまま時間が過ぎたら誰かがランダムで選ばれるんだよな……？」

須藤《すどう》が落ち着かないのも無理はない。あの洋介《ようすけ》でさえ賛成が６票も入ったからな。

「心配すんなって健《けん》。俺が反対票入れるからさ……だ、だから絶対俺も守ってくれよ？」

「当たり前だろ寛治《かんじ》。そ、そうだ。守り合えば絶対に大丈夫なんだよな……な？」

「っ……う……っ……」

冷静さを欠いていくクラスメイトたち。その中から微《かす》かな泣き声が漏《も》れ聞こえた。

口元を押さえ、そして目元を隠すようにしているが、声の正体は明らかだ。

「桔梗《ききょう》ちゃん……だ、大丈夫？」

慌てて駆け寄ったみーちゃんが、櫛田《くしだ》の背中に手を当てる。

「ん、ごめん……。どうしてこんなことになっちゃったんだろ、って……そんなこと考えだしたら後悔が止まらなくなっちゃって……」

「それは私だってそうだよ。でも誰かが退学しなきゃ……しなきゃ……」

そんな実感など、ほとんどの生徒が持っていない。

どこか非現実的なことをさせられている。

「私、自分の選択を今すごく後悔してる……。何があっても最後まで反対に投票し続けるべきだったんだって……」

「それは俺たちだってそうさ。けど、仕方ないだろ。時間切れになったらクラスポイントはマイナス300なんだ」

賛成に投じたことを正当化するため、これは必然だと啓誠《けいせい》は言う。

「だとしても……言われるがまま賛成に投票しちゃった後悔は消えないよ……！」

賛成による満場一致、それに一役買ってしまったことを悔《く》やんでいると告白する。

言葉にはせず、同じ気持ちだった生徒たちにも、その色がより強く現れ始めた。

「自分を責めることないって櫛田ちゃん。だって、全員同じだって……なあ？」

須藤や池《いけ》もそんな櫛田を慰《なぐさ》める。

「悔しい……悔しいよ私……」

頬《ほお》を伝う涙。それを拭いながら、櫛田は震える身体《からだ》を押さえつけ顔をあげる。

「私たちには、本当は反対で満場一致にするチャンスがあったんじゃないかな？　粘り強く説得を続ければ、賛成に投じていた人も最後には分かってくれたと思うの……」

「それは――けど時間が……」

「確かに堀北《ほりきた》さんや綾小路《あやのこうじ》くんの言ってたこともよく分かるよ。時間切れだけは避けなきゃダメだよね。うん、それは分かる……。だけど、たとえペナルティを受けることになったとしても、誰一人欠けることのないクラスであるべきだったんじゃないかな？」

これまで溜《た》め込《こ》んできた想《おも》いを吐きだしていく櫛田。

「いや、でも、やっぱり賛成に入れてたヤツが悪いって。絶対に」

「誰も退学になっていい人なんていない。学力の優劣だとか、運動神経の優劣だとか、そんなことは些細《ささい》なことだよ。それだけで退学していい人を決められるはずがない」

この状況に至る原因となった賛成者まで、櫛田《くしだ》は庇《かば》いたいと本音を漏《も》らす。

「で、でもさ。だったらどうやって退学者を決めるんだ？」

「ならいっそ……く、くじ引きとか？」

「ダメだよ。そんなので退学者なんて出したら……きっと全員は納得しないよ」

またも溢《あふ》れて来る涙を指先で拭いながら、こうも続ける。

「私、批判を受ける覚悟で言うね」

胸元に手を当て、櫛田はクラスメイトに訴えかける。

「私は——この特別試験のリーダーだった堀北《ほりきた》さん……もしくは賛成に投票するように促した綾小路《あやのこうじ》くんが、その責任を取るべきだと思う」

やはりそうなるか。櫛田から放たれる最初の一手。

櫛田にしてみれば、ここで池《いけ》や須藤《すどう》のような生徒が退学しても何の旨味もない。紛《まぎ》れもなく賛成に投じ続けた匿名《とくめい》の人物の強烈な願望が言葉となる。

「2人の名前を出すのに、私は自分自身が大嫌いになりそうなほど嫌悪感を感じてる。だけど時間切れにだけはさせられない。誰かがこの重しを背負わないといけない……。だから、恨まれる役を私が……っ……」

誰も退学にさせたくない。

それでも誰かが退学にならなければならない以上、選定は避けて通れない。

リストラされる者と同じく、リストラを宣告する者も同じくらい苦しみを背負う。

櫛田はその役目を、自ら買って出たということだ。

名指しをするには相当な覚悟と理由が合わせて必要になる。

適切な言い回しを以《も》って、自らが匿名の賛成者だったことを感じさせず目的であったオレたちの名前をクラスメイトへと認識させた。

思ったよりもずっと櫛田は賢い。通常櫛田の立場なら最後まで沈黙を貫き通しても退学になることはない。信頼が厚く友人も多いため反対に投票してくれる生徒は幾《いく》らでもいるからだ。しかし櫛田が匿名の賛成者であることは堀北、オレに目星を付けられている。万が一どちらかが拳《こぶし》を振り上げ、櫛田の風評被害を飛ばしたとすれば予期せぬ事態にもなり兼ねない。それなら自分が致命傷にならない程度の傷を負い、防衛策とするのが効果的だ。

先手でオレと堀北の名前を出したことで、もし櫛田を貶《おとし》める発言をしても、リストラを宣告した逆恨みによるものだと誘導することが出来る。

「ふざけないでよ！」

その櫛田の発案に真っ先に反論したのは、堀北でもオレでもなく恵《けい》だった。

「なんで清隆《きよたか》が退学にならなきゃいけないわけ？　時間切れになりそうになったから、同じように嫌な思いをして賛成に入れようって言ってくれただけじゃん。それのどこに責任があるって言うの？」

「……うん。そうだね。軽井沢《かるいざわ》さんの言いたいことはよく分かるよ。今名前を挙げたのだって、正直間違ってると思ってる。……だけど、そうしないと前に進めないよ」

「あたしは清隆《きよたか》の退学に投票なんてしない。その時点で、絶対に退学の対象にはならないってことはわかってるよね？」

「待てよ軽井沢。それはちょっと身勝手だろ」

「はあ？　本堂《ほんどう》くんだって今、こそこそ鬼塚《おにづか》くんと反対票を入れる約束してたでしょ？同じようなことじゃない」

「う、け、けど俺は賛成で満場一致にしようなんて言ってないし……」

「ちょー身勝手じゃん。自分で意思表明しなきゃ退学にならずに済むわけ？　時間切れでAクラスに行けなくなる？　だからなに？　あたしにとっては清隆が全てなの。Bクラスだろうと Dクラスだろうと、そんなこと知ったことじゃない」

怒りを容赦《ようしゃ》なくぶちまける恵《けい》だが、そろそろ止めなければならない。

「やめるんだ恵。櫛田《くしだ》の言ってることの方が正論で正しい」

「で、でも！」

不満そうに、苛立《いらだ》ちを隠すことなく櫛田を睨《にら》みつける恵をここで止める。

「ここで感情に任せて反論を続ければ、櫛田の言った一番責任を負うべき存在がブレて、オレや堀北《ほりきた》からその対象が移ることになる。それくらいは分かるだろ」

「……うん……」

冷静さを失っていれば更に食って掛かっただろうが、そうはならない。

オレが強く命令さえすれば、抑え込めるだけの理性は持っている。

結果的に、クラスメイトが腹の内で抱えていることを代弁させられたのも悪くない。

「俺も言わせてもらうけどよ、鈴音《すずね》の退学に賛成なんてしないぜ。確かに理想的な満場一致には出来てねぇかも知れないけど、それは鈴音のせいじゃねえし。匿名《とくめい》に胡坐《あぐら》かいて名乗り出ない賛成野郎が悪ぃ。つか、この先鈴音抜きでAクラスに上がれると思ってんのか？　頼りになるってことで納得してプロテクトポイントだって渡しただろ。なあ幸村《ゆきむら》」

「……確かに堀北にプロテクトポイントを付けるべきだと判断した。だが、結局この特別試験を失敗したらその行動そのものに意味がなくなる。３５０ポイントを失っても同じことじゃないのか？」

啓誠《けいせい》が、メガネを押さえながら答える。

「んなの鈴音がいれば巻き返せるだろうが！」

「それほどこの学校は甘くない。無人島試験で高円寺《こうえんじ》が獲得した３００ポイントは奇跡みたいなものだ。それを除いたとき、俺たちが今のクラスポイントに到達《とうたつ》するまでどれだけの時間がかかった？　とてもじゃないが、現実的な話じゃないだろ。堀北が抜ける穴は大きいが、それでも３５０ポイントを失うほどじゃない」

堀北と共に３５０ポイントのハンデを埋めるか、堀北抜きで対等な戦いをしていくか。

単純な価値として表すことは難しいが、啓誠《けいせい》の言っていることは概《おおむ》ね正しい。

「私はきよぽんと堀北《ほりきた》さんの退学に今は賛成は出来ない。個人的な付き合いとかじゃなくて、まずは2人の話を聞くべきだって思うから。だって一番悪いのは須藤《すどう》くんも言ったように賛成に投票し続けた人でしょ？」

珍しく話に割って入った波瑠加《はるか》の言葉に櫛田《くしだ》もハッとしたように顔をあげる。

仲間だから庇《かば》うのではなく、まだ早計だという形での説明だった。

「……そう、だね。私も、ちょっと冷静さ、無くしちゃってたかも知れない……。でも綾《あや》小路《のこうじ》くんが賛成に入れた人の名前を間違っていたら……ううん、間違いじゃなくても名前を言っちゃったら、きっと関係は全部壊れちゃうよね……」

間違っても私の名前を言うんじゃない。そういう圧を感じずにはいられない。

ともかくここで、再びオレにバトンが回って来る。

「話の途中だがそこまでにしてもらおう。間もなく10分だ、誰を退学の投票対象にするかを決めてもらう必要がある。それが出来なければランダムによる投票になるぞ」

「……いいわ。もう投票まで時間はない。やるしかないわね。私にして下さい」

「お、おい鈴音《すずね》!?　どういうつもりだよ！」

「どうせ1回投票を挟むのなら、確認しておきたいのよ。私に退学してほしいと思っている生徒が何人いるのかを確かめたいから」

自らを試すように、堀北は挙手して投票の対象になることを進言する。

　ここで賛成が満場一致になれば退学。逆に反対が満場一致になれば退学免除。そしてどちらも満場一致にならなければ堀北も含めまた投票先の選考からやり直しだ。

「では堀北鈴音を対象とした、60秒の投票を開始する」

　堀北を対象とした退学の賛否を問う投票が始まる。

　果たしてどれだけの生徒が堀北の退学に対して賛成を押すのか……。30秒ほどで全ての投票が終わったようで、茶柱《ちゃばしら》がモニターに結果を表示する。

　第18回投票結果　賛成16票　反対22票

　これを面白い結果だと思ってしまうのはオレだけだろうか。

　堀北にとって明確に反対票を投じそうなのは、客観的にみると須藤だけ。

　それと唯一の味方とも言える堀北を手放したくない高円寺《こうえんじ》が次点だろうか。

　裏を返せばそれ以外の生徒は、純粋に堀北がいなくなることに賛成か反対かを問われた投票だった。見えない16人にとって、堀北の存在はそれほど重要ではないということ。

　あるいは自分が退学しないで済むなら誰でもいい、という層も存在するだろうか。

「バッカじゃねえのかおまえら！　賛成に投じたヤツ、手を挙げろぶっ殺してやる！」

　多くとも数票の賛成しか入らないと踏んでいたのか須藤が苛立《いらだ》ち立ち上がる。

「やめなさい須藤くん」

「やめられるかよ！」

「あなたが騒いでも時間を浪費するだけよ。もっと建設的に話をしましょう」

「堀北《ほりきた》さんの言う通りだよ須藤《すどう》くん。この特別試験は満場一致が鉄則。たとえ賛成が37票になっても君が反対し続ける限り堀北さんが退学することはないんだから」

怒りをまき散らす必要はどこにもないと洋介《ようすけ》が説得する。

まさに今言ったように、不満があっても誰か1人が味方でい続けるだけでいい。

それだけで絶対に退学を防ぐことが出来るのもまた、この試験の特徴だ。

たった1票。揺るがない守りの反対票があれば、退学の運命は避けられる。

裏を返せばその最後の1票を失った時、退学を防ぐ手立てはなくなる。

「もう本当に時間がない。そろそろ賛成に入れたと考えてる生徒の名前を教えてくれ」

「分かってる。ただ答える前に提案をさせてもらいたい」

「提案？」

「ああ。今から名前を言うが、これは単なる発言じゃ済まされないと思ってる。もし間違った人物を言ってしまえば風評被害なんて言葉じゃ終わらないからな」

「それは……確かにそうだな」

「だからこそ適当な発言じゃない裏返しとして、もし間違った人物を言ってしまったことが判明した場合、その時は責任を取ってオレが退学する」

「ちょ、清隆《きよたか》!?」

責任を取る。その言葉を聞き、クラスが騒然とする。

「ほ、本当に大丈夫なの？　綾小路《あやのこうじ》くん……。私クラスメイトの誰にも退学なんてしてほしくない……綾小路くんだってその１人であることに変わりはないんだよ……？」

「心配してくれてありがとう櫛田《くしだ》。だが大丈夫だ」

「退学するって言うけど、軽井沢《かるいざわ》さんは綾小路くんの投票に反対するんだよね？　それだと意味が――」

「そうはさせない。責任を取るということはそういった反対票を止めることでもある。もしその時が来たら恵《けい》には賛成に投票させる。いいな？」

「……わ、分かったけど、絶対にそんなことにはならないって信じてる」

「オレは櫛田に言われて、確かに一定の納得をした。賛成に誘導する形を取ったオレがこの特別試験において責任の一端を負うべきだという話のことだ。ただ、頑《かたく》なに賛成に投じ続けた匿名《とくめい》の１人。この人物こそがその責任を取るべきという意見に変わりはない」

「そうよそうよ、匿名をいいことに誰かが退学して、こっそり良い思いをしようとした生徒がこのクラスの中にいるってことでしょ？」

ここでオレを擁護《ようご》するように恵が加勢する。

「わ、私もそう思います……！　その人が、責任を取るべき……だって」

「うん、そういうことよね。悪いのは賛成に投じた生徒」

愛里《あいり》と波瑠加《はるか》、更に続くように明人《あきと》もこの流れに乗って援護をする。

「覚悟……決めたんだね？」

最後の忠告、櫛田《くしだ》からの不安な瞳がオレを見つめる。

「名指しをする以上、それ相応の覚悟と対価は必要だ。何より、限りなく100％に近いと確信しているからこそ、自分の退学を賭けて発言することが出来る」

「わ、分かった。それなら綾小路《あやのこうじ》くんを信じるね」

信じる、そんな言葉と共に櫛田からの強い瞳がオレに向けられ続ける。

告知のタイミングを引っ張ったことで、生徒たちの関心はいっそう高まっている。

実際に賛成に投じていた1人を除けば残りの生徒たちに本来、不安は少ない。

だからこそ耳を傾け、賛成を投票できる相手の名前を待ちわびている。

叩《たた》くための正当な理由を欲し、喉をカラカラにして罵声を浴びせる時を待っている。

「その人物の名前は――」

オレがこれから退学にすべき人物、退学にすると決めている人物。

それをここで全てつまびらかにする。


「――櫛田。おまえだ」


訪れる無音。耳鳴りすらも届かない、完全に音が消えた世界。

分かっているさ堀北《ほりきた》。おまえが賛成で行くしかないと結論を出しながら、それでも踏み込み切れない理由は痛いほど理解している。

しかし櫛田は一歩も引かなかった。この課題で堀北かオレを退学させるためになりふり構わず賛成に投じ続けてしまった。それが悪手だと気づいているのかいないのかは、もはや些細《ささい》なことだろう。

オレは櫛田の更生は無理だと判断したが、おまえは最後まで向き合いたかった。

クラスの犠牲《ぎせい》、その可能性をも視野に入れながら、よくここまで名前を口にしなかった。

おまえには櫛田は救えなかったかも知れないが、自らの手で犠牲にする必要もない。

今、この瞬間堀北が何を考えているのかは分からないが、思ったよりも冷静にオレを見ていることだけはハッキリと見て取れた。

今櫛田は、おまえの難敵として立《た》ち塞《ふさ》がることを選んだ。

それなら、戦うしかない。この相手を倒す役目はオレが担う。

「え――――？」

理解できない漏《も》れ出た声。

それは、櫛田だけじゃなくほぼ全ての生徒が同時に抱いた言葉だっただろう。

「わ、たし？」

まだ名前を呼ばれたと思えず、自らを指さす櫛田。

あるいは名前を言われるかも知れない、そういう想像はもうついていたはずだ。

だからこそ、それに備えるように先に仕掛けても来ていた。

だがそれでも、オレが本当に櫛田《くしだ》を売ると決めつけることは出来なかったんじゃないだろうか。幾《いく》つかオレに対する弱みも握っているつもりでいるのだから猶更《なおさら》だ。

「そうだ。反対に投じるよう促されても頑《かたく》なに賛成に投じ続けたのはおまえだ」

叩《たた》く準備をしていたクラスメイトたちも、言葉を発せずにいた。

「も、もしかして……私が堀北《ほりきた》さんや綾小路《あやのこうじ》くんが責任を取るべきって言ったから？」

悲しみで涙を潤《うる》ませる櫛田を見て、本堂《ほんどう》が慌ててフォローを入れる。

「い、幾らなんでも綾小路、櫛田ちゃんはないだろ……！　逆恨みもいいとこだ」

「そんなことは関係ない。おまえに名指しされる前から、いや、５つ目の課題の１回目の投票から思い続けてきたことだ」

「ま、待ってよ。私は最後の最後まで反対に投票してたよ？　なんでそんな……」

「言いがかり、か？　まあ、当然この状況ではそう見えるだろうな」

退学させられそうになったから腹いせの、適当な出まかせ。

そんな風に見えるのは誰の目にも明らかだ。

「反対に投票し続けてた証拠はどこにもない。当然だ、これは匿名《とくめい》投票なんだからな。それでもオレは今からここでおまえが賛成を投じ続けた犯人だと根拠を以《も》って提示していく。異論はないよな？」

「酷《ひど》い……なんて言えないよね。最初に私が２人の名前を出したんだもん……。でも、覚悟してたことだよ。たとえ嘘《うそ》の誹謗《ひぼう》中傷を受けるとしても、私、クラスを守るためだったら犠牲《ぎせい》になるって決めたから」

これから発せられる内容がどんなものであれ、それらは全て嘘。

その防衛線を張ることで、自分の支持者が離れないようにする。

「まず、何故《なぜ》櫛田が賛成に投じ続けた人物であると思ったか、その理由を話す。それは彼女にはどうしてもこのクラスの中に退学にさせたい生徒が存在しているからだ。もちろん信じられないだろうが最後まで聞いてくれ。櫛田が退学させたいと思っているその人物とは、櫛田自身も名前を口にしていたが、堀北とそしてこのオレだ」

一体何を以《も》ってこんな話をしているのかと、大勢が混乱する。

そんな中、誰よりも取り乱すべき櫛田は、やはり取り乱しているように見せつつも冷静に言葉を選び抜いて発言する。1つのミスも許されない討論だ。

「私が2人の名前を出したんだもん、そういうふうになっちゃう、よね……」

「いいや、そうじゃない。櫛田はこの学校に入学した当初から、誰よりも堀北を邪魔な存在として認識し続けて来ていた」

ここまで来れば嫌でも櫛田も理解するはずだ。

オレは櫛田に関して知り得る全ての情報をここで開示するつもりなのだと。

だが、止《や》めろと命じることは出来ない。

可憐《かれん》な少女を演じ続けている以上、止める手段は1つもない。

「櫛田。おまえは他のクラスメイトにはない共通点を堀北と持っているよな?」

「え？　きょ、共通点……？」

分かっていながら、全て知らぬ存ぜぬの態度を一度は取る必要がある。

その演技を中断させることも出来るが、あえてそうはしない。

自分を守る防衛本能は、これからもっと櫛田《くしだ》自身を苦しめていくからだ。

「えっと……あ、もしかして、同じ中学校出身ってことを、言ってるのかな？」

そんな話を、これまで誰も聞いたことがなかっただろう。

初出の情報を聞いてクラスメイト達が驚きを見せる。

ひた隠しにしてきた手札をこちらから暴くまでもなく、自分で公開するしかない。

「そうだ。この中にそのことを知ってた生徒は1人もいないんじゃないか？」

当人である堀北《ほりきた》は今、真《ま》っ直《す》ぐ教壇を見つめているため表情は見えない。

しかし一方でクラスメイトたちの視線は簡単に見て取ることが出来る。

「ま、待って？　確かに私は誰にもそのことを話したことはなかったけど、特に話す機会がなかっただけだよ。それなりに大きい学校だったし、クラスだって一度も同じになったことが無かったから……。堀北さんにも、同じ学校だったよねって確認するまで相当時間がかかったし……」

最初から退学させたいと考えるはずがないと櫛田が言う。

そしてここで、櫛田の状況を見かねた生徒たちが行動を始めた。

「いい加減にしろよ綾小路《あやのこうじ》。賛成に投票してたヤツが誰か分かるって言うから黙って聞いてたけど、それが桔梗《ききょう》ちゃん？　ありえねーって」

そう否定したのは池《いけ》だ。そしてその声はすぐに広がっていく。

「そうだよ。綾小路くんの言ってること滅茶苦茶《めちゃくちゃ》じゃない」

「賛成に誘導した癖に、結局八つ当たりで櫛田さんの名前出しただけって、何それ」

「そもそもなんで同じ中学だからって退学って話になるんだよ。てか、その話の流れだと綾小路も2人と同じ中学だったりするわけ？」

出て当たり前の質問がクラスメイトから飛び出す。

噴出した不平不満は1つから2つ、2つから3つへと増殖していく。

頼まずとも次から次へと現れる友軍。

これが櫛田桔梗の持つ強力な武器なのは疑いようがないだろう。

「つかさ、おまえってそんなキャラだったっけ？　なんかさっきから変だぞ綾小路」

「そ、そうだよね。なんか怖いって言うか……いつも静かなイメージだったのに……」

庇《かば》うだけでなく、普段のオレとは違う行動に不信感を抱き始める者もいる。

「……責めないで皆。綾小路くんだって、きっと言いたくなんて無いんだと思う。こんな状況になったら誰かのせいにしたくなるの、私分かるから……」

クラスメイトの言葉を絶妙に拾い上げ、こちらを守るフリをしながら仕掛けて来る。

「優しすぎるって桔梗ちゃん。好き勝手言わせるのを許しちゃだめだよ」

自動的に櫛田の代弁者たちが暴れると、こちらの発言権が剥奪されそうになる。

だがこっちにも対抗するための武器はある。

「今重要な話をしているのは綾小路《あやのこうじ》くんだ。僕らが中途半端に口を挟むべきじゃない」

そう言って洋介《ようすけ》は、オレを妨害しようとする生徒の発言に注意を与える。

「よせよ平田《ひらた》。これ以上綾小路の嘘《うそ》を聞いたって仕方ないだろ」

「真実か嘘かを論評するのは材料が出揃《でそろ》ってから行うべきだ。もちろん、嘘だと分かれば僕だって容赦《ようしゃ》はしない」

「本当に聞く価値があるのかよ」

「うん、聞かなければならないことだよ。名前を出された櫛田《くしだ》さんだけじゃなく綾小路くん自身の進退にも大きく影響する。そうだろう？」

残り時間が無くなった時、オレが票のコントロールをする可能性は洋介に伝えている。

だが課題の内容は事前に分かるはずもなく、櫛田のことは当然寝耳に水。

純粋な中立の人間として判断の誤りが起こらないようにジャッジしなければならない。

「オレは2人の出身とは無関係。というより、同じ中学だってことはそれほど大きな意味を持たない。だが中学時代の櫛田には大きな秘密があるのも事実だ」

「もうやめてよ、綾小路くん……これ以上嘘を重ねないで……」

頬《ほお》を伝い、涙があふれだす櫛田はその場で泣き始めてしまう。

「ねえきよぽん、私はきよぽんの味方だけど……だけど、きょーちゃんだって一緒。何て言うか、本当に続けなきゃいけない話なの？」

本来綾小路グループに籍を置く波瑠加《はるか》は、今言ったようにオレを擁護《ようご》してくれる。交友の少ない波瑠加だが、櫛田とはグループを抜きにして仲良くしている。双方を大切に思うならこの争いを止めようとするのもまた、当然のことか。

「波瑠加。おまえは賛成に入れてた匿名《とくめい》の生徒の存在が明らかになるのを待っていたんだろ？　それならこの話をちゃんと最後まで聞き届ける必要がある」

「でも、だってきょーちゃんは……」

「違うと？　そう思う気持ちは分かるが、櫛田はおまえの思っている人間じゃない。悪いが話を続けさせてもらう。櫛田の秘密、それは隠された本性にある」

「きょーちゃんの……本性……？」

「そうだ。表向きの櫛田は誰の目にも善人に見える。優しく思いやりがあり、勉強もスポーツも出来る完璧な優等生だ。しかし本当は誰よりも嫉妬《しっと》深く、自分が一番でなければ納得のできない性格をしているとしたら？　その結果、中学時代に本性を知られてしまったことで、クラスを壊滅《かいめつ》に追い込んだ過去まであるとしたら？」

「……正直信じられない話だね。ただ、もし本当だとしてもつじつまが合わないよ。確かに同じ中学の堀北《ほりきた》さんの場合、過去を知っているかも知れない。だけど綾小路くんはどうして知っているのかな。堀北さんが話す、とも思えないよ」

「それは、入学して間もなくオレが櫛田の本性を見てしまう偶然の機会があったからだ。普段の温厚な姿とは似ても似つかない、負の感情をぶちまける櫛田を目撃した」

ここまで語っても、櫛田《くしだ》はオレを睨《にら》みつけようなどという行動は一切取らない。

嘘《うそ》を並べ立てる可哀《かわい》そうな生徒を見つめる、ただただ優しい少女を演じ続ける。

そうしていれば絶対に大丈夫という、強い自負からだ。

もちろん、本当のことであれ嘘のことであれ、自分のことを悪く言われてしまうのは今後の学校生活に影を落とす悪い要素だ。だが、ここで堀北《ほりきた》かオレを退学にするためなら背に腹は代えられないという強い意志の表れでもある。

「優しい人間だと思われたい櫛田にしてみれば、本性が知れ渡ることだけは避けたい。かといって、その弱みを堀北やオレに握られたままの状況に耐えられない。何故《なぜ》なら、自分は常に上からマウントを取っていたいと考えているからだ」

「……あと1分ほどでインターバル終了となる」

話の途中だったが、念のためと茶柱《ちゃばしら》が時刻を通達する。

「ど、どうすんだよ次の投票」

「それは……とりあえず綾小路《あやのこうじ》って形で投票取るしかないんじゃないか？」

今の状況なら、次に白羽の矢を立てられるのはもちろんオレになるだろう。

「やめて――」

しかしそれを止めたのは、恵《けい》でも波瑠加《はるか》でもなく櫛田だった。

「もういいよ……私、これ以上心が耐えられないよ……」

「く、櫛田さん？」

「本心だけで言うならずっと変わらない……。堀北さんにも、綾小路くんにも退学なんてして欲しくない。私が2人の名前を出したことで、綾小路くんには嘘までつかせてしまった……こんな苦しい辛《つら》い言い合いをするのはもう嫌なの。……だから……だから、私が辞めるよ……そうすればまた、皆元に戻ってくれるよね？」

　自らが退学の候補となることを志願する櫛田。

　この特別試験、個人名を選定する基準のうち、先程堀北や洋介が見せたように投票を取らずとも自発的に名乗り出た場合、それが1人だけであれば認められる。

「いいんだな櫛田？　一度言えば取り消すことは出来ないぞ」

「はい、構いません……。皆も私の退学に賛成して？　お願い……」

　その言葉と共に櫛田の名前が選択されると、タブレット上に課題が表示される。

　思いがけない立候補に動揺の走るクラスメイトたち。

　第19回投票結果　賛成5票　反対33票

　時間と共に櫛田の投票が行われた結果、圧倒的反対による満場不一致。

「み、皆……どうして？」

「どうしてもこうしても、櫛田ちゃんを退学になんてさせるわけないって。なあ？」

　反対を投じた33人の生徒は、団結を強く見せるために大勢が頷《うなず》いて答える。

「綾小路《あやのこうじ》。自分が退学しないために櫛田《くしだ》ちゃんに当たるのは正直不味《まず》いと思うぜ」

オレが投じた賛成への1票を除き櫛田の退学に賛同したのは4人だけ。

たったと言いたくなるところだが、むしろよく5票も集まったものだと思う。

「次は綾小路くんの番、だよね」

確かにこのまま行けば、今度はオレに対して退学のかかった投票が行われる。

その時が一番、現状では賛成による満場一致の可能性が見込めるだろう。

ただし、10分後にその決断が出来ていれば、だが。

「綾小路くん、櫛田さんの本性は別にあるということだけど、俄《にわ》かには信じられないよ」

「そうだよ。そもそもこれまで櫛田さんが堀北《ほりきた》さんを退学させようとしたことなんてあった？　本当に退学させたいと思ってるなら、とっくに行動を起こしてるんじゃない？」

好機を待っていれば、自然とこちらの言いたいことを要求する声も出てくる。

「クラスメイトを退学させるのは簡単じゃないからな。だが、少なくともオレは一度櫛田の標的になったことがある。まさにこの満場一致特別試験と似た形の特別試験でだ」

直接の表現を避けたことで、クラスメイトたちの手で記憶を掘り起こさせる。

「あ、クラス内投票……。あの時って確か山内《やまうち》くんと櫛田さんが……」

そう。去年、初めてウチのクラスから退学者を出すことになったクラス内投票。

そこでは結果的に山内が退学することになったが、その山内を使ってオレを退学するように誘導していた人物の中に櫛田がいた。まだ記憶にも新しい出来事だろう。

「偶然か？　2度同じような試験をして2度ともオレが退学の対象になって、しかもそれに関与しているのが今回も櫛田。出来過ぎてる話だ」

当時のことを思い出せば、櫛田にしてはおかしかった、ということが分かるだろう。

「確かに偶然にしては、って思うこともある。けど綾小路、もし意図的に桔梗《ききょう》ちゃんが綾小路を退学させようとしてるなら、そんな一致するタイミングで仕掛けるか？」

もっと上手《うま》く立ち回るんじゃないかということだが、それは単純な話じゃない。

「櫛田はオレを味方だと思ってたからな。こんな風に全ての裏事情を暴露されるなんて考えてもいなかったんじゃないか？」

「……味方？」

「ああ。オレの言ってることは間違ってるか？　櫛田」

「……私こそ、どうしたらいいかな綾小路くん……。なんて答えるのが正解なの？」

基本的に櫛田は否定するか、聞き返すしか出来ない。

肯定できない以上主導権は常にオレにある。

「証拠を出せよ綾小路。これ以上櫛田ちゃんを責めるなら、絶対に必要だろ」

強気に前面に出てきたのは本堂《ほんどう》。どうやら櫛田に対して並々ならぬ思いがあるようだ。

「そうだな。確かに証拠もなくこんな話を続けるのは不毛かも知れないな。オレは今から櫛田がオレを信用していた理由を話す」

慌てず、確実に、水をしみこませる。

「随分《ずいぶん》前になる。オレは櫛田《くしだ》に脅されて退学に追い込まない代わりに毎月振り込まれるプライベートポイントを半分渡す、という契約を交わしていたんだ」

誰も想像していなかった話を聞かされ、流石《さすが》に櫛田擁護《ようご》派にも僅《わず》かな驚きが走る。

「そうだよな？　櫛田」

「え……？」

この話が飛び出すことは想定になかったのか、あるいは頭の隅に浮かびつつあったもののどう返答するか決めかねていたか。どちらにせよ櫛田は言葉を詰まらせた。

素直にプライベートポイントを貰《もら》っていることを認めるわけにはいかない。

かと言って、貰っていないと否定することも難しい。

この場では貰ってないと誤魔化《ごまか》せたとしても、後で確認されると真実が露呈する。

誰がどこに幾《いく》ら振り込んだかという事実は履歴として残ってしまうからだ。

「どうなんだ？　1ポイントも受け取っていないと言いきれるのか？」

「それは———」

悠長に時間をかけさせるつもりはない。

視線を茶柱《ちゃばしら》へと向けようとした矢先、櫛田は唇を震わせながら答える。

「……確かに……私、綾小路《あやのこうじ》くんから毎月、プライベートポイントを受け取ってる……」

こちらの発言、そのほとんどを否定してきた櫛田だが、ここは認めるしかない。

もし茶柱に確認を取って、この場でポイントの流れは把握している、とでも言われてしまえば一気に形勢が悪くなることは避けられない。

　教師である茶柱が個人間のポイント移動を随時把握しているのか、また個人情報を漏《も》らすかは懐疑的《かいぎてき》なところもあるが、櫛田にしてみればそのリスクには賭けられない。

「で、でも……理由は全然違うの！　綾小路くんに、預かっていて欲しいって頼まれたから……も、もちろん1ポイントだって使ってないよ？」

　クラスメイトから毎月半分ものプライベートポイントを受け取っている、その事実を正当化する方法は精々1つか2つ。今櫛田が言ったように預かるよう頼まれた、あるいは無償で譲り受けた、そんな理由を並べ立てるくらいしかない。

　後者のように一方的に譲ってもらった、と言えばそれはそれで補わなければならなくなるため、ほぼ預かってくれと頼まれた。そんな流れになるだろう。

「預けたつもりはない。退学に追い込まれない条件、対価として支払っていたんだ」

「嘘《うそ》だよ……」

　このプライベートポイントを半分差し出す契約はオレが持ち掛けたもの。そんなことは櫛田がよく覚えているだろう。丁寧に録音まで取って、その日の記録を残したのだ。だがそんなものは状況次第で使わせることなく封じることが出来る。

　いや、むしろその逆。自らに突き刺さる凶器となって返ってくる。

「嘘、か。けど櫛田、おまえはオレとこの契約を交わす時自分の保険のために録音したって言ってたよな？　携帯等からその録音が出てくれれば言い逃れ出来なくなるぞ」

「ろ、録音？　そんなの知らないよ私……」

気圧《けお》されながらも一度、否定する。録音はどこかに保存してあるだろうが、どうやら既に携帯には残していない様だ。リスキーな録音データを直接持ち歩くことはしていないか。

その方が手っ取り早くはあったが、別に関係ない。

「櫛田《くしだ》がどこか分からないところに録音データを隠していても同じことだ。この契約を交わしたのは今年の２月だが、その時の会話の内容をオレもまた録音しているんだ。何かあった時、自分の武器に出来るようにな」

櫛田のオレを見る目が大きく開かれる。そんなこと想像もしていなかっただろう。

「何度か録音を聞き直したから一語一句覚えている。『今後オレに入ってくるプライベートポイント。その半分をおまえに譲る』そんな風に切りだしたと思う」

「嘘《うそ》だよ。そんなこと聞いたこともないよ」

「『確かに悪い話じゃないね。でも残念、私プライベートポイントには困ってないんだ。お金は多いに越したこと無いんだろうけど、十分なんだよね』。そう櫛田は答えた」

「……知らないよ」

「何なら今から茶柱《ちゃばしら》先生にオレの携帯を持ってきてもらおうか？」

「私はそれでも構わない。だけど出来るわけないよ、今は特別試験中なんだよ？」

「携帯を使えば不正行為にも繋《つな》がるから没収されるのは仕方ない。だが、携帯の操作は全て茶柱先生に任せ、録音データを再生してもらうだけでいい。これなら不正の余地は無いからな」

もちろん特別試験中にそんな特例が無条件に認められるとはオレも思っていない。

しかし不安に駆られた櫛田はたまらず前方の茶柱へと視線を向ける。

「携帯を持ってこられたら困るよな。ここまで必死に誤魔化《ごまか》してきた苦労も水の泡だ。だがもう気付いてるんだろ？　オレが止まる気がないってことに」

口数の少なくなった櫛田は今何を考えているだろうか。

オレに背を向けたまま硬直したように動きを止め正面を見据えたままだ。

櫛田も当然あの日のことは覚えているし、慎重な性格上録音が正常に作動していたかの確認もしているはず。つまり繰り返し耳にしている。全てのやり取りを口にしたことで、何かしらのワードが記憶の中の音声データと一致したはずだ。

「『小遣いとして使うには事足りていても、非常時にあって困ることはない』」

被害者一辺倒だった櫛田には間違いなく大きな変化が起きている。

おまえはもう、このクラスで天使を装い続けることは不可能なところにまで来た。

「もう、うるさいよ……」

クラスメイトが唾を飲み込む。今の発言は誰だったのかと、理解できない声を聞いた。

これ以上の発言を食い止めるためには、本性を現す他ない。

だが本性を現せば全てが壊れる。

「『茶柱先生も言ってただろ。プライベートポイントは自分の身を守るために——』」

「うるさい、うるさい、うるさい……」

拒絶、妨害する言葉が届くもオレはお構いなしに最後まで続ける。

「『その提案。どう考えても綾小路《あやのこうじ》くんが不利じゃない。これが、綾小路くんが退学する危機だって言うならまだ分かるよ？』。これがオレと櫛田《くしだ》の取引前の会話だ。この場で今言ったのと同じ音声を全員の前で聞いてもらえれば全て解決するはずだ」

録音データをオレが本当に持っているかどうかはどうでもよく重要じゃない。

実際のやり取りと、セリフが一致しているという事実だけが必要で重要なことだ。

「もういいって!!」

叫び、そして沈黙した櫛田は、当時のことを懸命に思い出そうとしているはずだ。

あの時の流れはオレが1年生の弱みを欲していて、櫛田なら幾《いく》らでも同級生の弱みを握っているだろう、という接触がキッカケだった。協力する見返りを求められた時、自らプライベートポイントを差し出す提案をした。まず間違いなく、提案以前の会話、堀北《ほりきた》やオレの退学を望んだ櫛田の言葉がそのまま残っているだろう。

都合の良い手札を手に入れたと思っただろうが、それは大きな間違いだ。

おまえは自らの首を絞めることになる証拠を自分で残し続けてしまったんだ。

「今の会話のどこから、預かっていて欲しいと読み取れるのかを具体的に教えてくれ。オレとそしてクラスの全員にも分かるように」

何かの間違いであって欲しいと願う仲間たちが、櫛田をただ不安そうに見守る。

「……ごめん」

短く、櫛田は呟《つぶや》くように謝罪した。

「何に対する、ごめん、なんだ？」

「確かに、私はプライベートポイントを半分貰《もら》う代わりに綾小路くんと喧嘩《けんか》しないことを約束した。それは……本当のこと、だから……」

オレに対する謝罪ではなく、嘘《うそ》を吐《つ》いていたことを認めるクラスメイトへの謝罪。

「で、でも……今はもう何とも思ってない！　堀北さんとも綾小路くんとも仲良くしたいって本心から思ってる。私は賛成になんて1回も——！」

完全な匿名《とくめい》という部分にすがろうと声を張り上げたところで、櫛田が止まる。

クラスメイトが櫛田に向ける目は、今までの温かいものとは大きく異なっていた。

もし本当に賛成に入れていた生徒でなかったとしても、もはや今まで通りの日常を送ることは不可能になった。それを完全に理解したようだ。

しかしオレを見る櫛田の目はまだ死んでいない。

「本当は綾小路くんが……賛成に投票し続けてたんじゃないの？」

「どういうことだ？」

「綾小路くんは、私を退学させたかった。だから強引に賛成で満場一致に持っていくために行動を起こした。だって変じゃない……いつも静かで主張しないのに、退学者を出すために自発的に動くなんておかしいよ……」

限りなく黒に近い櫛田《くしだ》は、その黒の所在を自分からオレへと移そうと試みる。

悪いが、おまえがその戦略を取ってくることは想定済みだ。

「ねえ、軽井沢《かるいざわ》さん」

髪を掻《か》きあげながら、櫛田はその視線を恵《けい》へと向ける。

「何よ」

「綾小路《あやのこうじ》くんと付き合ってるみたいだけど、入学当初、綾小路くんが私と付き合いたくて必死に迫って来てたことは知ってる？」

「……なにそれ、なんの話？」

並の人間より冷静で客観的に物事を捉《とら》えられる恵だが、そんな恵にも弱点はある。

それは恋愛が絡むと、抑えきれない感情が爆発することだ。

さっきオレが退学候補に名乗りを挙げた時も、危険を承知で庇《かば》う発言を積極的にした。

そのことから櫛田にもその恵の心の隙《すき》は見えたはずだ。

「暗がりで、嫌がる私の胸まで触ったよね？」

「は……む、胸!? ど、どういうこと清隆《きよたか》!?」

「やっぱり知らなかったんだ？　入学して早々、私そんなひどいことされてたんだよ」

櫛田に好意を寄せる男子を始め、女子たちの中に嫌悪の感情が広がり始める。

「私はその場で止《や》めるように優しく諭《さと》したけど……怖くて仕方なかった……」

「勝手なことを言っているようだが、胸を触った事実なんてない」

「き、清隆はそう言ってるけど⁉」

「それはそうだよ、そう言うしかないよね。でも本当に綾小路くんは胸触ったんだよ」

「櫛田。こんなことを言いたくないがそれは見苦しいんじゃないか？」

「さっきの録音とは違うけど、私も証拠を持ってるんだ。綾小路くんの指紋がべっとりついた制服、当時のまま保管してるの。それを提出したらどうなるか……わかるでしょ？」

オレが携帯の録音を持っていると言ったように、同じ手でやり返してくる。

これが本当だと後で証明されれば、今度は窮地《きゅうち》に立つのはこちらということだ。

「どういうことか説明してよ」

客観的に話を聞かされる恵からすれば、説明を求めたくなるのも無理はない。

「そんな事実は一切ない。というより、本当か嘘《うそ》か以前の話だな。指紋のついた服なんて言うが保存状態は？　入学した直後のことだとするなら、もう1年半もの歳月が流れている。衣類からの採取は簡単じゃない上に、保存状態が悪ければ当然まともな状態じゃない。指紋が採取出来るとは到底思えない」

ただでさえ衣類は編み目によって表面はデコボコしており、指紋線が見えにくい。紫外線や湿気、乾燥などの要素があることを踏まえれば、１００％不可能だと言いきれる。

「……ッ」

録音データと同じく、おまえの持っている手札はどれも使い物にならない。

他に幾《いく》つ手札があったとしても同じことだ。

誰にでも思いつける言い逃れなど出来ない。許さない。

「そもそも、本当にそんな被害があったならすぐに訴えるべきだった」

「なんで……なんで……なんで……なんで……！」

オレの傍《そば》まで近づいてきた櫛田《くしだ》が、胸倉を掴《つか》み上げ強烈に睨《にら》みつけてくる。

激高する櫛田に対して、こちらはあくまで事務的に話を進めていく。

「一時は龍園《りゅうえん》と手を組んでオレや堀北《ほりきた》の退学を目論《もくろ》んでいたこともある。そうだろ？」

次から次へと畳《たた》みかけるように白日のもとへと晒《さら》される櫛田の所業。ここまでくれば一部間違った情報を新しく提供しても、さしたる影響はないだろう。

「なんで、なんでなのよ!!」

制服を掴む手もより力強くなる。

「なんで裏切るんだよ！！！　敵対しない約束だったの忘れたの!?」

「もちろん敵対する気はなかった。おまえが表裏のある性格だってことに興味もなかった。だから最後までオレも堀北も名前を出さずに反対による満場一致をさせたかった。だが誰かの退学がかかっている以上仕方がない。クラスメイトを守るためだ」

これまで1年半、櫛田が地道にコツコツと積み上げてきた友人たちとの偽《いつわ》りの絆《きずな》。

それが今音を立てて一気に崩れ落ちた。

誰の言葉も生まれないことで、櫛田も緩《ゆる》やかにトーンダウンを始めた。

「あー……あ……ダメだ、ね。もう」

全てを悟ったかのように諦《あきら》めの顔を見せ、櫛田は自らの醜態に対し顔を歪《ゆが》める。

しかしそれでもすぐに冷静さを取り戻すと、笑みを殺し胸倉から手を放す。

「はあ……っ。────私がバカだった、ってことか。あの取引は失敗だった……ね」

怒っていた態度は一気に消え去り、淡白な言葉が櫛田から放たれる。

「綾小路《あやのこうじ》くんが手強《てごわ》い相手だってのは分かってたつもりだけど、それでもこの場で裏切って来るとは思わなかった。想定外だよ想定外」

「う、嘘《うそ》だよね桔梗《ききょう》ちゃん……今綾小路くんが話してたこと……嘘、だよね？」

「嘘？　生憎《あいにく》と全部ホントのことだよ」

「そんな……どうして……？」

「どんな犠牲《ぎせい》を払ってでも守り通さなきゃならないものもあるんだよ。分からないかな？　なんてね、分かるわけないよね。あーあ、もう何もかもお終《しま》いだよ」

肩を竦《すく》め、自らの窮地《きゅうち》など感じることもなく堂々としたものだった。

「そう。私は堀北さんと綾小路くんの存在が我慢ならなかった。隠すべき私の秘密を知ってる2人がどうしても許せなかった。ずっと退学にさせるチャンスを狙ってきた」

「最後の課題の内容には確かに驚いたが、それでも簡単に追い込めないことは分かっていたんじゃないのか？　強引に仕掛ければどうなるかおまえなら分かっていただろ」

憎い感情があるとしても、突っ走らず幾《いく》らでも身を引く時間はあったはず。それでも櫛田はひたすら賛成に投票し続け、半ば暴走ともいえる行為を繰り返した。この点に関しては櫛田《くしだ》らしくないとは試験中常に感じていた部分だ。その時、一瞬櫛田の目が泳ぎ動揺を見せたがすぐにその色は消え失《う》せる。特別試験前に櫛田はリーダーをしてくれと堀北《ほりきた》に話を振っていた。この手の課題が出ることを見越していたようでもあったが……。

「別に……。過去を知られ続けてる状況に耐えられなかった。堀北さんを退学させるのは至難だってわかってたけど、その衝動が抑えられなかったのよ」

擁護《ようご》し続けてきた生徒たちも、かける言葉が見当たらなかっただろう。堀北を退学させようと画策していた事実があったとしても、友人たちはそれほど責められない。

もちろん賛成に投じ続けて退学者を出すルートをクラスに選ばせた罪は重いが、それでも櫛田の退学賛成に満場一致を勝ち取れたとは言い難《がた》いだろう。確実に退学させるためには、このクラスに対してもっともっと被害を出してもらわないと困る。

「おまえにはオレも堀北も退学には追い込めない。残念だったな」

「次の投票で私は退学が決定。このクラスは私の犠牲《ぎせい》でクラスポイントゲット、か。良かったね皆、これでBクラスにまで上がれるんじゃないかなー」

今日の昼まで仲良くしていた仲間たちに向ける言葉とは思えないほどに他人事《ひとごと》だ。

「もうおまえに逆転の芽はない」

「あはは、確かにそうかもね。でも……」

こちらの首付近へと顔を近づけてきて、櫛田は冷たくこう囁《ささや》く。

「ちょっとした抵抗を見せることくらいは出来るんだよ？」

　小声でもクラスの生徒たちが拾うには十分すぎるほどの声だった。こちらが煽《あお》りたてる必要もなく、櫛田はその準備を内心で進めていたと見ていいだろう。

「無理だな。おまえにはもう反対票を入れてくれる仲間はいない」

「そうじゃないよ。どうせ退学しちゃうんだったら……全部壊さないとね」

　中学時代に全てを終わらせるため学級崩壊へと導いた、その本性が顔を出し始める。

「……一体何のことだ」

「分からない？　私だけが持つこのクラスの秘密。まだインターバルの終了まで時間もあるし、全部聞かせてあげようと思うんだけどどうかなあ」

「そんなことをしても、おまえに得は無い……違うか？」

「損もないし。綾小路《あやのこうじ》くんも困ってくれそうだからそろそろ始めようか」

　そう、それでいい。おまえが溜《た》めに溜めてきた真実とストレスを吐き出せ。

　そうすることで誰もがおまえの捻《ねじ》れに驚き、畏怖《いふ》するだろう。

　その時初めて同情の余地が消え、満場一致が完成する。

「さっきの軽井沢《かるいざわ》さん以外で────そうだ、篠原《しのはら》さん色々私に相談してくれたよね？」

　大勢の女子たちに向けられた無数の矛が最初に選んだターゲットは篠原さつき。

「な、何、何なの!?」

「篠原さんって別に特別可愛《かわい》い訳でもないって言うか、どっちかっていうとちょっとブス寄りじゃない？　だからなのか、池《いけ》くんとか小宮《こみや》くんとかブサイクな男子しか言い寄って来ないのウケるよね。なんてそういう話を軽井沢《かるいざわ》さんや松下《まつした》さん、森《もり》さんたちが面白おかしく笑ってたよね？」

1本の矛は瞬時に無数に分裂し、次々と名前が呼ばれターゲットが分散していく。

「や、やめてよ！　私そんなこと言ってない！　嘘《うそ》言わないで！」

すぐに森がそう否定したが、櫛田《くしだ》は矛を収めるつもりなど毛頭ないだろう。

「えぇ？ お似合いのカップルだって一番バカにして笑ってたじゃない。大丈夫、苦笑いしながら『やめなよ～』なんて私も言ってたけど一緒の気持ちだったから」

「そうなの……寧々《ねね》ちゃん……？」

「ち、違うよ……わ、私はただ、その……」

「篠原《しのはら》さんもさ、船の上で池《いけ》くんに告白されて付き合ったみたいだけど、そのちょっと前まで小宮《こみや》くんとの間で揺れ動いてたのに、結構あっさりだったよね。それともお試しで池くんと付き合ってから、本命寄りだった小宮くんに行くつもりとか？」

「お、おい、さつき!?」

櫛田にしてみれば、クラス中のあちこちに燃える材料が転がり落ちている。

1箇所で付けた火が燃え広がり始めると、新たな材料へとすぐに言葉を飛ばす。

「恋愛繋《つな》がりと言えば王《ワン》さんからも相談を受けてたよね」

「や《や》、やめてください！」

「止める？　止めるって、王さんが好きで好きで仕方ない平田《ひらた》くんの話をすること？」

「っ!?」

教室の中で突如強制的に、好意を抱いている相手の名前を口にされるみーちゃん。

一瞬で顔を真っ赤にさせると、視線を向けてきた洋介を見て泣き出してしまう。

「ちょっとやめてよ。まだほんのちょっとだよ？　私が聞かせてもらった皆の秘密ってこんなもんじゃないんだから。次はちょっと重い話でもしてみる？　そうだなー、手始めに長谷部《はせべ》さんとか」

「……キョーちゃん……」

「あ、その馴《な》れ馴れしい呼び方やめて。ろくに友達も作れない癖に人と距離を詰めた気になれるからってあだ名で呼ぶなんて、さ。きっと呼ばれてる方も迷惑してるから」

櫛田が新たに波瑠加《はるか》へと狙いを移行する間にも、篠原と森たち、池たちも交えて言ったいないない、本当嘘の押し付けあいは続いている。

インターバルの時間はもう間もなく終わるが、櫛田退学の満場一致は近いだろう。

ここで下手に引き延ばせば櫛田から情報の暴露が続くだけ。

1

たった数分間、綾小路《あやのこうじ》くんの話を聞かされただけで周囲の櫛田さんに対する評価は180度変化を見せている。綾小路くんのグループにも負けない強い結束力を持っていたはずの彼女の友人たち。今は何故《なぜ》か酷《ひど》く脆《もろ》い関係に見えて仕方がない。

櫛田《くしだ》さんの背景を誰よりも早く知っている私ですら、今、彼に櫛田桔梗《ききょう》を推薦《すいせん》しろと頼まれたなら押してしまいそうなほど、絶大な効果を持った話だった。

綾小路《あやのこうじ》くんの持つ力の片鱗《へんりん》を、私は今誰よりも早く見たのかも知れない。

地獄絵図のようなクラス内。インターバルが終われば過半数を得るだろう櫛田さんに対する投票が始まる。

それでこの特別試験は恐らく終了。私たちのクラスは犠牲《ぎせい》を出しながらも100ポイントを手にすることが出来る。それはAクラスを目指す貴重な財産になる。

でも――――。そう、まず私の置かれた状況を整理する必要がある。

間違いなく全員と同じ時間の流れにいるはずなのに、私にとって1秒を刻む時間の流れが少しずつだが確かにゆっくりになっていく。教室には似つかわしくないアナログ時計の秒針が、今にも停止しそうなほどに遅く遅くなっていく。

それとは逆に、どんどんと研ぎ澄《す》まされていく感性。

私の目的は何？　自答する。

答え、それはもちろんAクラスで卒業すること。だからクラスポイントはとても大切。

わかりきっていること。なら、櫛田さんの価値は幾《いく》らなのだろう。

生徒一人一人に明確な評価を下すことは難しい。

けど、少なくともクラスポイント100と釣り合うかと聞かれたら、ノーと即答する。

なら考え方を変えてみる。

特別試験に失敗すれば350クラスポイントを失ってしまう。

その代わりに櫛田《くしだ》さんを守れたとして、取り返せるだけの戦力として計算できる？

……絶対に無理だとは思わないけれど難しい。

それは何も彼女に限ったことじゃなく、私だったとしても同じこと。

350ポイントと釣り合わないから櫛田さんを退学にさせる。これが普通の考え。

なら私、堀北鈴音《ほりきたすずね》はどうしたいの？　櫛田桔梗《ききょう》という生徒を、どうしたいの？

ただ安易な気持ちで助けたい？　ただ安易な気持ちで切り捨てたい？

私は意識を集中させることで、時間を超越し、余計な音という概念も消し去る。

このまま綾小路《あやのこうじ》くんに全てを委《ゆだ》ねてしまっていいのか。いいわけがない。なら考えなさい。何が正しく、何が間違っていて、私にしか出来ないことがないのかを。

綾小路くんという人の実力を認め、尊敬し、そして改めて考えるの。

瞼《まぶた》の奥の暗闇の先から、一筋の光が差し込んでくる。


——ああ、そうなのね。


やがて私は、1つだけ確実な答えに辿《たど》り着《つ》いた。

櫛田さんが今ここで退学になること。

それが『正解ではない』ということ。

そして今ここで櫛田さんを救える人物は、きっと私しか存在しないということ。

止まりかけていた刻《とき》が解凍し、秒針が再び動き出す。

2

次々と櫛田の退学に賛同し始める中、1人の生徒が立ち上がった。

「それ以上踏み込んではダメよ櫛田さん。引き返せなくなる」

「はあ？　やっと面白くなってきたところなんじゃない。邪魔しないでよ堀北さん」

「そうもいかないわ。これ以上醜い話を聞いていられないもの」

「私の真実ってそんなに醜いかな？」

誉め言葉と受け取ったのか、今日一番生き生きとした顔で櫛田は堀北を見る。

「そうね。少なくともこんな暴露話が美しいとは思わないわ。けれど私が醜いと思ったのはあなたに対してだけじゃない。今あなたに秘密を漏《も》らされあなたに退学を訴えかけている人たちも同じよ」

思いがけない叱責《しっせき》に、クラスメイトたちは堪《たま》らず声を張り上げる。

「なんで私たちが⁉　私たち何も悪いことなんてしてないじゃない！」

「誰にも知られたくない秘密をあなたたちは櫛田《くしだ》さんに話していた。それはどうして？」

「そ、それは櫛田さんが信じられると思ったから！　なのに……」

「そう。櫛田さんはクラスの誰よりも信頼されていた。普通、人から信頼を得ることは簡単なことじゃない。まして誰にも言えないような秘密まで共有できる存在なんて、きっと人生でも数える程しかいないでしょうね。もちろん櫛田さんがその秘密を漏《も》らしたことは褒められたことじゃないわ。裏の顔があったと驚くのも無理はない。でも、誰だって大なり小なり表裏はあるものでしょう？」

　自分に正直に嘘偽《うそいつわ》りなく生きている人間など、それこそ希少性の高い人間だろう。

「け、けど賛成に入れ続けてたことは問題じゃない。それは許せないことだよね？」

「そうね。私や綾小路《あやのこうじ》くんを退学にさせるためにやったこととしては、あまりに身勝手な選択をしたわ。重責を感じてもらわなければならない。でもそれは退学で清算させるのではなく、彼女のスキルを生かしてこの先何倍にもして返してもらえばいい」

　ここで堀北《ほりきた》の言いたいことが、クラスメイトたちにも伝わっただろう。

「もしかして櫛田さんを退学にしないってこと？」

「そうね。私は——櫛田さんをこのクラスに残したいと思ってる」

「はあ？　話の腰を折ったと思ったら何勝手なこと言ってんの？」

櫛田を退学させないという選択。それに真っ先に反論したのは櫛田本人だった。

「なんで私なんかを庇《かば》うわけ？　ここから他の子に投票なんてするはずないでしょ？　それとも、私をなぶり殺しにして楽しもうってこと？　いいセンスしてるねホントさ」

「生憎《あいにく》と冗談を言うのはあまり好きじゃないの。本気で言っているのよ」

「もし本気だって言うなら、その考えを変えさせてあげる。地獄の続きを再開しよっか」

「私はさっきの光景を見て『地獄』のようにはとても見えなかったわ」

「……へえ。だったらどんな風に見えたって言うの？　教えてよ」

「間抜けで、滑稽で、ただただ醜態を晒《さら》しているだけ。単なる愚《おろ》か者に見えていた」

「は？」

「確かにあなたは普通の人より勉強は出来る。でも根本的なところで頭が致命的なまでに悪いのよ。そもそも中学時代に同級生に自分の本性を知られてしまったから秘密の暴露をして学級崩壊させたのよね？　その反省を生かすためにこの学校に来たけれど、運悪く同じ中学の私と再会した。そして入学してすぐ綾小路くんに裏の顔を目撃された？　笑ってしまうわね。それだけじゃない、あなたの過去に興味もなかったのに、勝手に存在に耐え切れなくなって詳細まで話して退学させることにこだわり続けた。挙句の果てには綾小路くんと取引をしてアドバンテージを取ったつもりが、逆に利用までされる始末。その結末がコレよ？　退学者が出せる賛成にこだわり過ぎて足元をすくわれた」

　惜しげもないほど、侮辱《ぶじょく》を込めたため息をつく堀北。

　下種《げす》な笑みを浮かべ笑っていた櫛田の表情は、いつしか怒る般若《はんにゃ》へと変貌している。

「私の気持ちも分からずに、好き勝手言ってんじゃねえよ!! 私は一番でありたい！ 糞《くそ》みたいなストレスを抱えてでも、愉悦に浸っていたい！ そのために邪魔なあんたを消そうとして何が悪いってのよ！」

「気持ちも分からず？ 分かるわけないでしょう。あなたは他人の悩みを聞いて収集することだけに意識を向け続けていた。自分の気持ちを知ってもらおうと話せる相手を見つけられなかったんだもの」

櫛田《くしだ》が両手を握りしめる。血管が浮き出そうなほど、力が籠《こも》っている。

「性格には問題もあるけれどそれは私も同じ。でもあなたは私よりもずっと努力家だわ」

「笑っちゃう嘘《うそ》つかないで。いちいち癪《しゃく》に障ることを言うよね、あんたって」

「嘘も何もあなたの大好きな真実を話しているだけよ。男女問わず大勢と親しくなれるあなたのその努力と才能を、私は素直に素晴らしいと、そして羨《うらや》ましいと思っている」

それを聞かされて、櫛田に困らされている生徒たちは反論を飛ばす。

「今私たちが櫛田さんから嫌がらせを受けてるのに、それが素晴らしいって何!?」

「嘘で優しくする。優しさを演じる。だからひどい？ それこそ軽薄な話ね。優しくする行為そのものがどれだけ難しいことか改めて考えてみなさい。あなたたちは誰にでも笑顔を振りまき、誰にでも手を差し伸べ、誰の相談にでも乗れる才能を持っているの？」

彼女が日々どれだけのストレスを抱えながら、友人たちと接してきたか。

多くの者が櫛田のようになりたいと思いながらも、なれるはずがないと理解している。

他人のどうでもいい話を聞く、これだけを切り抜いても常人には続けられない。

彼女はそれを優しい笑顔で続けながら、大勢を陰から支え続けてきた。

「やめて。もうやめて。あんたからそんなクソみたいなことこれ以上聞きたくない」

「どうして？　人の心を見るのが得意なあなたなら分かるでしょう？　からかうつもりも侮辱《ぶじょく》するつもりもなく、本心からあなたのことを評価しているの」

この話に反論しようとする生徒たちを、堀北《ほりきた》は先回りするように封じる。

「他の誰にもない才能を持った彼女を退学にさせることはクラスにとって大きな損失よ」

「やめろ！」

「だから私は櫛田さんの退学に賛成は出来ない。私自身に賭けて、彼女の長所を生かせるように全力を尽くしたいと思っている。いいえ、絶対に生かしてみせるわ」

「やめろって言ってるだろ!!」

「分からないものよね。あなたの全てを知って初めて大きな好感を抱いたんだもの」

思えば、櫛田は何故《なぜ》か自分から封印したい過去を詳しく、隠さず話した。

それは退学をさせるための行為ではなく、心の奥底では全てを知ってもらいたいという気持ちがあり、本当は共有したいと思っていたからなのかも知れない。

櫛田の顔には大粒の涙が浮かんでいた。

そしてまるで子供のように、言葉を繋《つな》げず悔しさを隠しもせず泣きじゃくる。

悔しい、悔しい、悔しい、悔しい。そんな言葉を惜しげもなく繰り返す。

それも無理ないことだろう。櫛田《くしだ》の本性を知った者は誰もが離れる。離れてきた。なのに、これまで距離を取っていた堀北《ほりきた》は何故《なぜ》か、その櫛田に対し距離を詰めてきた。櫛田の中にそんな考えなどあるはずもない。

憎くて仕方なかった堀北が自分にとって最初の理解者となり得る存在だった。これを受け入れられるかはまだ分からないが、櫛田の中に変化をもたらしたのは間違いない。

オレは櫛田を懐柔《かいじゅう》することは不可能だと判断し、排除するための戦略を立てていた。

一方で堀北は排除せず守ることを決めた。

しかし、そうなると次の問題が噴出してくることは避けられない。

「話の途中だが、間もなくインターバルの終了時刻だ。どうする」

どうするとはもちろん、立候補、あるいは推薦《すいせん》を行い誰の投票を取るかということ。

「時間が足らないわね。今櫛田さんを推薦している人も私に選び直して。この後説明するわ」

既に1回だけの立候補は使えないため、自身を推薦するようにクラスメイトに訴えかける。

「ふざ、ふざけないで！　私が退学になるんでしょ！　さっさと推薦して投票しなさいよ！」

「ふざけてなんていないわ。言っておくけれど、あなたはこの状況を作り出した張本人として最後まで責任を務めなさい。あとペナルティによる退学なんて認めないわ。そんなことをすれば生涯あなたをバカにし続ける。永遠に笑いものにしてあげる」

最終的にどちらを推薦するか迷った生徒もいたと思うがそれは重要なことではない。

「時間だ。推薦《すいせん》の投票が過半数を超えていた堀北《ほりきた》を対象に、これより投票を開始する」
仮に櫛田《くしだ》が推薦によって選ばれたとしても、堀北が反対を入れる限り意味もない。堀北に対する退学の賛成と反対が行われるが、もちろん賛成による満場一致にはならない。安い挑発は櫛田にとっては十分効き目があったのだろう。全員の60秒以内での投票が完了する。

第20回投票結果　賛成1票　反対37票

「インターバルに入ったから改めて言う。私は櫛田さんの退学に反対を表明するわ」
言葉にならない言葉で櫛田が喚《わめ》き散らしているが、もはや堀北は目もくれない。
それが櫛田のプライドをまた傷つけ、そして逆に黙らせることに成功する。
ここで再び退学の的になれば堀北に対抗する手段はなくなってしまうからだ。
しかし想定外だった。相手が誰であってもねじ伏せるつもりでいたんだがな。
チリチリと頭の中が熱を帯びる。
単に櫛田を守りたい、などというふざけた解答じゃない。
大きな短所を超えてあまりある長所を生かせる自信があると言い切った。
こちらの想定よりも早く、堀北は1つ上のステージに足をかけたということか。
無論、ここからの反論材料がないわけじゃない。

現状絶対悪にまで押し上げた櫛田を退学させても構わないと思っている生徒は多い。

強引に押し切ることが出来ないわけじゃないが、手を挙げた以上堀北が簡単に降りることも想定しづらい。場合によっては、時間切れによって退学者を0に抑える選択を強行する可能性も否定しきれない。悪いがそれは容認できないことだ。

「でも堀北さん。櫛田さんを守るということは時間切れを選択するということなのかな」

今すぐにでも確認しなければならない点を、洋介《ようすけ》が問う。

「櫛田さんを守ってそれで終わりじゃないことは分かってる。私なりに答えを出したわ」

まさか────いや、そういうことなのか堀北。

「この特別試験の失敗は避けなければならない。退学者を出すことは絶対条件よ」

櫛田を救い出すだけでなく、誰かを切る覚悟も同時に決めていたということだ。

確かな堀北の成長を感じながらも、オレは彼女の言葉よりも先に行動を起こす。

今ここで、堀北が『リストラ』を宣告する残酷な役目を担う必要はない。

「待ってくれ」

オレは堀北が続けようとした言葉を強引に遮る。

如何《いか》に正当性を主張しようとも、ここでのジャッジには精神的に強烈な負荷がかかる。

それもまた経験と一口に言ってしまえば早いが、今の堀北には荷が重い。

何より一手でもミスをすれば、嫌でも時間切れの末路を迎えることになる。

満場一致によって退学者を生み出せるのはオレ以外に存在しない。

待って、ダメよ。そんな目がオレを見る。それで理解する。

オレと堀北《ほりきた》が思い描いている人物が同一人物であることは明白だ。

「唯一賛成に投じ続けた櫛田《くしだ》は退学に値する生徒だ。だが、堀北の言うように有能な生徒であることにも変わりは無い。それなら別のアプローチを考えるしかないだろう」

「ま、待てよ綾小路《あやのこうじ》。クラスの連中は自分が裏切り者じゃないから賛成に投票したんだぜ？　今更それを無しにして退学者を選ぶってのかよ。納得いかないんだけど！」

「不満があるのは池《いけ》だけじゃない、きっと全員同じだ。だがそれでも決を取るしかない。最大限公平と呼べるやり方で導くしかない」

「公平って……そんな方法あるわけないでしょ」

「誰かを退学にすることでクラスポイントを得る選択肢。退学という部分が先行しマイナスのイメージを持ちがちだが、賛成に投じていた裏切り者に対しては大勢が賛同していたように、ある条件を満たせばプラスへと変わる。退学する生徒よりも得るクラスポイントの方が価値が高い場合、十分に選ぶ意味があるということだ。つまり退学すべき人間は、現時点でクラスにとって不要な生徒にするだけだ。ならその判断基準は何か。それは全ての総合力だ。学力、身体能力、あるいはその2つに該当しない能力を持つ者。分かりやすく言えば堀北のようなリーダーとしての能力、洋介《ようすけ》や恵《けい》のようなグループをまとめられる力を持っている生徒。それらは必然的に除外していい。もちろん、オレのひいき目が入っていると思えば、反論は自由だ」

時間切れも差し迫る中、余計な口出しは出来ないとクラスメイトが黙り込む。

「そしてこの話には将来性、展望といったものは含まない方が良い。実際に誰がどれだけ成長するかを客観的に見極めることは困難で憶測が入り混じる。最終結論を述べるなら、その公平な判断基準はＯＡＡにある」

生徒の感情を抜きにし、学校側が数値化してその生徒の実力を示しているもの。

9月1日時点、このクラスの最下位は総合で36点を記録している。

自分の順位や点数は確認しても、誰が最下位かを都度把握している生徒は多くない。

「このクラスで現在ＯＡＡが最下位の生徒は――佐倉愛里《さくらあいり》だ」

オレは愛里を特別見るわけでもなく、全体を見回しながらそう答えた。

「…………は？　……何言ってんの？　こんな時に悪ふざけなんてしないでよ」

立ち上がり、激怒した波瑠加《はるか》がオレを睨《にら》む。

「オレは客観的な意見を言っているだけだ。納得するかどうかはクラスが決めればいい」

オレは個人の意見など聞き流し話を続ける。

「客観的？　客観的ってなによ！　ＯＡＡの順位が何？　それで愛里を退学させていいことになるって言うの？　しかも、なんでそれを……きよぽんが言うわけ!?」

「なら、おまえは誰を退学にすべきだと考えるんだ？」

「そ、それは――！」

「直接名指しする覚悟のない人間に、退学者を選ぶ権利も資格もない」

「い、池《いけ》くんとか！　学力や身体能力だってそれほど愛里《あいり》と変わらないでしょ!?」

確かにOAAの上では、愛里と同率最下位だったことはある。

しかし今は1点上積みして37点。一歩だけ抜け出している。

「なら簡単にここで聞いてみよう。愛里が退学することに反対する者は挙手してくれ」

即座に手を挙げたのは波瑠加《はるか》。ほぼ同じくして明人《あきと》と啓誠《けいせい》が手を挙げる。

もちろん、綾小路《あやのこうじ》グループとして当然のことだろう。

「3人か。次に池が退学することに反対する生徒は？」

須藤《すどう》たちを含め男子の数人、女子からも篠原《しのはら》や、その篠原に負い目のある森《もり》たち数人が手を挙げ明確な反対表明は11人。

「なんで——」

「友人関係の構築も立派な能力だ。その点でも池に劣っていると言わざるを得ない」

「それを愛里の目を見て言えるわけ!?」

「そんなことでいいのか？」

「っ！　やめて！」

オレが怯《おび》える愛里の目を見ようとしたところで波瑠加が制止する。

「本堂《ほんどう》や沖谷《おきや》、別の生徒で挙手をとってもいいが、愛里の3票を下回ることはない」

「何それ……マジでふざけてるんだけど。私たち確かに友達は少ない。だからってこんな形で愛里を退学にさせるなんてこと出来るはずないでしょ！」

他に選択肢があるのならオレもそうする。だが、今はもうその段階を過ぎた。

「……けど、正直に言えば……300ポイントを失うのは致命的だ」

綾小路グループの1人である、愛里の仲間である啓誠が、静かに漏《も》らす。

「ゆきむー本気で言ってるわけ⁉　まさか愛里の退学に賛成するの……⁉」

「ち、違う！　俺はまだ賛成してない！」

「まだ？　まだってことはこれから賛成するってこと⁉　はあ？　ふざけないで！」

「いや、だから……！」

全てを悟ったように、波瑠加は唇を噛《か》み締《し》め決断する。

「気持ち悪い。あり得ない。何それ、私たち仲間じゃなかったの？」

冷めた声はオレにも、そして本音の漏れた啓誠にも向けられる。

「それに他の連中だってそう。誰も守ろうとしない。そうだよね、あんたたちは自分が助かればそれでいいんだから、仲良くない愛里がどうなろうと気にもしないでしょ。ちょっと使い道があるからってキョーちゃんを優先するんだ？　クラスに迷惑かけず、一生懸命ついて行こうとしてる子を見捨てるんだ？　あーそうあーそう、最高のクラスよね」

不用意な発言が波瑠加の反感を買うことは啓誠の迂闊《うかつ》な一言で身をもって証明された。

誰も目を合わせようとせず、巻き込まれないように委縮する。

「もういい。愛里を退学になんてさせない。どうしてもって言うんだったら私に投票してくれていい。喜んで退学してあげるから」

櫛田《くしだ》が戦略で取ったものとは違う、自主退学を持ち出し愛里《あいり》を守ろうとする。

それも全て計算のうちだ波瑠加《はるか》。むしろその発言は自らの首を絞めるだけ。

「ま、待ってよ波瑠加ちゃん！　私だって波瑠加ちゃんを退学になんて出来ないよ！」

「いいのよ愛里。あんたはこの学校に残らなきゃ。私は元々このクラスが好きじゃなかったし。だけどあんたと、そしてきよぽんやゆきむー、みやっちと仲良くするようになってからは毎日が楽しくなった。山内《やまうち》くんは退学しちゃったけど、もうあんなことは起こらないと思って、ここにいる皆となら上手《うま》くやっていけるって思ってたのに……」

茶柱《ちゃばしら》を見つめ、波瑠加は正式に表明する。

「私が退学候補になります。もうすぐ時間ですよね」

オレの読み通りその宣言は優先され、自動的に波瑠加がその断頭台へと足を進める。

「いい？　愛里は絶対に賛成に投じて。他の人も文句なんてないよね？　自分の身は守れるんだから反対に入れる理由なんてないわけだし」

「そんなの……私は賛成に入れるなんて出来ないよ……！」

愛里は波瑠加に賛成の投票なんて出来ないと叫ぶ。

「いいのよ、あんたを守って退学するなら何も後悔なんてないんだから」

「でも──！」

「私語はそこまでだ。これより投票を開始する」

波瑠加の強い意志を元に、賛成反対の投票が行われる。

モニターに映し出された集計結果は——

第21回投票結果　賛成35票　反対3票

ほぼ全ての生徒から賛成を獲得したものの3人から反対票を入れられる。

その3人の推測は波瑠加にとって簡単なものに思えたのだろう。

「愛里！」

もちろん、その1票は間違いなく愛里であることは明白だ。

「出来ないよ私には！　波瑠加ちゃんを退学にさせるなんてこと……出来ない!!」

「あんたを守るためなんだって！　それに、みやっちとゆきむーもやめてよ！」

退学を覚悟した波瑠加だったが、それを望まない生徒もいるということだ。

「俺は、おまえを退学になんてさせたくない……賛成には入れられない」

苦悶《くもん》の表情を見せながらも、明人《あきと》はハッキリと目を見て答える。

「だったら愛里ならいいっての!?」

「そうは言わない……でも、もしどっちかを取れって言うなら……俺は……」

「……すまない！」

突如、叫び2人の話を遮る啓誠《けいせい》。立ち上がり頭を下げる。

「俺は……賛成に投票した……このままじゃクラスが……Aクラスに届かなくなる……」

黙っていればバレない1票の行方を、告白するように答える。

「は？　だったらあと1人は誰⁉　この状況で反対に入れたのは！」

「その1票はオレだ」

「ッ！　きよぽん、何なのよ……！　きよぽんが私を庇《かば》う必要はないでしょ⁉」

「言っただろ。新たに打ち出した方針として、オレはこのクラスで最も能力の低い生徒を切るべきだと。自分から退学したいおまえも、一度は退学させようとした櫛田《くしだ》も、どんな生徒が新しく名乗りを上げようとここから方針は変えない。変えられない」

ここで一歩下がってしまったなら、賛成の満場一致など成立しなくなる。

「長谷部《はせべ》さん……ＯＡＡで佐倉《さくら》さんが最下位なのは事実なんだし……クラスに一番貢献《こうけん》できてない生徒を切るのって、そんなに悪いこと、じゃないよね……？」

この状況での発言リスクを覚悟し、松下《まつした》が意見を述べる。

「ふざけないでよ。自分の周りで考えてみてよ。もし大切な友達が退学することになったらその後も平気で笑っていられる？　私には無理。絶対に無理！」

「退学になるべきは愛里《あいり》だ。それ以外の選択はもう存在しない」

「ダメ……ダメだってきよぽん！　たとえ誰が賛成したとしても、きよぽんだけは……きよぽんだけは愛里の味方でいてくれなきゃダメなんだってぇ！」

分かっているさ。分かっているからこそ、オレが発言するんだ波瑠加《はるか》。

「オレの考えは変わらない。波瑠加がこのまま愛里の退学に賛成できずにいるなら、このクラスはここで終わるしかないだろう」

「だったら好きにすれば？　私は最後の最後まで愛里の退学に反対し続ける！」

たった1人。最後まで反対し続けてくれれば退学にはならない。

その法則は絶対だ。その法則を崩すのに最も効率的な方法、それは――

「ありがとう波瑠加ちゃん……もう、いいんだよ」

震える声で、全てを悟ったように愛里は笑う。

「愛……里……？」

「クラスの中で、要《い》らない子がいるとしたら……多分、それは私、なんじゃないかな……。清隆《きよたか》くんの言ってることは、何一つ間違ってないんだよ波瑠加ちゃん」

「愛里！」

「全部言う通り。誰かが退学するしかないのなら、一番クラスの足手まといな私が消えるべきなんだよ」

――退学の対象となる人物に、反対票を投じることを直接止《や》めさせること。

「出来ない！　私には愛里を退学にさせるなんて絶対に！　絶対に!!　このクラスがAクラスに上がれなくたっていい、このまま全員一緒に愛里と卒業させる!!」

「ダメだよ。私そんなことで助かっても、きっと沢山後悔すると思う。私のせいでAクラスに上がれなかったんだって、ずっとずっと後悔すると思う」

「いいのよ！　あんたは何も悪くない！　ただ私の我儘《わがまま》であんたを守るだけ！」

「ありがとう……。だけど、そんな責任を波瑠加《はるか》ちゃんに背負わせられるわけないよ」

「何よ、何よそれ……こんなのってないよ……！」

退学を防ぐことが、必ずしも本人のためになるわけじゃない。

こうなってしまえば、反対票を投じても愛里《あいり》を苦しめることになってしまう。

「自己犠牲《ぎせい》は聞こえがいい。耳触りがいい。クラスの人間にしてみれば波瑠加のような存在がいてくれてよかったと心の底から安堵《あんど》してることだろう。もしそれでクラスが本当に滞りなく回っていくのなら、そんな選択をするのもいいかも知れない。そうだ須藤《すどう》、おまえはクラスのために自分から犠牲になれるか？」

「い、いや……俺は……その……」

「佐藤《さとう》、おまえは？」

「わ、私？　私は、そういうのは、ちょっと……」

「小野寺《おのでら》はどうだ」

「……多分、無理だと思う……」

「これ以上他の人に聞いても答えは同じだろう。基本的に誰も自己を犠牲にはしない」

「私は本心から退学になってもいいと思ってる。それなら問題なんてないでしょ……」

「自ら望んで犠牲になってくれる生徒に頼る。一度その楽な方法を覚えてしまうと、今後同じような状況に置かれた時、自発的に志願者を求めることを繰り返すようになる。公平な判断をしようにも手遅れだ」

「知らない……そんな理屈知らない！　私は愛里を守りたい！　それだけよ！」

「波瑠加が退学をかけて守ったとしても、その翌日には愛里が退学してることもある」

「不確定な未来で語らないでよ」

「確定した未来なんてどこにもない。だから最善の方法を取るんだ」

どれだけ言葉を並べても波瑠加の耳には届いているようで届いていない。

だが、愛里の耳には確実に届いている。そのことが重要だ。

「大丈夫、大丈夫だからね愛里。私が絶対に反対に投票し続ける。他の誰が賛成に回ったって――――！」


「皆……私に――――投票してください……」


消え入りそうな声で、しかし全員に聞こえる声で愛里は言った。

その愛里の両腕を掴《つか》み必死に抵抗する波瑠加。

「嫌よ。絶対に嫌……昨日まであんなに、あんなに楽しかったのに……！　今日の朝だって、いつもの朝だった。愛里と待ち合わせして、学校に来て。下らないお喋《しゃべ》りをして、文化祭のこととか、話し合ったりして……。今日だって、放課後にきよぽんを呼び出して、サプライズでお披露目するつもりだったじゃない！　それを奪うなんて、そんなこと！」

残り時間が10分を切った。つまり、実質これが最後の投票ということになる。誰が退学するとしても、簡単に反対票を投じられる人間はいない。それが最終投票の重み。

首を左右に振り、波瑠加《はるか》の救いの手を取らない愛里《あいり》。

「嫌だ、嫌だ、嫌だ、嫌だ！」

子供のように拒否し、否定し、喚《わめ》く。

その度に愛里は波瑠加へと感謝を言葉にしながら、それでも受け入れるよう説得する。

もはや変えられない。

全てを悟り、崩れ落ちるように波瑠加はその場に座り込んだ。

「能力のない人間がそれを受け入れ、一歩前に踏み出した。オレたちはその意思を汲《く》んで応える義務がある。次の投票でおまえが反対を入れるのは簡単だ。だが、反対を入れても愛里はこの学校に留《とど》まることはないだろう。クラスメイトを巻き込んでしまった自責の念を強く抱いて、前を向けないまま退学する。親友の愛里を救えるとすれば、波瑠加自身の手で賛成票を入れて前を向かせることだけだ」

「私、私は――――！」

崩れ落ちていた波瑠加を、愛里が正面から抱きしめる。

「ありがとう、波瑠加ちゃん……。今までいっぱいいっぱい、助けてくれてありがとう。何にもお返しできなかったけど……私の最後の我儘《わがまま》を聞いて」

「嫌だよぉ愛里……こんな……」

「私の賛成に投票して」

感謝を述べ、泣きじゃくる波瑠加の髪を優しくなでると、茶柱《ちゃばしら》に対して声を張る。

「立候補します。投票をお願いします」

波瑠加を立たせ席に座らせると、愛里は全てを受け入れるため自分の席に戻る。

しかし投票が宣言されてからも、投票時間は終わらない。

60秒を過ぎ、70秒を過ぎても投票は続く。

生徒が持つ持ち時間は90秒。あと70秒ほどで波瑠加の退学も決定する。

親友の愛里が消えるのなら自らも消える。

その考えが頭の中を過《よぎ》るのも無理はないだろう。

ここでその弱い選択を選んでしまうのなら、それも仕方がない。

クラスにとって余計に1人欠けるダメージはあるが、波瑠加の票が消えるだけで問題なく満場一致は成立する。１００秒を過ぎ、残された時間が40秒へと近づく。

泣き続けるだけで、タブレットへと手を伸ばす気配は全くなかった。


「波瑠加ちゃん———！」


それは聞いたこともないような、愛里からの怒り。今までで一番の大声。

背中を叩《たた》かれたかのように驚き顔を上げた波瑠加《はるか》の泣き顔に、愛里《あいり》は笑って頷《うなず》く。

ここで決断し投票しなければ愛里の全ての否定になる。

「――投票が終了した。結果を発表する」

第22回投票結果　賛成38票　反対0票

その壮絶なやり取りを見守り続けた茶柱《ちゃばしら》は、試験終了を報告するのも忘れ、ただただ愛里と波瑠加の2人を見つめていた。

退学になった愛里は、全てを受け入れたかのように真《ま》っ直《す》ぐな姿勢で前を見つめている。一方でそんな彼女を守り切れなかった波瑠加は、嗚咽《おえつ》を堪《こら》えようと必死に抵抗しているが、言葉を失ったクラスの中では隠しきることが出来ない。

「あ、っ……あ、茶柱先生。こほん、進行をお願いいたします」

これまで必要最低限の注意や警告以外、無言かつ冷静だった監視役も、特別試験終了の合図について促すことを忘れていたようだ。

「……佐倉《さくら》愛里の退学に関し、賛成による満場一致で最後の課題を終了とする。選択肢は有効となりクラスポイントが100与えられる。念のため確認しておくが、この退学を取り消す方法は1つだけ。現時点で2000万プライベートポイントを持っていて、それを使用する場合に限り――」

義務としてその説明を続けようとした茶柱だったが、途中で言葉を止める。

「これ以上の説明は不要だろう」

仮にクラス全員のプライベートポイントをかき集めたところで、２０００万ポイントになど届かない。

「他３クラスは既に特別試験を終えているが、おまえたちも今日はすぐに帰宅してもらう。佐倉に関してはこのあと私と共に職員室へと来てもらうため教室に残れ」

「はい」

先程と違い小さい声ではあったが、臆《おく》せず茶柱に返事をする愛里。

「以上だ。全員席を立つように。指示に従って退室しろ」

そう通達され、オレたちは各々タイミングは違えど席を立つ。

その場に残るよう指示されている愛里。そして立つこともままならない波瑠加は、震える膝《ひざ》を懸命に立たせようとするが上手《うま》く行かないようだった。

呼吸も荒くなり、過呼吸にも似た症状が現れ始めている。

それを見かねた明人《あきと》が駆け寄り、波瑠加を抱き寄せるように強引に立たせる。

ここに残していても何も良いことはないからな。

一足先に廊下に出ると、すぐに携帯が返却される。

そして、啓誠《けいせい》もその後を追ってすぐに出てきた。

「……清隆《きよたか》。俺はおまえが間違ったことをしたって言うつもりはない。ただ……それでも俺は……俺は、自分のしたことが正しかったと言えるんだろうか。いや、こんなことを聞いても意味なんてないな。……忘れてくれ」

吐き出したい思いを抱えつつも、啓誠《けいせい》はオレに背を向けて廊下を歩きだした。

ここで波瑠加《はるか》や明人《あきと》を待っていても意味の無いことだろう。

正当性など関係ない。大切なグループのメンバーを主導で切り捨てたことに対し、何も思わないはずがないのだから。恵《けい》がオレの方に近づいてくる。彼女の気が立っている素振りに気付いたが、目で制止しておく。

今日のところは恵にも、喪《も》に伏すような気持ちで大人しくさせておく方が良いだろう。

余計なことでヘイトを買う必要はない。

確か茶柱《ちゃばしら》が、特別試験が終わった後に会いたいと言っていたな。

携帯を見るとメッセージが届いていて、待ち合わせは午後6時。少し時間があるな。

ひとまず留《とど》まらない方がいいと判断し、オレはこの場を去ることにした。

真《ま》っ直《す》ぐに玄関口へ向かえば、啓誠や他の生徒とも鉢合《はちあ》わせする。

どの道茶柱との約束もあるので、適当に人気《ひとけ》の少ない校内でもうろつくことにするか。

「綾小路《あやのこうじ》くん」

オレの後を追ってきているのは分かっていたが、誰の姿も見えなくなったところでその人物は声をかけてきた。

「どうした。何か櫛田《くしだ》と話してたんじゃないのか？」

「いいえ。今の彼女は何も答えないわ。ただ、自暴自棄にならないように注意をしておいただけ」

周囲に沢山の友人を持っていた櫛田だが、試験終了時誰も声をかけることはなかった。強烈な本性を見せつけられた直後、近寄りがたいのも無理はない。

「ごめんなさい」

以前より少し長くなっている髪が揺れると、堀北《ほりきた》は深々と頭を下げた。

「今回の特別試験……私は……私の実力が足りていなかった……」

「足りてない？　おまえは精いっぱいやったんじゃないか？　今回は去年のクラス内投票とは比べ物にならないほど厳しい戦いだった」

「どれだけ厳しい戦いだったとしても、あなたに大きな枷《かせ》を背負わせてしまった……分散して然《しか》るべき責任を、全部あなたが受け止めることになってしまったんだもの」

退学者を出すことは避けられない状態だった。

だからこそ、堀北は自らの意思を示したかったんだろう。

「黙っておくように言ったのはオレだ。それでいい」

「良くないわ。あなたの大切なグループには大きな傷跡が残った。とても……この先修復できるように思えないの」

「いいんだ。むしろその方が好都合だったと思える日が来るかも知れない」

巻き込んでいれば、確かに責任の所在は2人で等分できただろう。

しかし、そんなことをオレは望んでいない。

「好都合……？　どういう意味？」

「いや気にしないでくれ、些細《ささい》なことだ」

もちろん、すぐに頭を切り替えて納得するようなことはないと思うが、今回の特別試験を次に引きずる形にはしたくない。

「前向きに考えろ。オレたちはAクラスに上がるための貴重な100クラスポイントを獲得した。このポイントはバカに出来ない」

「けれど……佐倉《さくら》さんを失ったわ」

「その結果クラスの平均値は底上げされてプラスに働いた。完璧な終着点だ」

「やめて。無理に、冷酷に振る舞う必要はないわ」

「無理？」

オレは否定しようとしたが、あえてその言葉に乗っかっておくことにした。

「そうだな。苦しい気持ちを押し殺そうとしているのかも知れない」

「清隆《きよたか》くん！」

廊下の奥から、聞きなれた優しい声が届いた。

その声にハッとした堀北《ほりきた》が振り返り、その姿を見て驚きの声をあげる。

「あなた……佐倉、さん……？」

体力のない愛里《あいり》が息を切らせ、こちらに向かって歩いてくる。

「……私は行くわ……」

「ああ、それがいい」

堀北は愛里とすれ違う瞬間、声をかけようとして躊躇《ためら》い、結局声をかけられなかった。

去っていく者に残せる言葉が思いつかなかったのだろう。

「どうしても清隆くんに、最後、見せておきたかったの。……どうかな？」

投票寸前に波瑠加《はるか》がお披露目と言っていたが、このことだったのか。

「見違えた。堀北が一瞬分からなかったのも無理はない」

「ちょっと……勇気を出すのが遅くなっちゃったけどね……へへ」

メガネを外し、髪型をオシャレにした愛里がテレくさそうに笑う。

「私なんかが言えることじゃないけど……波瑠加ちゃんのこと、よろしくね」

「分かってる」

「バイバイ――――清隆くん」

今まで見たことのないとびきりの笑顔をオレに向けた愛里は、そう言って背を向けた。

そして歩き出すも、やがて歩みが遅くなっていき立ち止まりそうになる。

それでも懸命に足を前へ前へと踏み出し、振り返ろうとはしない。

誰もいない廊下に聞こえて来る、彼女の声。

鼻をすする音と、懸命に声を押し殺した泣き声。

そんな光景を見て、昔自分がよく見た光景を思いだす。

敗者はいつも、手遅れになってから自分の惨状を振り返って後悔する。

それはホワイトルームも、この学校も変わらないな。

○過去との決別

約5時間にも及ぶ、満場一致特別試験が終わりを迎えた。程なくして全4クラスの中では唯一、退学者を出すことになったことも耳に届く。それを強く悔恨している生徒も少ないとは言えないだろう。しかし3クラスが50ポイントしか増やさなかった今回の特別試験で、クラスポイントを150ポイント得たことは間違いなく後の戦いに生きてくる。

このまま9月を終えればついにBクラスへと上がることにもなるだろう。

放課後、オレは約束通り屋上に続く階段である人物を待ち続けていた。

予定していた時刻から10分ほど遅れて、1人の人物が姿を見せる。

「待たせたな。後処理があって手間取った」

「構いませんよ。ところで望んでいた結末になりましたか？　それとも、逆でしたか？」

「難しい質問をするな。あの試験に本当の正解なんてない……私はそう思っている。ここは誰かに見られる可能性がある、場所を変えようか」

「それが賢明ですね」

微《かす》かに口角をあげ、茶柱《ちゃばしら》は屋上への階段を上り始める。

そして青いシンプルなネームホルダーのついた鍵を取り出した。

「年々学校の屋上使用に対する風当たりは強くなっている。ひょっとすると近い将来、この学校も例に漏《も》れず屋上に入ることは難しくなるかも知れないな」

フェンスが設置されてあるとはいえ、転落の危険性があるためだろう。

それに、龍園《りゅうえん》が以前利用したようにちょっとした悪用も出来てしまうのが屋上の欠点でもある。静かに屋上へと出た茶柱《ちゃばしら》は、手すりにもたれかかり息を吐く。

「長い一日だった……本当に」

特別試験に関する純粋な感想を、茶柱は独り言のように言う。

「試験中にも触れたことだが……私も高校3年生の時、同じ試験を受けた」

「そうみたいですね」

どこを見つめているのか、茶柱は夕焼けに染まる外を、ただただ真《ま》っ直《す》ぐ見つめる。

「もしおまえが許すのなら……私の告解《こっかい》を聞いてもらえないか」

「赦《ゆる》しの秘跡というヤツですか。宗教には詳しくありませんが、それでも良ければ」

彼女が学生時代に挑んだとされる満場一致特別試験。同じ課題もあったとのことだが、クラスの状況で展開は大きく見せる表情を変えることだろう。

「あの日のことは昨日のことのように覚えている。私たち3年Bクラスは、卒業試験を目前に、ついにAクラスの背中を捉《とら》えるところにまで来ていた。クラスポイントの差は僅《わず》かに73ポイント。残された少ない日常生活でひっくり返すことは出来ないとしても、特別試験1つで逆転できる位置につけていた」

まさに大接戦だな。Aクラスもその差では優位に立ってると思っていなかったはずだ。

「そんな中、満場一致特別試験が始まった。課題は5つ。おまえたちと同じように私たちも4つ目の課題までは意見が分かれつつも滞りなく進行させることが出来た」

「最後の課題は同じだと言っていましたね」

「そうか……そうだったな。どうにも今日の試験、少し記憶が曖昧《あいまい》になっているようだ」

過去と重ね合わせたことで、自分が何を発言し何を考えていたのか時系列が混乱しているのかも知れない。

「当然1回目の投票では賛成は僅かで反対多数だった。しかし議論を重ねるに連れて状況は大きく変わり始めた。もしAクラスが賛成を満場一致で決めてしまえばその差は173ポイントにまで広がってしまう」

「卒業試験の内容は、その時点では分かっていなかったんですね？」

「そうだ。おまえも察しはついていると思うが、特別試験は勝てば必ず大きなクラスポイントが移動するわけでもない。仮にBクラスが1位を取ったとしても、Aクラスが2位であればクラスポイントは大きく差がつかないかも知れない」

1位と2位の報酬《ほうしゆう》差は100か150か。もちろん200ポイント以上ということもあるだろうが、その確約はなかったわけだからな。

「議論は時間が経《た》つにつれ過熱した。Aクラスが退学者を選ぶはずがないから、同じように全員で反対に票を集め満場一致特別試験を乗り切る。そして卒業試験で勝ってAクラスになるべきだという者。Aクラスが退学者を選ばないのなら、それこそ逆転のチャンスだと息巻く者。ありとあらゆるケースについて話し合った」

同じ課題でも出てくる話の内容は、やはりクラスの状況に応じて全く違う。たった2つの選択肢。しかし辿《たど》り着《つ》く先は曲がりくねった幾本《いくほん》もの道筋を経て選ぶしかない。

「膨大な時間と話し合いを続け、それでも正しい答えが出ることはなかった。犠牲《ぎせい》を払ってでもAクラスを取るのか、仲間を選び厳しい戦いに身を投じるのか……」

今、まさに過去の自分を思い出しているのかも知れない。

横から盗み見た茶柱《ちゃばしら》の瞳は夕陽《ゆうひ》に照らされ微《かす》かに潤《うる》んでいるようにも見えた。

「やがて、クラスメイトの意思は少しずつだが傾き始めた。Bクラスに僅差《きんさ》に詰められているAクラスなら、犠牲を払ってでも100ポイントを得るんじゃないか、と。その想定で話が進み始めると反対派が少しずつ賛成派へと流れ始めた」

「それでも誰かが欠ける以上、簡単に賛成でまとまることはないのでは？　例に漏《も》れず能力の低い生徒や、コミュニケーション能力の劣る者。あるいは一癖も二癖もある生徒が真っ先に退学の対象になってしまうことは避けられません」

「そうだな。一度賛成で満場一致になってしまえば、撤回は不可能だ。簡単に全員が賛成に投じることはない、おまえの言う通りだ」

その状況を変えるような何かが起こった、ということだ。今回の特別試験で言えば、オレが裏切り者だけを退学にすると約束し、賛成に誘導したように。

「私のクラスにはある男子生徒がいた。その生徒は……そうだな、おまえのクラスでいうところの平田《ひらた》と池《いけ》を合わせたような人間、と表現するのが一番近いかも知れない」

「洋介《ようすけ》と池、ですか……。ちょっと、想像しても上手《うま》くはまとまらない人物像ですね」

「真面目なんだがどこか抜けている。仲間思いで頭も良いがちょっと場の空気が読めない。クラスにとってのリーダー的存在であり同時にムードメーカーでもあった」

なるほど、何となくだが洋介のメリットと池のメリット（そしてデメリット）を含んでいるような生徒だったということだ。

「その生徒は最後の課題が出てからずっと苦しんでいた。最終的には賛成を選ぶ流れになる。そのために自分の手で誰かに引導を渡さなければならないと」

茶柱の手すりを持つ手に力が籠《こも》る。

「そして――――その生徒は1つの答えに辿り着いた。賛成で満場一致へと誘導したところで私たちに言ったんだ。自らが退学になる立候補者になる、と。3年間戦い抜いてきた仲間を切り捨てることは出来ないと判断した上での決断だったんだろう」

「残る特別試験は最後の卒業試験のみ。リーダー不在は痛いでしょうけど、それも1つの選択肢としては――――ないわけではありませんね」

もちろん、賢い選択とは言い難《がた》い。

だが仮にクラスメイト全員が対等に近い立場であれば、1人を選ぶことは至難だ。

いっそ運に身を任せるという方法もあるが、納得しない生徒も多いはず。

「しかし、その後も満場一致になることはなかった」

「どうしてです？　そのリーダーが退学することで話はまとまったんですよね？」

「いいや……1人、最後までその生徒の退学に反対を続けたからな。いつまでも反対の1票は賛成に回ることはなく、残り時間は削り取られていった。その反対の1票を投じ続けたのは、他でもないこの私だ」

話の流れから、そうではないかと思ったが……ということは……。

「茶柱《ちゃばしら》先生にとってそのリーダーの生徒は、ただのリーダーではなかった、と？」

目を閉じ、茶柱は一度自嘲《じちょう》して笑い、ゆっくりと再び目を開いた。

そして夕焼けの空を見上げて、深く肯定する。

「そうだ———。私にとってその生徒は……リーダーであり、友人であり……そして……そして誰よりも大切な恋人……に、なったばかりの存在だった。特別試験の実施される前日という皮肉のオマケ付きだ」

数々の苦難を乗り越え通じ合った2人。残された学校生活で最大限の幸せを掴《つか》み、そしてAクラスを目指すはずだった未来。それを茶柱は手放すことが出来なかったわけだ。

「私が反対に投じ続けていれば、当然クラスメイトは困惑し怒る。その矛先を私へと変えてきた者もいた。まあ当然の流れだ」

「でも茶柱先生が退学しなかったのなら、それはつまり……」

「そうだ。私が彼を守り、彼が私を守る。そんな膠着《こうちゃく》状態が延々と続いていった。特別試験を時間内に終了させることが出来ず、私たちのクラスはマイナス300。更にAクラスは退学者を出す選択をしていたため、その差は450ポイント。合わせて523ポイントの差。あと僅《わず》かに迫っていたAクラスとの距離は一瞬にして絶望的なまでに開いた」

どれだけ大チャンスの卒業特別試験が用意されたとしても、ひっくり返すことの出来ないであろう点差だな。

「慰《なぐさ》めにはなりませんが、恋人は退学しなかったんですよね？」

「何のために守ったんだか分からないが、満場一致特別試験が終わった時に私たちの関係も自然と終わった。たった一日……いや、24時間にすら満たない間だったがな……。その後に待っていた最終試験の直接対決でも敗れ、私たちの3年間は無に終わった」

「その後、その彼とは？」

「一度も会っていない。今、どこで何をしているのかも知らない。高校生の時の私にはこの学校が全てで、彼が全てだった。フッ……今にして思えば、何とも間抜けな話だ。長い人生で考えれば高校の3年間なんてほんの一部でしかない。仮にAクラスにはなれなかったとしても、悔《く》いのない戦いを最後までするべきだった」

茶柱は11年もの間、自らの選択の過ちを後悔し続けているということか。

いや、今回の場合は過ちというよりも、その選択が正しかったのかどうかを悩み続けているといった方が良いか。

「私はAクラスで卒業するような資格を持ち合わせていなかった、ということだ。しかしどうすればよかったんだろうな。自分から退学すると強く彼を説得すべきだったのか。それとも退学すると言ってくれた彼を切り捨てるべきだったのか……」

「この特別試験に本当の正解なんてありませんよ。心から完璧に満場一致にさせることなんて、恐らく不可能です。それこそ、徹底的に実力が無く誰からも必要とされない生徒でもいるのなら話は別ですが……」

それでも、けして活路がなかったわけではない。

「強いて言うなら、その生徒の戦略を見抜けなかったことが敗因です。茶柱《ちゃばしら》先生のクラスがAクラスに行く方法は1つだけ残されていたとオレは考えます」

「見抜けなかったことが、敗因……？」

「最初に全員を説得し反対での満場一致を諦《あきら》めた時、その生徒はAクラス行きの可能性を残すために退学となる決意をした。そんな彼が取ったのは、まずは賛成で満場一致にしてから考えようというものでした」

茶柱は当時を思い出しながら頷《うなず》く。

「もし私が彼を切り捨てていれば……」

「優秀なリーダーを欠いて勝てるほど卒業試験は簡単なものでしたか？　先生のクラスは満場一致試験で退学者を出さなかったにもかかわらず、敗れたんですよね？」

「ああ。一致団結し万全な状態で戦えていれば、あるいは互角だったかも知れないが」

「つまりリーダーの不在を選択することはあり得ない。かといって、それ以外の誰かが欠けていてもAクラスには勝てなかった。となれば、唯一の方法は賛成と反対の選択肢で踏みとどまることでした。賛成への誘惑、誘導を全て断ち踏みとどまるべきだった」

「しかし踏みとどまったとしても、反対に投票する、そんな説得に応じるような状況じゃなかった。それは今綾小路《あやのこうじ》も認めたことだ」

「説得の必要なんてありませんよ。先生のクラスは、あくまで勝つための意見で割れていた。票がまとまらなければ、やがて時間切れによる敗北は避けられない。そうなった時、賛成派は絶対に反対票でまとめようと動き出します。口では抵抗していても残り時間1分を切った最終投票であればどうですか？　賛成に入れたところで、次の特定の生徒を退学させる時間は無い。インターバルの時間は固定の10分ですが投票時間は最大で60秒。投票を意図的に遅らせるなどして時間を調整すれば、一分の隙《すき》も無い最後の投票に持ち込める」

賛成を選べばクリア失敗でマイナス３００、反対を選べばクリアでプラス50。たった一度きりの選択肢で前者を選ぶことは不可能だ。

「頭に血が上っていようと、その現実から目を背けることは出来ない。時間切れになって３００ポイントを失うか、追加の１００ポイントは得られずとも、確実にクリアし50ポイントを得てAクラスとの卒業試験に挑むか。結論は１つだ。もちろん、１７３ポイントを埋められたかどうかは定かじゃありませんけどね」

勝つことを捨てきれず目先の１００ポイントに囚《とら》われていた生徒たち。

その心理をうまく利用し、賛成に持っていくことに成功したリーダー。

だが、その戦略そのものがミスだった。

茶柱《ちゃばしら》の心を、恋人になった異性の頑《かたく》なな意思を見抜けなかった。

「──私は……。もしあの時、おまえのような生徒がいてくれたなら……」

そう言いかけ、口を閉ざす。

「いや、今更意味のないことだ。過去に戻ることは出来ない。だが聞かせてくれ綾小路《あやのこうじ》。佐倉《さくら》はおまえの仲の良いグループのメンバーだったはず。ましてあの子はおまえに対して特別な感情を抱いていた」

「よくご存じで」

「これでも担任教師だ。生徒の視線を見ていれば分かることも多い」

誇るわけでもなく、どこか呆《あき》れながらそう答える。

「佐倉を救い他者を犠牲《ぎせい》にする方法もあったのでは？」

「どうでしょうか。あの時の堀北《ほりきた》には有無を言わせない迫力があった。まともに対抗するには時間が足らなかったでしょう」

「随分《ずいぶん》と事務的なんだな。心が……痛まなかったのか？」

「もちろん愛里《あいり》を退学させないで済むのならそれが一番でしたよ。オレとしても、出来うる限りの方法をもって満場一致に導こうとしましたが櫛田《くしだ》は止められなかった。退学者を出す選択をした上で退路を断ち追い詰めない限り解決は無いと判断しました。ただ結果論でもいいのであれば、反対による満場一致の可能性もあったのかも知れない。あの時の櫛田は堀北の存在に心を乱されこの学校に残る選択を受け入れた。それはオレの想定には一切なかったことです。仲の良い生徒を助けたいと思うのはオレだけじゃない。ああなってしまった以上、残された手は消去法だけなんですよ。現時点でクラスメイトに優劣をつけるしかない。勉強が出来るか出来ないか、運動が出来るか出来ないか。コミュニケーション能力。洞察力、観察力。客観的データ、ＯＡＡの順位を見るしかない」

　学校が作ったシステムを見ていけば、嫌でも退学すべき人間が見えてくる。

「もちろん、愛里とそれほど能力の変わらない生徒も少なからずいます。ですが、横並びの生徒たちで言い争いが始まればその友人が当然守る側につく。しかし愛里なら大きな障害は波瑠加《はるか》だけ。立候補されても10分のロスで済む」

「意図的に身内へと白羽の矢を立てた、ということか……」

「性格も決め手の1つです。愛里の性格上、自分から辞めたくない、投票しないで欲しいと訴えかけるような真似《まね》をするのは得意じゃありませんからね。こちらに都合の良い手段を幾《いく》らでも取れる。仲の良い友人、今回のケースで言えば波瑠加は絶対に賛成票には投じない。ですが、唯一例外があるとすれば愛里からの自己申告です。クラスポイントを30 0犠牲にさせてクラスを困らせ、愛里が学校に残ることを選択出来るはずがない」

「佐倉の心理状態までおまえには分かっていたんだな」

「総合力、身近な人間、性格。そして最後の一押しとして、退学すべき人間が愛里だと大切な人間から通達すること。オレの口から告げられれば彼女も理解するしかない」

「綾小路――――おまえは……」

「人はオレのような考えを持つ人間を鬼、外道と呼ぶかも知れません。誰だって損な役回りはしたくない。それでも、必要なら躊躇《ちゅうちょ》なく実行してみせる必要がある。それはクラスを、つまり組織を守る上では避けて通れないことです」

「この学校では、ありとあらゆる状況で退学とは常に背中合わせだ。私はこの学校の教師としてそれを受け止める覚悟を持ってやっている。それでも、おまえのような迷いなき決断は一生できないだろう」

自分の心の弱さを認め、茶柱《ちゃばしら》はそう言った。

「おまえのことを私は深く知らない。だが、一体何人の人間を切り捨ててきたんだ。どれくらい切り捨てれば、その領域に到達《とうたつ》することが……いや、答えないでいい。きっと私には生涯理解できないことだろう」

どれくらい切り捨てれば、か。考えたこともなかった。

道端に落ちている石ころ1つ1つの色や形を覚えていないように、共に学ぶ者も、教える師も、無能ならその立場を奪われ消えていくもの。それが人為淘汰《とうた》だ。

「今日は時間を割いてくれてありがとう綾小路《あやのこうじ》。私は過去の選択を悔い、随分《ずいぶん》と長い間立ち止まってしまっていた。しかし、そんな暇などなかったことが分かった。担当するクラスの生徒が悔いなく戦い続けられるように教師として導く、その役目を全うしよう」

「今回の特別試験を通じて過去との決別が出来たようですね」

語った茶柱の横顔は、先程までと違いどこか晴れやかだった。

「今までも、私はAクラスを夢見たことがないわけじゃない。考えないようにしていても、つい希望を抱いてしまう。私の叶《かな》えられなかった夢を、叶えられるかも知れないとな。そしてその度にバカなことを自嘲《じちょう》して記憶から消し去る。そんな連続だった」

こちらを向いた茶柱は、今まで見せたことのない笑みを向けてきた。

「決めたぞ綾小路。私はおまえたちのクラスを何としてもAクラスで卒業させる」

「気合いを入れるのは結構ですが、教師の立場を逸脱《いつだつ》しないようにしてください」

「む……いや、もちろん立場は弁《わきま》えている。私に出来ることは限られているが、その覚悟を持つことは出来たということだ。いちいちおまえは学生らしく無いことを言う」

「学生らしいこと、ですか。どう答えるのが正解だったんですか？」

「それを私に聞かれても答えようがない。私は学生じゃないからな」

いやいや、滅茶苦茶《めちゃくちゃ》だなこの人は。

「話が終わったのであればオレは帰ります」

「そうだな。大切な時間をもらってすまなかった」

「構いませんよ。それじゃ、これで失礼します。『茶柱先生』」

ここ最近、そう呼んでいたオレだったが、あえて強調したように言った。

生意気なヤツだと思いながらも、だろうか。茶柱先生は静かに微笑《ほほえ》み頷《うなず》いた。

彼女はもう大丈夫だろう。この特別試験を経て、生徒に負けないくらい成長した。

高校3年生で止まったままの心が、一気に今の年齢へと追い付き始めたのだ。

あとがき

もう2021年も終わりが近づいて参りました。ちょっとどうでもいい話ですが、家の片づけをしていたら小、中学校の卒業文集が出てきて読み返していたんですが、小学校ではゲームプログラマーになりたいと書いていて、なんて難しい業種を夢見ていたんだと猛省し、中学時代の卒業文集では絵の才能がないので文章を書く仕事がしたい（と言いたいけど恥ずかしくて具体的には明記できてない）と書いてあった……とかそんなことは実は余談で、仲の良かった女の子が中学時代の良かったこと、という項目で『衣笠《きぬがさ》くんと出会えたこと』と書いてあるのを見つけて涙しました。何事も気づかない方が良かったことってあるんだね。

冗談はさておき、2年生編の2学期が開幕致しました。2学期では大きなイベントが目白押しですが、特に文化祭と修学旅行は1年生編にはない新しい物語になります。今後はその辺にも期待していただきお待ちいただければと思います。

5巻の振り返りとしては、今回はほとんど他学年の生徒は登場しない巻です。何気に凄《すご》く久しぶりだと思います。1年生3年生とのストーリーはこれからも展開していきますが、やはりこの物語の本題は同学年である、という再認識の1冊になっています。

さて、今回はちょっとお知らせもあります！　実はずっと待ち望んでいて、なかなか実現できなかったことの1つに、２年生編の漫画化というものがありました。それが内々で進みやっと皆様にお伝えできる段階が来たので、ここで告知させていただきます。

月刊コミックアライブ12月発売号より『ようこそ実力至上主義の教室へ　２年生編』の漫画が紗々音《ささね》シアさんによって連載いただけることになりました。本当にありがとうございます。また1年生編を描き続けて下さっている一乃《いちの》ゆゆさんにも深い感謝をしつつ、不出来なよう実を何卒《なにとぞ》よろしくお願いいたします。

それから最後に、次回６巻のあとがきでは、ここ２年ほどずっと心に留《と》め続けていたある想《おも》いがあるので、その辺にも触れられると良いなあと思っています。

次回お会いするのは２０２２年の年明けになると思います、また来年もよろしくね！

MF文庫J

ようこそ実力至上主義の教室へ 2年生編5

2021年10月25日　初版発行
2024年 8月10日　18版発行

著者　衣笠彰梧

発行者　山下直久

発行　株式会社 KADOKAWA
〒102-8177 東京都千代田区富士見2-13-3
0570-002-301（ナビダイヤル）

印刷　株式会社広済堂ネクスト

製本　株式会社広済堂ネクスト

Printed in Japan　ISBN 978-4-04-680846-2 C0193

◇◇◇

【ファンレター、作品のご感想をお待ちしています】
〒102-0071 東京都千代田区富士見2-13-12
株式会社KADOKAWA　MF文庫J編集部気付「衣笠彰梧先生」係　「トモセシュンサク先生」係